순수한 앎의 빛

순수한 앎의 빛

루퍼트 스파이라 지음
김인숙, 김윤 옮김

침묵의 향기

당신 자신을 아무것도 아닌 것으로 알며
당신 자신을 모든 것으로 느끼십시오

차례

서문

이 책에 실린 명상 안내는 루퍼트 스파이라가 2011부터 2013년까지 3년에 걸쳐 인도한 수백 회의 명상 가운데 선별하여 녹취한 것입니다. 이 명상 안내는 우리 경험의 비이원성(非二元性)을 깊이 살펴보고 탐구하며, 우리를 경험들이 일어나는 근원으로 돌아가게 할 힘이 있습니다.

여기에서 우리는 철학을 만나는 것이 아니며, 마음이 경험에 덧씌우는 생각과 느낌을 벗어나 있는, 경험의 본질적이며 늘 현존하는 본성(순수한 앎, 우리 '존재'의 진실)으로 들어가는 여행을 하게 됩니다.

전통적인 가르침에 익숙한 분들은 여기에서 두 가지 접근법을 알아볼 것입니다. 하나는 추론과 분별을 통해 늘 변화하는 경험 현상에서 모든 경험의 영원한 실재를 구별해 내는 베단타 접근법이고, 다른 하나는 경험의 전체 영역이 순수한 앎의 빛으로 빛난다는 것을 알고 느끼는 탄트라 접근법입니다.

그렇지만 이런 탐구와 명상을 위해 철학, 종교, 영적 배경이 필요한 것은 아닙니다. 왜냐하면 이런 탐구와 명상은 전통적인 종교나 영적 도그마를 모두 벗어나, 현대적이고 참신하며 매우 경험적인 접근법으로 모든 경험의 본성에 다가가기 때문입니다.

이 책에 실린 명상들로 우리는 영적 과정의 세 가지 필수 단계를 탐구하는데, 루퍼트는 그것을 이렇게 묘사합니다.

첫째 단계는 우리가 몸과 마음이 아니라 앎의 현존임을 깨닫는 것입니다. 몸과 마음은 이 앎 안에서 나타나고 앎에 의해 알려집니다. 둘째 단계는 몸과 마음의 운명과 한계를 공유하지 않는 앎의 본성을 발견하는 것입니다. 셋째 단계는 이런 이해가 경험의 모든 영역 (즉, 우리가 생각하고 느끼고 행동하고 지각하고 관계하는 모든 방식)에 점차 체화되는 끝없는 과정입니다.

우리는 이런 명상들을 통해 순수한 앎의 본성을 발견하는 것으로 시작하여 이 세 단계를 상세히 탐구할 것입니다. 이 앎의 본성을 탐구하다 보면, 그 본성이 바로 (우리의 상태나 상황, 환경과는 아무 관계 없는) 평화와 행복 자체임을 경험으로 이해하게 됩니다. 그리고 이런 이해가 우리의 경험에 자리 잡아 가면서 명상은 더 나아가며, 이 이해가 어떻게 우리의 생각하는 방식뿐만 아니라 (더 중요하게는) 우리가 몸을 느끼고 세계를 지각하는 방식과도 결합하는지를 더욱더 깊이 탐구합니다. 그리고 몸과 호흡을 결합하는 뒷부분의 명상들은 우리 경험의 모든 측면을 가장 깊은 이해로 통합하면서 경험을 심오하게 탐구합니다.

이 명상들은 비이원성에 관한 이해의 깊이와 풍부함을 최대한 분명하게 전할 수 있는 순서로 선별되고 배열되었습니다. 그러니 처음 들을 때는 순서대로 듣기를 권합니다.

이 작업에 가까이 참여하는 기회를 얻게 되어 감사하고, 루퍼트에게서 흘러나오는 이 단순하며 아름답고 포괄적인 가르침에 감사합니다. 마지막으로, 루퍼트의 책 《Presence: The Art of Peace and Happiness》에 있는 문장을 인용해 요약하고자 합니다.

제가 스승께 처음 들은 말씀은 "명상은 모든 것에 대한 완전한 '예스(Yes)'다."였습니다. 한동안 이 말의 뜻을 깨닫지 못했지만, 그분이 그 뒤에 하신 모든 말씀은 단지 이 말씀에 대한 해설일 뿐임을 알게 되었습니다. 모든 것은 그것으로 시작하고 그것으로 돌아갑니다. 어떤 시점이 되면 삶과 사랑과 명상은 구별할 수 없게 됩니다.

에드 켈리

2013년 봄

머리말

루퍼트 스파이라를 처음 만날 때, 당신이 만나는 사람은 진정한 비이원론자입니다. 그는 거의 40년 동안 진리를 배우는 학생이자 제자였고, 이제는 비이원성을 가르치는 선생이며, 실재의 본성에 대한 영적 탐구라는 가장 높고 가장 직접적인 계보에 타고난 모든 능력을 바치고 있습니다. 나중에 루퍼트의 내면을 알게 된다면, 이해의 불꽃 안에서 끊임없이 타오르는 그의 마음을 보게 되고, 사랑이 고요히 넘쳐흐르는 그의 가슴에 감동할 것입니다.

일상생활에서 루퍼트는 솔직하고 친근한 사람, 다정한 아버지이자 남편, 아들, 형제이며, 겸손하며 잘 도와주는 동료, 그리고 무엇보다 충실하고 상냥한 친구입니다. 이 책에는 그의 이런 훌륭한 자질들이 녹아 있습니다.

이 책에 실린 명상들은 우리의 참된 본성인 빛나는, 열린, 텅 빈 앎으로 들어가는 문이며, 각각의 명상은 조사와 탐구의 길로 우리를 안내하며, 가장 친밀하고 직접적인 경험의 중심으로 데려갑니다.

이 명상들에서 우리는 경험의 한가운데를 직접 비추어 주는 '높은 추론*의 빛이 안내하는 길을 따라 천천히 걷게 되며, 그 길을 가는 동안 언어의 뒤와 사이에서 느껴지는 사랑은 보이지 않는 동반자가 되어 우리가 정직하고 편안하게 한 걸음 한 걸음 걷게 해 줍니다.

이렇게 나아가면서 우리는 습관적으로, 조건 반사적으로 참고하는 분리된 자아, 즉 (흔히 분리된 대상과 타인을 안다고 여겨지는) 경험의 가상적 주체로부터 서서히 돌아서게 됩니다. 단계마다 우리는 이 가상의 분리된 자아를 창조하고 지속시키는 믿음과 가정, 질문되지 않은 해석과 느낌의 층들을 조사하기 위해 잠시 멈춥니다.

우리는 몸, 마음, 세계를 철저히 조사하고, 그것의 한계와 가장자리, 실체가 있는지 살펴보도록 차근차근 안내받습니다. 우리에게는 도구들이 주어지며, 우리는 조건화의 관성을 넘어서기 위해 비유와 시각화, 과학 실험 같은 탐구를 사용하는 마음의 마법사가 됩니다.

경험으로 더 깊이 들어갈수록 우리는 겹겹이 입고 있던 무지의 옷

---

* '높은 추론(higher reason)'이란 인도의 현자 아트마난다 크리슈나메논이 처음 쓴 용어이며, 믿음이 아니라 경험으로부터 직접 전개하는 추론의 전통을 나타낸다.

들을 벗으며, 마지막에는 아무것도 걸치지 않은 채, 참되고 유일한 자신인 순수한 앎으로서 빛을 발합니다.

가상의 분리된 자아에게 이 명상은 돌아갈 수 없는 여행이 될 것입니다. 각 명상이 끝날 때마다 우리는 순수한 앎의 늘 현존하는 빛 안에 그 빛으로 남겨지며, 몸, 마음, 세계가 다시 일어날 때 그것들은 그 안에 본래 갖추고 있던 지성, 사랑, 아름다움의 완벽하고 투명한 표현으로서 빛날 것입니다.

엘렌 에밋
2013년 가을

영원의 향기
─ 독자에게

명상 안내는 본래 시적인 예술입니다. 스승은 그의 호흡을 '현존'에 맡기며, 그의 몸은 '현존'의 악기가 됩니다. 이 책은 그 완벽한 예입니다. 무한성은 이 책에 가득하며, 낱말의 텅 빈 가운데에 또는 이미지 속에 잠복하여 끊임없이 우리를 지켜봅니다. 이 책의 진실함을 확인해 주는 것은 추론이 아니라(추론도 나무랄 데 없지만) 영원성과 무한성의 향기입니다.

이 책에 담긴 말들이 가리키는 (그리고 그 말들을 불사르는) 비이원적 경험의 불꽃은 스승에게서 제자로 대대로 전해지고 있습니다. 이것은 모든 영적 계보에 공통인 참된 '전통'입니다. 이 '전통'은 유일무이합니다. 그것이 전달하는 경험은 보편적이기 때문입니다. 그것은 모든 시대에, 세계 어디에서나 진실을 사랑하는 모든 사람이 공유합니다.

영적 스승, 구루는 행복을 찾는 구도자의 여행에 함께합니다. 그렇지만 깨어난 모든 사람이 가르칠 것이라는 생각은 착각이며, 그렇게 믿으면 깨어난 사람이 아주 적다고 오해하게 됩니다. 사실, 참된 스승은 수만 명 또는 수십만 명에게까지 영향을 미치기도 합니다. 그렇게 깨어난 참된 제자들 중 많은 사람이 은둔하는 현자가 되어, 깨달음의 열매를 조용히 즐기면서 주변에 평화와 조화를 퍼뜨립니다.

이런 제자 중 적은 수가 영적 가르침을 전하는 일에 헌신하며, 이 일은 자질, 소명의식, 필요한 능력이 주어진 사람들이 하는 봉사의 형태입니다. 자질은 타고나는 것이고, 소명의식은 삶에서 일깨워지며, 능력은 때가 되면 얻게 됩니다. 대개 이것들은 영적 스승에게서 삼투되듯이 주어집니다. 이것이 삿상(Satsang) 즉 진리와 함께함이며, 삿상을 하는 동안, 가르칠 운명을 타고난 사람에게는 다양한 '훌륭한 도구'가 저절로 (때로는 제자가 알아차리지도 못하는 사이에) 전해집니다.

훌륭한 도구는(이 책에 실린 명상 안내도 그중 하나입니다) 전통마다 독특합니다. 그런 도구들은 보편적 '전통'의 형식적이고 변하는 요소들을 이룹니다. 이런 요소들을 어느 때와 장소, 상황에 맞추어 쓸지는 가르치는 사람에게 달려 있습니다. 스승 안에서 비이원적 경험에 열리는 것은 이 끝없는 재생의 원천입니다. 그것이 영적 계보를 살아 숨 쉬게 합니다. 그것이 없다면 재생의 문은 닫히고, 계보는 얼어붙고 도그마에 빠져 죽어 버립니다.

과거의 영성 전체주의와 현대 신(新)영성의 지성주의 사이에서, 구도자는 참된 길을, 행복과 기쁨, 평화의 길을 까닭 없이 잃어버릴 위험에 처해 있습니다. 그렇지만 이 글을 읽는 독자는 안심해도 될 것입니다. 왜냐하면 그들의 손에 '생명'이 이 책의 형태로 주어졌기 때문입니다. 그것은 그들 안에 있는 지성과 사랑, 아름다움의 근원으로 돌아갈 수 있게 하는 황금 실입니다.

프란시스 루실

2013년 11월

감사의 말

이 책은 에드 켈리의 안목과 헌신, 끈질긴 노력이 없었다면 세상에 나오지 못했을 것입니다. 그는 지난 3년 동안 사심없이 정성을 다해 3백 회가 넘는 명상을 녹취해 주었습니다. 이 책을 기획하고 진행한 모든 단계를 지원해 준 그에게 깊이 감사드립니다.

톰 타버트의 친절함과 너그러움에 감사드립니다. 원고 편집의 초기 작업을 도와준 제임스 헤이그에게, 과학과 비이원론 세미나를 개최하는 모리지오 베나조와 자야 베나조의 도움과 안목에, 단체의 일상적인 업무를 따뜻한 마음으로 잘 진행해 주는 프란체스카 로튼델라와 루스 미들턴에게, 마이클 케노여의 도움과 친절함에, 이 책을 아름답게 디자인해 준 롭 보우덴에게, 성실하고 세심하게 교정과 편집 작업을 해 준 재클린 보일에게, 이 책이 나오는 데 여러모로 도움을 준 캐롤린 시모어에게, 지난 3년 동안 친절함과 너그러움으로 제 일을 도와준 린다 아조우니와 로

렌 에스케나지에게 감사드립니다.

여기에 있는 명상들은 진리를 사랑하는 친구들의 초대로 제 가슴과 마음 안에서 형태를 갖추게 되었습니다. 그들에게 깊이 감사드립니다. 저와 깨어 있는 우정을 나누는 프란시스 루실에게, 변치 않는 사랑과 지지를 보내 주시는 부모님에게, 자유롭고 독립적인 정신의 소유자인 아들 매튜에게, 그리고 사랑과 감수성과 지성으로 언제나 제 삶을 환히 비추어 주는 제 동반자 엘렌 에밋에게 깊이 감사드립니다.

명상

1
우리의 본성은 가려지는 것처럼 보입니다

자신에게 물어보십시오. "나의 경험을 아는 것은 무엇인가?" 여기에서 '경험'이란 마음, 몸, 세계를 말합니다.

우리가 경험하는 마음은 생각과 이미지가 전부입니다. 우리가 경험하는 몸은, 만약 눈을 감고 있다면, 감각이 전부입니다. 그리고 우리가 경험하는 세계는 지각(보이는 모습, 소리, 맛, 감촉, 냄새)이 전부입니다.

무엇이 이 모든 것을 압니까?

경험을 아는 것이 무엇이든 간에 거기로 가 봅시다. 그것은 무엇입니까? 지금 당신에게 일어나는 생각을 아는 그것은 무엇입니까? 무슨 생각이든 상관없습니다. 무슨 생각인지는 중요하지 않습니다.

지금 당신에게 들리는 소리를 아는 그것은 무엇입니까? 눈을 뜨고 있다면 이 방의 광경을 알고, 내 '얼굴', '손', '발'이라고 불리는 따끔거리는 감각을 아는 그것은 무엇입니까? 이 모든 것이 알려지고 경험됩니다. 우리는 그것들을 압니다. 어떻게? 무엇으로 그럴 수 있을까요?

마치 해가 자연의 대상을 비추며 보이게 해 주듯이, 우리가 '나'라고 부르는 이 '어떤 것'이 모든 경험을 비추며 알 수 있게 해 줍니다.

무엇이 생각과 이미지를 알든 그것 자체는 분명히 생각과 이미지로 이루어져 있지 않습니다. 생각이나 이미지가 나타나고, 우리는 그것을 알며, 그것은 곧 사라지지만, 생각이나 이미지를 아는 그 무엇인 '나'는 그대로 남아서, 다음에 나타나는 생각, 감각, 지각을 압니다. 생각은 사라지지만, '나'는 사라지지 않습니다.

생각으로 저를 따라오지 마십시오. 당신의 경험으로 따라오십시오. 우리가 지금 다루는 것은 비이원론 철학이 아니라 경험의 본성입니다. 그리고 경험의 참된 본성을 발견하는 유일한 길은 경험 자체를 탐구하는 것입니다.

얼굴이나 발의 따끔거림 같은 몸의 감각을 아는 것이 무엇이든, 그것이 감각으로 이루어져 있지 않다는 것은 분명합니다. 감각들은 나타나고 이어지다가 사라지지만, 이 감각을 아는 자인 '나'는 감각과 함께 나타나고 이어지고 사라지지 않습니다. 감각은 오고 가지만 '나'는 여전히 지금 여기에 현존(現存)합니다.

그러므로 내가 정확히 무엇이든, 분명히 '나'는 때때로 끊기는 감각으로 이루어진 것일 수가 없습니다.

이와 마찬가지로, 보이는 모습, 소리, 맛, 감촉, 냄새도 모두 일어나고 사라지지만, '나'는 그대로 남습니다. 이 가운데 어떤 것도 나를 이루지 않습니다.

그러므로 우리가 발견하는 첫째 사실은, 만약 우리가 과거나 생각을 참고하지 않고 '참된 자기'의 친밀한 직접 경험만을 살펴본다면, 참된 나는 생각, 느낌, 감각, 지각으로 이루어져 있지 않다는 것입니다.

· · ·

우리가 이 '나'에 관해 직접 경험으로 확실하게 알 수 있는 것은 또 무엇일까요? 우리는 내가 현존하며 안다는 것을 확실히 압니다. 만약 내가 현존하지 않는다면, 나는 이런 말을 듣거나 읽을 수 없을 것입니다. 마찬가지로, 만약 내가 알지 못한다면, 나는 생각, 느낌, 감각,

지각을 알지 못할 것입니다.

그러므로 본질적인 우리 자신, 본질적인 나 자신이 현존하고 안다는 것은 자명한 진실이며 의심할 여지가 없습니다. '존재'와 '앎'이라는 이 두 가지(겉보기에 둘인) 성질은 나 자신과 분리될 수 없으며, 나 자신에게 본래 있습니다

가끔 '나'를 가리켜 앎(Awareness)이라고 말하는 이유는 이 때문입니다. 접미사 '-ness'는 '……의 있음'을 의미하며, '앎'은 단순히 '아는 그것이 있음'을 뜻합니다. '나'라는 이름은 이 '아는 현존(aware Presence)'에 우리가 공통으로 붙이는 이름입니다.

이렇게 자기의 경험을 탐구하다가 갑자기 '아는 현존'이 되는 것은 아닙니다. 단지 이렇게 알아차릴 뿐입니다. "아, 그래. 당연히 나는 생각이나 느낌, 감각, 지각이 아니고 이것들의 혼합도 아니야. 이 모든 것은 내 평생 오고 가지만, '나'는 늘 현존하면서 이 모든 지나가는 대상을 아는 그것이지."

우리는 갑자기 이 '아는 현존'이 되는 것이 아닙니다. 그저 우리가 이미 그것이고 언제나 그것임을 알아차릴 뿐입니다.

그러니 자신을 생각이나 느낌, 감각, 지각, 또는 이것들의 혼합(하

나의 몸과 마음)이라고 여기는 대신, 자신이 이 '아는 현존'임을 느끼고 아십시오.

우리의 문화는 나 자신인 이 '아는 현존'이 생각, 느낌, 감각, 지각의 무리와 같다고, 즉 몸 마음과 같다고 믿어서 그렇게 느끼도록 교육하고 길들입니다. 이 허구적인 동일시의 결과로, 우리 자신의 '존재(Being)'를 아는 단순한 앎(자기 자신을 아는 '존재'의 앎)은 겉보기에 가려지는 것처럼 보이고, 그래서 자신의 참된 정체성을 잃어버린 채 대상들의 무리가 되어 버리는 것처럼 보입니다. 그리하여 나 자신인 앎은 몸과 마음이 되는 것처럼 보입니다.

달리 말하면, 우리는 자기 '존재'를 아는 이 단순한 앎(자기 자신을 아는 '존재'의 앎)을 간과합니다. 더 정확히는, 생각이 간과하거나 잊어버립니다. 그러고는 대신에 일시적이며 제한된 생각과 느낌의 무리가 우리의 본질이라고 상상합니다.

본질적인 나 자신이 생각, 느낌, 감각, 지각으로 이루어져 있다는 이 믿음과 그에 따른 느낌은 진정한 나 자신인 '참된 자기'를 가리며, 참된 자기를 가상의 자아로, 생각과 느낌으로 만들어진 자아로 대체해 버립니다. 대다수 사람은 이 가상의 자아의 두려움과 요구에 봉사하며 온 생애를 보냅니다.

몸과 마음의 일시적이고 제한된 모습을 자기 자신이라고 믿고 느끼는 것이 우리의 삶을 불행하게 하는 근본 원인이며, 사람, 가족, 공동체, 나라 사이에 갈등을 일으키는 근본 원인입니다.

우리의 참된 자기를 간과하고 가리거나 잊어버리는 것이 불행의 근본 원인이기에, 이 불행을 치료하는 궁극의 길은 우리가 무엇인지를 탐구하여, 우리의 참된 자기를 있는 그대로 다시 알게 되는 것입니다. 우리 자신이 앎이라는 것을 알게 되는 것입니다. 모든 생각, 느낌, 지각은 이 앎 안에서 일어나고, 앎에 의해 알려지며, 본래 앎으로 이루어집니다.

• • •

우리가 참된 자기에 관해 확실히 알 수 있는 것은 또 무엇일까요? 우리는 내가 있다는 것을, 나 자신인 참된 '나'는 존재할 뿐 아니라 안다는 것을 확실히 압니다. 그것은 자명하며 의심할 여지가 없습니다.

이제, 당신의 경험을 아는 그것에 어떤 한계가 있는지 알아봅시다.

만약 우리가 주의를 경험의 내용(생각, 느낌, 감각, 지각)으로 향한다면, 우리는 그 모든 것이 분명히 유한하다는 것을 발견합니다. 그것들은 시작되고 끝납니다. 오고 갑니다.

이제, 당신의 경험을 아는 것이 무엇이든 주의를 그곳으로 향해 봅니다. 어떻게 해야 하는지 생각하지 말고, 그냥 실제로 그렇게 해 보십시오. 지금 일어나는 생각, 느낌, 감각이나 지각을 아는 그것이 무엇이든지 주의를 거기로 향하십시오.

어디로 향합니까? 어떤 방향으로 가려고 합니까? 어떤 방향으로 가더라도 잘못된 방향일 것입니다. 어떤 방향이라는 것은 항상 대상을 향하는데, 그 대상을 아는 그곳으로는 결코 향하지 못합니다. 그것은 마치 일어서서 우리 자신을 향해 한 걸음 내디디려는 것과 같습니다. 그것은 가능하지 않습니다.

그리고 우리의 참된 자기를 향해 주의를 돌릴 수 없는 까닭은 참된 자기가 어떤 대상도 아니기 때문입니다. 우리는 주의를 (느낌이나 생각처럼 아무리 미세한 것이라도) 오직 어떤 것을 향해서만 돌릴 수 있는데, 우리의 참된 자기인 이 '아는 현존'은 어떤 것이 아닙니다. 대상이 아닙니다. 이런 의미에서, 가끔 그것을 가리켜 아무것도 아니고, 어떤 것이 아니며, 텅 비어 있다고, 즉 텅 빈 공간처럼 모습 있는 대상이 전혀 없이 비어 있다고 합니다. 그것은 공간이 아니지만, 본래 비어 있다는 의미에서 텅 빈 공간과 같습니다.

이제, 이 '아는 공간'이 끝나는 지점을 찾을 수 있습니까? 이 말에 관해 생각하지는 마십시오. 이것은 철학이 아닙니다. 자기의 경험 안에서 끝나는 부분을 찾아보십시오. 당신의 경험을 아는 것이 무엇이든 그것의 한계나 경계, 테두리를 찾을 수 있습니까? 그것이 시작되고 끝나는 지점을 찾을 수 있습니까?

우리가 만날지 모르는 어떤 테두리나 경계도 우리가 지각하는 대상이라는 것을 분명히 보십시오. 우리는 지각되는 대상을 아는 그것이지만, 우리 자신은 알려지거나 지각될 수 없습니다. 달리 말하면, 우리가 지각하거나 아는 것은 우리 자신이 아닙니다. 그것은 우리가 아는 대상입니다.

이제, 우리가 아는 모든 것은 한계가 있다는 것을 알게 되었으니, 다시 돌아가서 본질적인 우리 자신에게 어떤 한계가 있는지 찾아봅니다. 물질에 관해서만 말할 수밖에 없는 생각에게 묻지 마십시오. 생각은 당신이 유한하며, 남자나 여자라고, 몸무게나 피부색이나 키가 어떠한 몸이라고, 나이가 몇 살이며 점점 나이 들어 간다는 등의 이야기를 할 것입니다.

당신의 참된 자기를 진정으로 아는 그것에게 물어보십시오. 당신의 참된 자기를 아는 그것은 당신의 참된 자기이며 앎 그 자체입니다. 오직 그것만이 그 자신을 알 수 있습니다. 당신의 참된 자기인 앎에게 물어보십시오. "나는 나 자신 안에서 어떤 한계를 알거나 경험하는가? 나 자신을 제한하는 한계나 경계, 테두리를 발견하는가?"

이렇게 해 보면 우리는 몸, 마음, 세계의 한계를 발견하지만, 우리의 참된 자기에게서는 한계를 발견하지 못한다는 것을 실제 경험으로 깨닫게 됩니다.

'본질적인 나 자신에게는 한계가 없다.' 이것은 우리의 참된 자기에 관한 첫 번째 위대한 발견입니다. 얇은 자기 안에서 어떤 한계도 알지 못합니다.

• • •

이제 자신에게 두 번째 질문을 해 보십시오, "나 자신이 오고 가는 것을 경험한 적이 있는가?" 다시 말씀드리지만, 생각에게 뭐라고 생각하는지 묻지 마십시오. 생각은 "예, 당신은 언제나 나타나고 사라집니다. 당신은 잠들었다가 잠에서 깨어납니다. 당신은 태어났고 죽을 것입니다."라고 말할 것입니다.

생각을 참고하지 마십시오. 여기에 관해 뭔가를 아는지, 자신이 나타나고 사라짐을 경험한 적이 있는지, 당신의 참된 자기에게 물어보십시오.

만약 우리의 참된 자기에게 단순하고 정직하게 정말로 이렇게 묻는다면, 우리는 놀랍지만 단순한 결론에 이를 것입니다. "아니, 나, 앎은 내가 나타나고 사라지는 경험을 한 적이 없다. 나는 내가 잠들거나 일어난 것을, 태어나고 죽는 것을 경험한 적도 없고 알지도 못한다. 생각, 느낌, 감각, 지각은 내 안에서 나타나고 사라지지만, 나는 그것들과 함께 나타나거나 사라지지 않는다."

'본질적인 나는 늘 현존한다.' 이것은 우리의 참된 자기에 관한 두 번째 위대한 발견입니다.

'나는 한계가 없고, 늘 현존하며 무한하고 영원하다.' 이 두 가지 발견은 누구나 자기 자신에 관해 할 수 있는 가장 위대한 발견입니다.

• • •

하지만 그것은 어떤 새롭고 특별한 발견이나 경험이 아닙니다. 사실, 그것은 경험이 아닙니다. 늘 있지만 간과되거나 잊힌 듯 보이는 참된 자기의 본성이 다시 드러나는 것입니다. 영화에서 계속 변하는 영상을 보다가 늘 현존하는 스크린을 알아차리는 것과 같습니다. 오고 가는 대상의 무리인 영화의 내용에 빠지는 대신, 오고 가지 않는 스크린을 알아차리는 것입니다.

영상 속의 대상들은 한계와 운명이 있습니다. 그것들은 나타나고 사라지며, 오고 갑니다. 그러나 대상들이 나타나는 바탕이자 본래 대상을 이루는 스크린은 대상들의 한계나 운명을 공유하지 않습니다. 영화 속 인물이 세계를 여행해도 스크린은 그 인물을 따라 여행하지 않습니다.

스크린을 보는 것은 새로운 경험이 아닙니다. 우리는 늘 스크린을 보고 있지만, 평소에는 그렇다는 사실을 깨닫지 못한 채 보고 있을 뿐입니다. 스크린은 영화에 나타나지 않습니다. 그것은 영화의 한 부분이 아닙니다. 그런데도 스크린은 영화의 한계 없고 늘 현존하는 실재입니다.

마찬가지로, 나 자신이 한계 없고 늘 현존한다는 발견은 놀랄 만한 새로운 경험이나 사건이 아닙니다. 그것은 경험조차 아닙니다. 그것은 한계 없고 늘 현존하는 참된 자기의 본성이 드러나는 것입니다.

이러한 드러남은 몸과 마음에 극적인 충격을 줄 수도 있고, 아니면 처음에는 거의 알아차리지 못한 채 지나갈 수도 있습니다. 그렇지만 만약 그런 일이 일어나더라도, 이 생생하고 극적인 충격은 우리의 참된 본성이 실제로 투명하게 드러나는 일이 아닙니다. 그것들은 단지 몸과 마음에 일어나는 부수적인 효과일 뿐입니다. 참된 본성의 드러남 자체는 경험이 아닙니다. 그것은 투명하며 무색(無色)입니다. 마음은 이 드러남에 관여하지 않습니다.

이 드러남을 보통 '깨달음'이나 '깨어남'이라고 부릅니다. 흔히 우리는 깨달음이나 깨어남을 몸과 마음에서 일어나는 아주 특별한 경험이라고 착각합니다.

그래서 깨달음이라는 것은 30년 동안 영적 수행을 한 뒤 백만 명 중 한 명에게나 운이 좋으면 일어나는 특별한 사건이라고 상상합니다. 그러나 깨달음은 일어나는 사건이 아닙니다. 그것은 경험이 아닙니다. 그것은 단순히 한계 없고 늘 존재하는 우리 자신의 '존재'를 있는 그대로 아는 것(그 '존재'가 자기 자신을 아는 것)입니다.

본질적인 나 자신은 몸과 마음의 한계와 운명을 공유하지 않습니다. 이는 색다른 경험이 전혀 아니며, 우리 자신의 '존재'를 아는 가장 단순하고 분명하며 평범한 앎입니다. 70억 명이 모두 이 존재를 친밀하게 압니다. 대개는 그렇다는 것을 알아차리지 못하더라도.

사실, 우리 자신의 '존재'를 아는 앎(자기 자신을 아는 '존재'의 앎)이 간과되고 잊히는 까닭은 바로 이 앎이 너무 단순하고 익숙하고 평범하며 친밀하기 때문입니다. 그리고 이렇게 우리의 참된 자기를 간과하므로 우리는 자신의 본성이 생각, 느낌, 감각, 지각의 무리라고 믿고 그렇게 느낍니다.

이런 믿음 때문에 참되고 유일한 '나'인 앎이 가려지고 가상의 자아가 존재하는 것처럼 보입니다. 가상의 자아는 '앎 + 앎이 몸과 마음의 한계와 운명을 공유한다는 믿음과 느낌'으로 이루어져 있습니다. 이 한정되고 일시적인 자아는 실제로 존재한 적이 없지만, 생각이나 느낌의 환영적인 관점에서만 존재하는 것처럼 보일 뿐입니다.

달리 말하면, 가상의 자아는 바로 그 자신의 유한하고 왜곡된 관점의 산물일 뿐입니다. 자기 자신을 진정으로 아는 단 하나의 존재, 참되고 유일한 참된 자기인 앎은 그 어떤 한계도 없으며, 나타나거나 사라지지 않습니다.

자신의 참된 성품을 잊어버린 듯한 대다수 사람은 이 가상의 자아를 대신해 생각하고 느끼고 행동하고 지각하고 관계하면서 자아에 봉사하느라 삶을 써 버립니다.

이 가상의 자아는 앎을 몸과 마음으로 제한하는 듯한 생각과 느낌만으로 이루어져 있으므로 부서지기 쉬운 존재이며 늘 그 자신을 유지해야 합니다. 그러나 참되고 유일한 '나'인 앎은 자신을 유지할 필요가 없습니다. 그것은 자기 자신의 경험 안에서 늘 현존하므로 자기 자신으로 존재하기 위한 혹은 자신을 유지하기 위한 어떠한 노력도 전혀 필요하지 않습니다.

반면에, 가상의 분리된 자아는 지속적인 생각과 느낌으로 계속 유지되려고 합니다. 사실, 분리된 자아는 실제로는 어떤 존재가 아니며, 생각과 느낌으로 이루어진 활동입니다.

분리된 자아는 우리 자신이 아닙니다. 그것은 생각과 느낌의 활동입니다.

• • •

이제, 당신의 참된 자기에게 돌아가서 물어보십시오, "나는 단 한 번이라도 침해받은 적이 있는가?" 생각이나 느낌이 침해받을 수 있는지 묻지 마십시오. 우리는 생각과 느낌이 아주 사소한 자극에도 침해받는다는 것을 잘 알고 있습니다. 자신에게 물어보십시오. "나, 앎은 단 한 번이라도 침해받은 경험이 있는가?" 그것은 텅 빈 공간에게 단 한 번이라도 동요한 적이 있느냐고 묻는 것과 같습니다.

몸, 마음, 세계가 아무리 동요하더라도 (동요가 그 안에서 나타나고, 그것에 의해 알려지며, 본래 그것으로 이루어진) 본질적인 당신 자신은 침해받지 않으며 동요하지 않음을 분명히 보십시오. 그것은 마치 당신이 일어서서 춤을 추든 싸움을 시작하든 당신이 있는 방의 텅 빈 공간은 움직이지 않는 것과 같습니다.

다시 말해, 참된 평화는 상황과 관계없고 침해받을 수 없으며, 우

38

리 본연의 늘 현존하는 본성입니다.

이제, 우리의 '존재'에게 무엇이 결핍될 수 있는지를 참된 자기에게 묻는다면, 대답은 같습니다. 마음에는 어떤 것이 결핍될 수 있고, 몸에는 어떤 것이 결핍될 수 있으며, 세계에도 어떤 것이 결핍될 수 있지만, 당신, 나, 이 열리고 텅 빈 '아는 현존'은 자기 안에서 어떤 결핍도 알지 못합니다. 그것은 단지 그 자체로 존재하는 것만으로 언제나 만족합니다. 그러므로 만족과 행복은 참된 자기의 늘 있는 본성입니다.

그러므로 평화와 행복은 어떤 상황, 어떤 조건에서든 우리의 참된 자기에게 늘 있는 두 가지 성품입니다.

• • •

그러나 가상의 자아가 존재하는 것처럼 보이면, 참되고 유일한 '나'인 앎이 가려지는 것처럼 보이며, 우리에게 본래 있는 평화와 행복도 가려지는 것처럼 보입니다. 이런 이유로 시인 헨리 데이비드 소로는 "대다수 사람은 말 없는 절망 속에서 살아간다."라고 했습니다.

가상의 자아가 존재하는 것처럼 보이면, 우리의 '존재'를 아는 단순한 앎인 평화와 행복이 가려지는 것처럼 보입니다. 그렇게 되면 이 가상의 자아는 앎이 영원히 머무르는 '지금(Now)'을 떠나, 잃어버린 평화와 행복을 회복해 줄 대상을 찾아서 과거나 미래로 들어갑니다.

이것이 가상의 자아의 운명입니다. 가상의 자아는 자신이 갈망하는 평화와 행복을 가져다줄 어떤 대상, 상황, 관계를 발견할 것이라는 희망을 품고 계속 '지금'을 회피하면서 과거와 미래로 갑니다.

하지만 우리 모두 아주 잘 알듯이, 분리된 자아는 결코 만족하지 못합니다. 그것은 늘 좌절합니다. 자신이 원하는 것을 결코 찾지 못합니다. 원하는 것을 찾으면 곧 그것을 더는 원하지 않으며, 평화와 행복을 찾기 위해 존재하지도 않는 미래로 끝없이 떠납니다. 그러나 찾고자 하는 것을 결코 찾지 못하며, 앞으로도 찾지 못할 것입니다. 잘못된 방향에서 찾고 있기 때문입니다.

어느 단계에 이르러 몸, 마음, 세계의 영역에서 주어지는 대상에서 평화와 행복을 찾으려는 노력이 충분히 자주 실패하면, 우리는 180도 방향을 돌려 '찾는 자'가 누구인지를 묻게 됩니다. 그렇지만 '찾는 자'로 주의를 돌렸을 때, 우리는 일시적이고 제한되며 찾고 있는 자아를 발견하지 못합니다. 우리는 열려 있고 텅 비어 있고 침해받지 않으며 저절로 만족하는 앎의 현존을, 늘 현존하고 한계가 없으며 동요하거나 결핍되지 않은 앎의 현존을 발견합니다. 또는 그것이 그 자신을 발견하거나 인지합니다.

이 발견이 바로 가상의 자아가 찾고자 했던 평화와 행복의 경험입니다. 하지만 가상의 자아는 갈망하는 평화와 행복의 경험을 하거나 발견할 수 없습니다. 그 자아가 현존하는 것처럼 보이는 것이 그 경험을 가리기 때문입니다.

달리 말하면, 분리된 자아는 나방이 불꽃을 찾듯이 평화와 행복을 찾습니다. 불꽃은 나방이 원하는 모든 것이지만 가질 수 없는 단 하나이기도 합니다. 평화와 행복은 분리된 자아가 갈망하는 모든 것이지만 가질 수 없는 단 하나입니다.

나방은 자신이 갈망하는 불꽃에 닿는 순간, 죽습니다. 그것이 나방이 불꽃을 아는 방법입니다, 그 안에서 죽음으로써, 그것이 됨으로써. 마찬가지로, 가상의 자아도 자신이 갈망하는 것을 발견하는 방법은 그 안에서 죽는 것입니다. 가상의 자아는 결코 평화와 행복을 가지거나 알 수 없습니다. 그것은 단지 죽거나 사라질 수 있을 뿐이며, 그 사라짐이 평화와 행복의 경험입니다.

우리가 삶에서 진정으로 원하는 모든 것은 우리 자신의 '존재'를 아는 단순한 앎 속에 있으며, 이것은 70억 우리 모두에게 24시간 내내 늘 주어져 있습니다. 아무리 어두운 영상이라도 스크린을 완전히 가리지 못하듯이, 그것은 완전히 가려지지 않습니다. 이처럼 우리의 가장 어두운 느낌조차 앎의 빛을 정말로 가리지는 못합니다. 그리고 그런 느낌도 앎 안에서 나타나고, 앎을 통해 알려지고, 앎으로 이루어 집니다.

우리에게 필요한 것은 오직 우리의 경험을 들여다보고, 우리가 발견하는 진실에 따라 살아갈 용기를 갖는 것뿐입니다.

• • •

이런 이해는 자주, 적어도 최근까지 인도, 중국, 티베트나 다른 극동 아시아 나라들의 문화로 포장되어 표현되었습니다. 그래서 특별하고 이색적인 성격을 띠게 되었습니다. 하지만 우리 자신의 '존재'를 있는 그대로 아는 단순한 앎에는 특별하고 이색적인 것이 전혀 없습니다.

인도, 중국, 티베트는 특별하고 이색적일지 모르지만, 우리 자신의 '존재'를 아는 단순한 앎(자신이 한계 없고 태어나지도 죽지도 않는 현존임을 아는 것)은 가장 단순하고 가장 분명하고 가장 평범한 이해이며, 너무나 분명해서 거의 모든 경우에 간과되거나 잊힙니다.

우리가 갑자기 한계가 없어지거나 늘 현존하게 되는 것이 아닙니다. 그저 우리가 본래 영원히 그러함을 알아차리는 것입니다. 우리 문화의 일반적인 태도로 인해, 우리의 본성이 몸/마음의 한계와 운명을 함께한다고 믿도록 최면에 빠져 있었다는 것을 깨닫는 것입니다.

이런 이해에 붙은 이색적인 이름이 깨달음 또는 깨어남입니다. 하지만 이런 이름이 몸과 마음의 특별하고 다채로운 경험과 연관되었기 때문에, 우리 자신의 '존재'를 아는 단순한 앎, 자기 자신을 아는 그것의 단순한 앎이 몸/마음의 특별한 경험, 궁극의 경험, 엄청난 경험 같은 것으로 오해되었습니다.

우리는 충분히 오래 명상하거나 충분히 힘들여 수행한다면 마침내 깨달음을 경험할 수 있을 것으로 믿습니다. 그래서 우리가 충분히 진지하면, 충분히 헌신하면, 충분히 자주 스승을 찾아가거나 인도에 가면, 충분히 오래 방석에 앉아 명상을 하면 무엇을 하든지 간에 마침내 깨달음이라고 불리는 이 특별한 경험을 하게 될 것이라는 희망을 품고서 갖가지 수행을 합니다.

그러나 깨달음은 경험이 아닙니다. 깨어남은 몸과 마음의 경험이 아닙니다. 그것은 우리 자신의 '존재'를 있는 그대로 아는 단순한 앎입니다. 그것은 늘 현존하며 한계 없는 우리의 본성을 인지하는 것입니다.

이렇게 인지하면 몸과 마음에 깊은 이완이 일어나서 긴장과 경직이 풀릴 수 있습니다. 그리고 이런 이완은 몸과 마음을 통과하며 일시적으로 맥동하는 에너지의 파도를 보낼 수 있습니다.

그것은 색다른 경험입니다! 그런 경험은 몇 분간, 몇 시간 또는 몇 주간 경이롭게 느껴질 수 있습니다. 그것은 단지 일시적이고 부수적인 효과일 뿐인데, 흔히 깨달음으로 착각하게 됩니다. 깨달음 자체는 무색(無色)입니다. 그것은 투명합니다. 그것은 마음에 나타나지 않습니다. 마음으로는 알아차릴 수 없습니다.

마음으로 알아차리는 것은 이런 특별하고 흥미로운 사건입니다. 이런 현상들에 관해 얘기하는 책들이 있습니다. 우리는 그런 책들에서 이런 특별한 사건들에 관해 읽고서 "아, 내게는 그런 일이 일어나지 않았어! 그러니 이런 경험을 찾아서 다시 미래로 들어가야 해."라고 생각합니다.

그것은 잘못된 이해입니다. 깨어남이나 깨달음은 경험이 아닙니다. 그것은 몸/마음에서 일어나지 않습니다. 사실, 처음에는 몸/마음에 미치는 영향을 거의 인식하지 못할 때도 있습니다.

그렇게 한동안은 몸/마음에 어떤 표시도 없을 수 있습니다. 그만큼 잔잔할 수도 있습니다. 그저 "아, 그렇지. 왜 전에는 이걸 몰랐지?"

우리 자신의 '존재'에 대한 이 단순한 인지(이 '존재'를 인지하거나 기억하는 것)는 우리가 생각하는 방식을 깊이 바꿉니다. 그리고 때가 되면 참된 자기에 대해 느끼는 방식도 바꿉니다. 그것은 우리 자신이 생각, 느낌, 감각의 무리라는 믿음과 느낌에서 우리를 해방시킵니다. 진정으로 해방시킵니다.

그럴 때 생각, 느낌, 감각이 일어나는 일이 멈추는 것은 아닙니다. 나 자신이 그 생각, 느낌, 감각이라는 믿음이 끝납니다.

한동안 생각, 느낌, 감각은 오래된 관성으로 돌아가면서 습관적으로 계속 나타날 수 있습니다. 우리는 수십 년 동안이나 분리되고 제한된 자아를 대신하여 생각하고 느끼고 행동하고 지각하고 관계하며 살아왔기에 이런 생각, 느낌, 행동 등은 하룻밤 사이에 끝나지 않습니다. 그것들은 계속되지만, 그것들이 참되고 실재하는 것을 가리킨다는 믿음이 공급하는 연료를 더는 받지 못하므로 곧 서서히 줄어들다가 마침내 끝이 납니다.

우리는 이제 (참된 자기가 우리 자신임을 알고 느끼면서) 참된 자기를 대신하여 생각하고 느끼고 행동하고 지각하고 관계하기 시작합니다. 더는 몸과 마음으로 이루어진 분리되고 제한된 가상의 자아를 대신하여 그렇게 하지 않습니다.

그리고 때가 되면 이런 새로운 이해는 우리 삶의 모든 영역에 스며들게 됩니다. 생각하는 방식뿐만 아니라 느끼는 방식에, 느끼는 방식뿐만 아니라 세계를 지각하는 방식에, 몸을 감각하는 방식에, 다른 사람과 관계하는 방식에 스며듭니다. 그것은 우리의 경험을 완전히 변화시킵니다.

· · ·

그러므로 우리가 함께하는 이 명상에서 우리는 이 모든 영역을 숙고하고 탐구할 것입니다. 몸과 마음으로 이루어진 자아를 자기 자신이라고 여기는 과거의 믿음과 느낌을 탐구할 것입니다. 우리는 나 자신이 순수하고 텅 빈 투명한 앎이라는 것을 거듭 발견할 것입니다.

참된 자기 안에서는 어떤 한계나 운명도 알지 못한다는 것을, 앎은 자기 안에서 어떤 한계나 운명도 알지 못하고 경험하지도 못한다는 것을 우리의 친숙한 경험으로 발견하기 위해 우리는 앎(자기에 대한 앎의 경험)을 계속해서 탐구할 것입니다.

우리는 이 경험적인 이해가 우리가 몸을 느끼는 방식, 서로 관계하는 방식, 세계를 지각하는 방식에 어떻게 영향을 주는지 탐구할 것입니다.

그렇지만 이른바 깨달음(깨달음이라 불리는 이 투명한 드러남)은 중간 단계일 뿐입니다. 그것을 너무 중시할 필요가 없습니다.

이른바 깨어남 뒤에는 끝이 없는 과정이 이어지며, 이런 경험적 이해가 몸, 마음, 세계에 서서히 스며듭니다. 앎의 빛은 몸, 마음, 세계에 점차 배어들며 변화시킵니다.

그것은 끝이 없는 과정입니다. 우리는 그 과정이 끝났다고 말할 수 없습니다. 분리된 자아는 끝납니다. 더 정확히 말하면, 가상의 자아는 끝납니다. 그러나 삶에서 이런 이해가 깊어지는 과정, 이 새로운 이해가 경험의 전체 영역에 스며드는 과정은 끝이 없습니다. 이 과정은 계속 이어지며 끝없이 깊어집니다.

감사합니다.

2
명상은 우리의 행위가 아니라 우리 자신입니다

명상에 대해 말씀드리겠습니다.

우리는 보통 우리 자신을 생각, 느낌, 지각의 무리라고 여깁니다. (나라고 여기는) 분리된 자아는 몸/마음에 살고 있고 몸/마음으로 이루어져 있다고 여깁니다.

그리고 명상은 흔히 깨달음, 고요함, 평화, 자유 같은 어떤 목표를 이루기 위해 (나라고 여기는) 이 몸/마음이 해야 하는 행위로 여깁니다.

달리 말하면, 그런 관점에서 우리는 분리된 자아를 자기 자신으로 믿고, 명상은 우리가 하는 행위로 여깁니다.

하지만 여기서는 명상을 다르게 이해합니다. 우리는 명상을 우리의 본질로 이해하고, 분리된 자아를 생각이 가끔 하는 활동으로 이해합니다.

일반적인 명상이 필요 없다는 말은 아닙니다. 물론 그런 명상은 필요합니다. 그러나 여기에서는 그것을 명상이라고 이해하지 않습니다. 여기에서 우리가 이해하는 명상은 어떤 종류의 활동도 아닙니다.

명상은 우리 자신이며, 우리가 하는 것이 아닙니다.

우리의 접근법에서 명상은 어떤 행위나 마음의 활동을 멈추는 것과는 아무 상관이 없습니다. 마음을 집중하고 지켜보고 길들이거나 고요하게 하는 것, 또는 호흡을 지켜보는 것 같은 행위와는 아무 상관이 없습니다. 여기서는 그것을 명상이라고 이해하지 않습니다.

우리가 이해하는 명상은 그저 있음이며, 그저 앎의 현존으로 있는 것이며, 그저 '아는 그것'으로 있는 것입니다.

우리는 바로 지금 우리의 경험을 압니다. 지금 나누는 이런 말들을 알아차리고, 무슨 생각과 느낌이 일어나든 그것들을 압니다. 우리는 이 방의 광경과 지금 일어나는 소리, 몸의 따끔거리는 감각을 알아차립니다. 아무 노력 없이도 지금 이렇게 일어나는 모든 경험을 압니다. 우리의 경험을 아는 그것이 되기 위해 티끌만큼도 노력할 필요가 없습니다.

명상은 그저 자신이 경험을 아는 그것임을 알면서 그것으로 있는 것입니다.

이 존재는 때로는 '앎(Awareness)'이라고 불립니다. 접미사, '-ness'는 '……의 현존'을 의미하며, 그래서 '앎'은 단순히 '아는 그것의 현존'을 의미합니다.

그러므로 '앎'이라는 단어를 사용할 때는 우리가 모르거나 익숙하지 않은 어떤 특별하고 추상적인 개념을 가리키는 것이 아님을 분명히 알기 바랍니다. 그것은 단순히 본래 당연히 우리 자신인 것, 우리의 경험을 아는 그것, 우리의 생각을 알고, 이런 말을 알고, 바로 지금 들리는 소리와 보이는 모습을 아는 그것을 가리킬 뿐입니다. 매 순간 알려지고 경험되는 것이 무엇이든 그것은 언제나 '당신'에 의해 알려집니다. '당신'은 당신의 경험을 아는 그것입니다. 그것은 '나', '앎', '아는 현존'이라고 불립니다.

명상이란 그저 자신이 그것임을 알면서 그것으로 있는 것입니다. 70억 명의 인간은 이미 모두 그것이지만, 모든 사람이 그 진실을 깨닫는 것은 아닙니다. 명상이란 자신이 그것임을 알면서 그것으로 있는 것이라고 말하는 까닭은 그 때문입니다.

대다수 사람은 그것이면서도 그것을 알지 못합니다. 우리가 본래 그 앎이며, 그 앎으로 우리의 경험이 알려진다는 것을 깨닫지 못합니다.

우리는 본질적 자기인 이 단순한 '아는 현존'을 간과하며, 대신에 생각과 느낌의 무리를 자기 자신으로 상상합니다.

여기에서 우리는 우리의 경험을 아는 것이 무엇이든 우리가 이미 늘 그것임을 단순히 알아차립니다. 우리는 그것이 아닌 다른 무엇일 수 없습니다.

우리의 경험을 아는 그것이 아닌 다른 무엇이 되려고 한번 해 보십시오. 그것이 아니려고 해 보십시오. 불가능합니다.

그러므로 명상은 세상에서 가장 쉬운 것입니다. 심지어 숨 쉬는 일보다 쉽습니다. 숨을 쉬려면 어떤 근육의 미세한 수축이 필요합니다. '아는 현존'으로 있는 것, 자신이 '아는 현존'임을 아는 것은 숨 쉬는 일보다 쉽습니다.

자신이 이 현존임을 알면서 이 현존으로 있는 데는 마음의 활동이 전혀 필요하지 않습니다. 마음을 거부해야 한다는 뜻이 아닙니다. 마음은 정확히 있는 그대로 놓아두면 됩니다.

어떤 마음은 비교적 조용할 수 있고, 어떤 마음은 여기서 얘기하는 내용에 관해 이런저런 언급을 하거나 다른 일들에 관해 생각하고 있을 수 있습니다. 갖가지 생각이 일어나고 있을 수 있습니다. 마음에 무엇이 일어나든 상관없습니다. 마음이 언제 어디로든 원하는 대로 갈 수 있고, 무엇이든 원하는 대로 생각할 수 있도록 마음에 완전한 자유를 주십시오.

명상은 마음에서 일어나거나 일어나지 않는 일과는 아무 상관이 없습니다. 마음에게 무엇이든지 조건 지어져 있는 대로 할 수 있는 완전한 자유를 주십시오. 마음의 활동을 개인적으로 책임져야 할 사람은 존재하지 않습니다. 사실은 온 우주가 협력하여 낱낱의 사건이 일어나게 합니다. 가장 사소한 생각이나 느낌 하나에도 모든 생각, 모든 느낌, 모든 행동, 모든 바람의 펄럭임, 모든 나비의 움직임, 온 우주의 모든 것이 연관되어 있는 것입니다. 그러므로 우주가 우리의 생각에 책임이 있습니다.

만약 우리가 우리의 생각을 책임지려고 한다면, 우리는 전 우주를 책임져야 합니다. 생각은 그냥 놓아두십시오.

자신이 생각을 아는 그것임을 알면서, 아무 노력 없이 그것으로 존재하십시오. 우리가 그것임을 알면서, 그저 그것으로 존재하십시오. 자기 자신이 그것임을 아십시오.

그리고 앎을 생각에 불과한 것으로 제한하지 마십시오. 여기에는 느낌도 포함됩니다. 아무런 느낌이 없을 수도 있고, 슬픔, 부끄러움, 죄책감, 두려움, 무력감, 결핍감 등의 느낌이 있을 수 있습니다. 어떤 느낌이 들든지 그냥 있는 그대로 놓아두십시오.

마찬가지로, 몸의 감각도 포함됩니다. '몸'이라고 불리는 이 따끔거리는, 일정한 모양이 없는 감각의 무리를 있는 그대로 놓아두십시오. 지금 몸이 불편하면 움직여도 됩니다.

명상은 어떤 것을 얻으리라는 희망으로 무릎이나 등의 통증을 참아 가며 움직이지 않고 고정된 자세로 앉아 있는 것과는 아무런 상관이 없습니다. 몸을 자연스럽게 대하십시오. 몸이 불편하면 움직여도 됩니다.

세계도 포함됩니다. 우리가 말하는 '세계'란 보이는 모습, 소리, 맛, 감촉, 냄새를 뜻합니다. 우리가 아는 세계는 이것들이 전부입니다.

모든 것이 포함됩니다. 마음의 활동을 모두 포함하려 할 필요는 없습니다. 그저 나 자신인 앎이 (무엇이 나타나든) 이미 모든 방향으로 활짝 열려 있음을 보십시오. 그저 자신이 이 활짝 열린 앎 즉 '아는 현존'임을 알면서 그 현존으로 존재하십시오.

• • •

이 현존은 어떤 특정한 모습과도 관계없음을 보십시오. 그것은 관여하지 않으면서 모든 모습이 있는 그대로 있도록 허용합니다. 마치 스크린이 영화의 모든 영상을 관여하지 않으면서 있는 그대로 허용하듯이.

그렇게 되게 하려 할 필요가 없습니다. 이미 그렇다는 것을 알아차리기만 하면 됩니다. 우리의 경험을 아는 그것, 나는 모든 경험과 친밀하게 하나이면서, 동시에 그것과 전혀 연관되지 않습니다.

초연해지기 위해 수십 년 동안 애쓸 필요가 없습니다. 나 자신인 이 '아는 현존'은 이미 모든 현상에서 초연하며, 동시에 그것들과 친밀하게 하나입니다. 마치 스크린이 영상과 붙어 있지 않지만, 동시에 그것과 친밀하게 하나이듯이.

이것은 마음, 몸, 세계와 거리를 두는, 따로 떨어져 있는 목격자로서 배경에 서 있는 것과는 다릅니다.

우리의 경험을 아는 것이 무엇이든 그것은 경험과 친밀하게 하나이고, 모든 경험에 스며 있으며, 동시에 경험을 벗어나 있습니다. 스크린은 영상에 스며 있고, 영상과 하나이며, 그러면서도 동시에 영상과 별개입니다. 스크린은 영상에 의해 오염되지 않으며, 해를 입거나 손상되거나 달라지거나 바뀌거나 움직이거나 파괴되지 않습니다.

마찬가지로, 나 자신인 이 텅 빈 '아는 현존'은 모든 경험에 스며 있지만, 결코 경험에 의해 해를 입거나 오염되거나 손상되지 않습니다. 우리는 어떤 경험에 대해서도 자신을 방어할 필요가 없습니다. 해를 입을 만한 특정한 경험에 대해서만 방어하면 됩니다. 몸에 신체적 해를 끼치는 일에 관해 얘기하는 것이 아닙니다. 몸을 돌보는 것은 자연스러운 일입니다. 심리적인 고통에 관해 얘기하는 것입니다.

생각으로 저를 따라오지 마십시오. 당신의 경험으로 따라오십시오. 여기서 말하는 것을 당신의 실제 경험으로 확인해 보십시오. 우리의 경험을 아는 그것인 우리의 본질은 경험과 친밀하게 하나인 동시에 경험을 벗어나 있음을 분명히 보십시오.

· · ·

이 앎의 현존을 대상으로서 찾거나 아는 것은 불가능합니다. 우리는 처음에는 생각, 느낌, 감각, 지각을 찾거나 아는 것과 똑같은 방식으로 그것을 찾거나 알려고 할 것입니다. 그러나 그것은 어떤 대상으로서 발견될 수 없습니다. 그것을 아는 단 하나의 방법은 그것으로 있는 것입니다.

앎은 오직 그 자신으로 있음으로써 자기 자신을 압니다.

우리의 참된 자기인 앎을 때로는 '아무것도 아닌 것(nothing)'이라고 하는 까닭, 어떤 것이 아니며, 대상이 아니며, 생각이나 느낌, 감각, 지각이 아니라고 하는 까닭은 이 때문입니다. 때로는 텅 빈, 투명한, 또는 공(空)이라고 말합니다. 이런 말들은 우리의 본질이 어떤 종류의 대상(아무리 미묘하더라도, 심지어 가장 미묘한 존재의 느낌이라 할지라도)으로서 찾아지거나 느껴지거나 알려지거나 보이거나 경험될 수 없다는 경험적인 깨달음을 일깨우기 위한 것입니다.

동시에, 경험(생각, 감각, 지각)이 나타날 때, 그 경험에는 그것을 아는 앎이 완전히 스며 있습니다.

하나의 생각에는 오직 생각하는 경험만 있을 뿐이며, 생각함에는 오직 그것을 아는 앎이 있을 뿐입니다. 그 앎이 우리의 참된 자기이자 어떤 것도 아닌 것(no-thing)인 이 투명하고 텅 빈 앎입니다.

이 텅 빈, 아는 '어떤 것도 아닌 것'은 마치 텅 빈 스크린이 영상으로 가득한 모습으로 나타나듯이 생각하는 경험의 모습으로 나타납니다. 가득한 영상은 텅 빈 스크린으로 이루어져 있습니다. 가득한 경험(생각, 감각, 지각)도 텅 빈 순수한 앎으로 이루어져 있습니다.

우리는 이 텅 빈, 아는 현존입니다. 생각, 감각, 지각에는 오직 그것을 아는 앎, 경험함만 있을 뿐이며, 그것이 우리 자신입니다.

그러므로 이 텅 빈 '아무것도 아닌 것'은 모든 것의 가득함으로 드러납니다. 우리는 단지 텅 빈 무(無), 텅 빈 '아무것도 아님'만이 아닙니다. 우리는 그것이지만, 그것은 또한 모든 경험을 이루는 질료이자 본질이고 실재입니다. 그러므로 우리는 모든 것입니다.

어디를 바라보더라도, 우리는 참된 자기만을 발견합니다. 우리가 바깥 세계를 둘러본다면, 우리가 발견하는 것은 오직 보는 경험뿐이며, 보는 경험에 있는 유일한 본질은 그것을 아는 앎입니다. 그 순수한 앎이 우리의 참된 자기입니다.

'여기'에 있는 보는 자(몸)와 '저기 바깥'에 있는 (이른바 세계에 있는) 보이는 대상으로 나누는 것은 오직 추상적인 생각뿐입니다. 단지 그 생각에게만 안의 자아와 밖의 세계가 존재하는 것처럼 보입니다.

그러나 경험은 두 가지 본질적 요소(안에 있는 '나'라는 주체, 그리고 밖에 있는 '세계' 또는 '타자(他者)'라 불리는 대상)로 이루어져 있지 않습니다. 그것들은 생각이 친밀한 실제 경험 위에 덧붙인 추상적 관념일 뿐입니다.

경험 자체는 그보다 훨씬 친밀합니다. 그것은 두 부분으로 이루어져 있지 않습니다. '아드바이타(a-dvaita)' 즉 둘이 아닙니다.

자신이 어떤 곳에 있다고 여기지 마십시오. 모든 곳에서 자신을 발견하십시오.

• • •

가상의 분리된 자아는 나, 앎, 순수한 앎의 빛이 이 작은 몸/마음 안에 있고, 이 작은 몸/마음으로 제한된다고 상상하는 생각으로 이루어집니다. 분리된 자아는 단지 이 믿음으로 존재하게 되는 것처럼 보이며, 우리 대부분은 이 가상의 자아로서 살아가며, 이 존재하지 않은 자아를 대신하여 생각하고 느끼고 행동하고 관계합니다.

불행하다는 느낌은 우리가 자신을 몸/마음 안의 생각과 느낌의 무리로, 몸/마음으로 착각하고 있음을, 몸/마음의 지성이 알려 주는 신호입니다.

통증이 어떤 것에 주의를 기울여야 함을 몸에 보내는 신호이듯이, 고통은 우리의 참된 자기를 생각과 느낌의 무리로 착각하고 있음을 마음에 보내는 메시지입니다. 다시 말해, 고통은 우리를 괴롭히기 위해 있는 게 아닙니다. 고통은 처벌이 아닙니다. 오히려 그것은 우리를 돕기 위해 있습니다. 그것은 깨어나라는 신호입니다.

처음에 그 신호는 부드럽게 오지만, 나중에는 점점 더 심해집니다. 그러나 깨어나라는 신호는 약하든 강하든 늘 같은 말을 하고 있습니다. 우리 자신을 생각과 느낌의 무리로 착각하고 있다고, 참된 우리 자신을 간과하거나 잊어버리고 있다고.

분리된 자아는 우리 자신이 아닙니다. 그것은 생각과 느낌의 활동입니다. 명상은 우리가 하는 행위가 아닙니다. 그것은 우리 자신입니다. 그저 이 열린, 텅 빈, 아는 현존을 알아차리면서 그것으로 존재하십시오. 그리고 모든 경험과 친밀하게 하나이면서 동시에 경험으로부터 해를 입지 않고 파괴되지 않으며 완전히 자유로운 이 현존을 모든 경험의 한가운데에서 발견하십시오.

감사합니다.

3
당신이 세계에 실재성을 부여합니다

자신의 직접 경험만을 참조하면서, 자신에게 물어보십시오, "나의 삶에 늘 있는 것은 무엇인가? 나 자신과 분리되거나 떨어질 수 없는, 평생 나와 함께하는 그 하나는 무엇인가?"

생각, 느낌, 감각, 지각 등 모든 범위의 경험을 떠올리며, 그 하나하나에게 당신의 삶 내내 늘 있었는지 물어보십시오.

우리는 경험에 연속성이 있고, 경험에 연속성을 주는 어떤 것이 모든 경험 내내 이어지고 있다는 것을 압니다. 그것은 무엇입니까?

생각은 분명히 그것이 아닙니다. 생각들은 때때로 끊기기 때문입니다. 생각들은 오고 갑니다. 느낌과 감각도 분명히 그것이 아닙니다. 오고 가기 때문입니다. 보이는 모습, 소리, 맛, 감촉, 냄새와 같은 지각도 아닙니다. 이것들도 생각, 느낌, 감각처럼 일어나고 사라지기 때문입니다.

그렇다면 경험에 연속성을 주는 것은 무엇입니까? 그 연속성은 무엇에서 나오는 것일까요?

물질에 관해서만 말할 수 있는 생각에게 묻지 마십시오. 자기 자신에게 물어보십시오. 자신의 경험에게 물어보십시오.

경험에 연속성이 있습니다. 그 연속성은 틀림없이 무언가로 이루어져 있습니다. 그것은 때때로 끊기는 대상인 생각, 느낌, 감각, 지각으로 이루어져 있을 수 없습니다. 그것은 무엇으로 이루어져 있을까요?

모른다고 말하지 마십시오. 우리는 경험에 연속성이 있다는 것을 압니다. 우리는 그 연속성을 경험합니다. 그러니 틀림없이 그것을 알고 있습니다.

• • •

우리의 정체성을 둘 가치가 있는 것은 오직 오직 연속적인 것, 더 정확히 말하면 늘 있는 그것뿐입니다. 만약 오고 가는 것, 때때로 끊기는 것에 정체성을 둔다면, 자신이 곧 사라질 것이라고 늘 느끼게 될 것입니다.

다시 말해, 생각, 느낌, 감각, 지각에 우리의 정체성을 둔다면, 우리가 곧 사라질 것이라고 늘 느낄 것입니다. 이것들 하나하나가 사라질 때마다 우리도 함께 사라질 것이라고 느낄 것입니다. 그리고 이 사라진다는 두려움, 죽음에 대한 두려움은 모든 이어지는 생각, 느낌, 행동, 관계를 미묘하게 통제할 것입니다.

진정한 안전을 원한다면, 정말로 안전한 것에 정체성을 두어야 합니다. 사라지는 것은 정말로 안전할 수 없습니다. 안전과 그에 따른 평화를 원한다면, 나타나거나 움직이거나 변하거나 사라지지 않는 것, 안전한 것에 정체성을 두어야 합니다.

생각, 느낌, 감각, 지각 등 마음으로 찾을 수 있는 대상은 (아무리 미묘하더라도) 오고 갑니다. 우리의 삶 내내 늘 존재하는 단 하나는 앎이며, 우리는 그 앎으로 모든 경험을 압니다.

이 앎은 우리가 마음으로 찾을 수 없습니다. 그것은 어떤 대상이 아니며, 관찰되거나 지각될 수 있는 성질이 없기 때문입니다. 우리는 앎을 찾을 수 없습니다. 오직 그것으로 존재할 수 있을 뿐입니다. 그리고 앎을 알아차리면서 앎으로 존재하는 방법은 우리의 정체성을 더는 앎이 아닌 다른 것에 두지 않는 것, 우리의 정체성을 더는 생각, 느낌, 감각, 지각에 두지 않는 것입니다.

어떤 것이든 가는 것은 가게 놓아두십시오. 어떤 것이든 사라지는 것은 사라지게 놓아두십시오, 그러면 사라질 수 없는 단 하나가 남을 텐데, 삶에서 그것의 존재를 서서히 느껴 보십시오.

그것은 처음에는 경험의 배경에 있는 평화로서 알려지고, 다음에는 몸과 마음을 점점 더 그 존재로 가득 채우며, 행복으로서 경험의 전면에 흐르게 될 것입니다.

마음은 무엇이든 오고 가는 것에 주더라도, 가슴은 언제나 당신과 함께 있는 그것에 주십시오.

• • •

백 개의 색구슬로 이루어진 목걸이를 상상해 보십시오. 그것을 백 개의 분리된 대상이 아닌 하나의 목걸이로 보이게 만드는 것은 무엇입니까? 우리에게 백 개가 아닌 한 개로 보이게 하는, 목걸이에 단일성을 부여하는 것은 무엇입니까?

그것은 구슬들을 엮고 있는, 보이지 않는 줄입니다. 하나의 줄 때문에 백 개의 구슬이 하나의 목걸이로 보입니다.

각각 분리되고 제한된 백 개의 구슬은 우리의 '만 가지' 일상 경험
(생각, 이미지, 아이디어, 느낌, 감각, 보이는 모습, 소리 등의 많음과 다양성)
입니다.

그러나 이 '만 가지'를 하나로, 하나의 경험으로 느껴지게 만드는
것은 무엇입니까? 비록 생각이 하나의 경험을 '몸', '마음', '세계'라 불
리는 많음과 다양성으로 나눌지라도, 한 순간에는 하나의 경험만 일
어납니다.

이렇게 다양하고 많아 보이는 경험에 연속성과 연결성을 주는 것
은 무엇입니까? 어째서 경험은 혼란스러운 생각, 느낌, 감각, 지각으
로 뒤죽박죽이 되지 않을까요?

그것은 모든 생각, 느낌, 감각, 지각이 앎의 보이지 않는 줄에 함께
꿰여 있기 때문입니다. 하나의 목걸이로 만든 줄이 보이지 않듯이,
늘 있는 앎의 줄도 보이지 않습니다. 보이는 것은 구슬들이지만, 그
것들을 하나로 결합하는 것은 보이지 않는 줄입니다.

마찬가지로, 모든 경험에 연속성과 연결성을 주면서 내내 관통하
는 것은 우리의 참된 자기인 앎입니다.

당신의 정체성을 구슬에, 대상에, 보이는 것에 두지 마십시오. 몸, 마음, 세계는 연속되거나 영원하지 않습니다. 거기에는 안전이 없습니다. 평화가 없습니다.

몸, 마음, 세계가 연속되고 영원해 보이는 것은 당신 자신인 앎 때문입니다. 경험에 연속성과 연결성을 주는 것은 당신 자신입니다. 당신이 모든 경험에 실재성을 부여합니다.

몸, 마음, 세계에 당신의 늘 있는 실체(순수한 앎의 실재성과 단일성)를 빌려 주십시오. 그러나 아주 주지는 마십시오.

생각, 감각, 지각과 같은 어떤 현상이 일어날 때, 그것은 그 실재성을 당신에게서 빌리고 있음을 분명히 보십시오. 그리고 그 대상이 사라질 때는 그것의 실재성을 되찾으십시오. 그것의 실재성은 당신으로서, 당신과 함께 남아 있음을 보십시오.

당신이 바로 늘 존재하는 모든 경험의 실재이며, 그 실재는 결코 나타나거나 사라지지 않습니다. 달리 말하면, 실재하는 것은 나타나거나 사라지지 않습니다.

바가바드 기타에서 말하듯이 "있는 것은 결코 사라지지 않으며, 있지 않은 것은 결코 생기지 않습니다."

당신이 있는 모든 것의 실재입니다.

그것이 나 자신입니다.

보이는 모든 것은 우리의 참된 자기에게서 그것의 존재와 실재성을 빌립니다.

윌리엄 셰익스피어가 말하듯이 "모든 것은 존재하는 것처럼 보이지만 존재할 수 없습니다." 사물들은 저마다 독립적으로 존재하는 것처럼 보이지만, 그들의 존재는 겉으로 보이는 대상이 아닌 우리의 참된 자기인 앎에 속합니다.

당신이 세계에 실재성을 부여합니다. 세계를 그처럼 대하면, 세계는 절대로 당신을 실망시키지 않을 것입니다.

감사합니다.

4
우리 존재의 확실성

누가 우리에게 "당신은 존재합니까?"라고 묻는다면, 우리는 잠시 후 완전히 확신하며 "예, 저는 존재합니다."라고 답할 것입니다. 우리는 모두 '내가 있다'는 것을 압니다.

그런데 '내가 있다'는 것을 완전히 확신하며 아는 그것은 무엇일까요? '나'가 무엇이든 그것은 알려지며, 그렇지 않다면 우리는 내가 존재한다는 것을 그처럼 확신하며 단언하지 못할 것입니다. 자신이 존재한다고, '내가 있다'고 확신하며 단언할 수 있는 까닭은 그것이 우리의 경험이기 때문입니다. 우리의 '존재' 즉 현존은 알려지고 경험됩니다.

그렇지만 우리가 참된 자기라고 아는 이 '나'는 우리의 참된 자기가 아닌 다른 무엇이나 다른 사람에 의해 알려지지 않습니다. 그것은 외부의 어떤 것에 의해 알려지지 않습니다. '내가 있다'는 것을 아는 자는 '나'입니다. 달리 말하면, 우리가 있음을 친밀하게 아는 이 '나'는 존재하기만 하는 것이 아닙니다. 그것은 또한 압니다.

우리가 '나'라는 이름을 붙인, 우리 자신의 '존재'를 아는 이 앎은 우리가 아는 가장 단순하고 분명하며 평범하고 친밀한 경험입니다.

이 '나'는 현존하며 알므로 '앎'이라고도 합니다. 바로 지금 나는 내가 안다는 것을 압니다. 달리 말하면, 내가 안다는 것을 아는 '나'는 스스로 압니다.

그러니 앎을 아는 것은 앎입니다. "나는 아는가?"라는 질문에 "예."라고 대답하기 위해 우리는 앎을 아는 앎의 경험으로 갑니다.

앎을 아는 것은 앎입니다. 앎은 외부의 어떤 것을 통해서 자기 자신을 알지 않습니다. 자기 자신을 알기 위해 몸이나 마음이 필요하지 않습니다. 앎은 직접, 친밀하게, 스스로, 자신을 통해서, 자신으로서, 홀로, 자기 자신을 압니다.

• • •

이것이 이론이 아니라 우리의 경험이라는 것을 확실히 하기 위해 자신에게 다시 물어보십시오. "나는 존재하는가?"

"예."라고 대답하기 위해 우리는 생각을 참고합니까? "오늘 저녁밥으로 무엇을 먹을까?"와 같은 생각을 예로 들어 봅시다. 우리에게 자기 '존재'의 확실성을 주는 것은 그런 생각입니까?

우리가 지금 이런 말을 읽거나 듣는 동안에 이전의 생각은 이미 사라졌습니다. 그렇지만 우리 자신은 사라지지 않았습니다. 모든 경험을 하는 내내 '나'는 늘 현존합니다. 그러므로 우리 존재의 확실성은 생각처럼 덧없고 순간적인 어떤 것에서 올 수 없습니다.

마찬가지로, 몸의 감각들도 언제나 나타나고 사라집니다. 우리는 우리 '존재'의 확실성을 확인하기 위해 지나가는 감각을 참고하지 않습니다.

우리는 '내가 있다'는 것을 분명히 알기 위해 세계에 대한 지각(보이는 모습, 소리, 맛, 감촉, 냄새)을 참고하지도 않습니다. 이 '내가 있다'(우리 자신의 '존재'에 대한 단순한 앎)는 스스로, 자신을 통해, 홀로 자기 자신을 압니다.

• • •

마치 해가 모든 대상을 비추며 보이게 해 주듯이, 모든 경험을 비추며 모든 경험을 알게 해 주는 것은 당신, 나, 앎입니다.

지금 무엇이 보이든 그것을 보고, 지금 무슨 소리가 들리든 그것을 듣고, 지금 일어나는 생각과 느낌을 아는 그것은 당신, 나, 앎입니다. '몸'이라고 불리는 지금 일어나는 감각을 아는 것도 당신, 나, 앎입니다.

당신, 나, 앎은 이 모든 것을 알지만, 이런 것들로 이루어져 있지 않습니다. 당신, 나, 앎은 생각, 감각, 지각이 아니지만, 그런데도 당신은 부정할 수 없이 현존하며 압니다.

우리가 참된 자기에 관해 절대적으로 확실하게 말할 수 있는 것은 또 무엇입니까? 우리는 철학이나 비이원론의 이론을 말하고자 하는 게 아니라, 오직 친밀한 직접 경험만을 참고하고자 합니다. 그래서 우리 자신의 '존재'를 아는 이 단순한 앎을, 우리가 현존하며 안다는 것을 확실히 알게 해 주는 그 경험을 참고합니다.

그것을 찾으려면 어디로 가야 합니까?

앎을 당신의 경험에서 찾아보십시오. 우리는 자신이 앎임을 친밀하게 압니다. 마음, 몸, 세계를 살펴보면서 거기에서 앎을 찾을 수 있는지 보십시오.

거기에서 우리가 찾을 수 있는 것은 오직 생각, 이미지, 느낌, 감각, 지각뿐입니다. 그리고 이것들을 아는 것이 무엇이든, 몸, 마음, 세계의 이런 대상들을 비추는 것이 무엇이든, 우리는 그것 자체를 대상으로서 찾을 수 없습니다.

구체적으로 보십시오. 먼저, 주의를 지금 일어나는 생각이나 이미지로 향하십시오. 이제 지금 일어나는 느낌으로 향하십시오. 이제 얼굴, 손, 발의 따끔거리는 것과 같은 감각으로 향하십시오. 이제는 보이는 글자나 들리는 소리, 바닥이나 의자의 감촉, 또는 방 안의 모습 같은 지각으로 향해 보십시오.

이제, 이 모든 것을 아는 것이 무엇이든 거기로 주의를 향해 보십시오. 이렇게 알려지는 대상에서 당신의 참된 자기, 앎을 찾을 수 있는지 보십시오.

우리가 경험하는 대상의 영역에서는 우리의 참된 자기를 찾을 수 없다는 것을 자신의 친밀한 직접 경험으로 분명히 보십시오. 우리는 그것을 생각, 이미지, 기억, 느낌, 감각, 지각에서 찾을 수 없습니다. 그것은 대상의 성질을 가지고 있지 않지만, 그래도 있습니다. 나는 존재합니다.

이제, 우리의 참된 자기를 대상에서는 찾을 수 없음을 알게 되었으니, 한 걸음 더 나아가서 우리의 참된 자기를 대상에서 찾는 일은 앞으로도 불가능하다는 것을 보십시오. 이를 이해하면 우리의 참된 자기를 대상에서 찾는 일이 끝납니다.

우리는 이미 우리가 찾고 있는 참된 자기입니다. 그리고 이 참된 자기, 즉 대상이 아닌 앎을 아는 유일한 길은 그것으로 존재하는 것입니다. 앎이 자기를 아는 방법은 그저 자기 자신으로 존재하는 것입니다.

그렇지만 우리는 이 '아는 현존'으로 존재하기 위해 어떤 특별한 것을 하거나 멈출 필요가 없습니다. 우리는 이미 늘 그것입니다. 그저 그것을 깨닫고, 그것을 알면서, 그것으로 존재하십시오.

· · ·

이제 자신에게 물어보십시오. "앎에 대상으로 관찰될 수 있는 성질이 없다면, 그것이 몸, 마음과 같은지, 개인과 같은지 내가 어떻게 알지?" 대답은 "모른다!"입니다. 우리의 참된 자기 즉 앎이 몸, 개인, 남자, 여자, 생각, 느낌 등과 같다는 어떤 경험적인 증거나 지식은 없습니다. 우리의 본질(대상이 아닌 순순한 앎)이 이런 것들과 같다고 상상하는 것은 오직 생각뿐입니다.

다시, 이는 실제 경험이며 비이원론 철학이 아니라는 것을 분명히 하기 위해, '나의 몸'이라고 불리는 경험으로 가 봅니다. 눈을 감고 있다면, 몸에 관해 우리가 경험하거나 아는 것은 단지 따끔거리는, 일정한 모양이 없는 감각의 무리입니다. 모든 경험을 알게 해 주는 앎을 이 감각 중에서 찾을 수 있습니까?

이 감각을 스캔해 보십시오. 생각을 아는 것이 무엇이든 우리는 그것을 감각 안에서 찾을 수 있습니까? 이런 말을 듣거나 보는 것, 우리의 생각을 아는 것이 감각입니까? 감각이 듣거나 보거나 알 수 있습니까? 아주 구체적으로, 당신의 경험으로 보십시오.

'내 손'이라 불리는 따끔거리는 감각으로 가서 자신에게 물어보십시오. "이런 말을 듣거나 보는 것이 이 감각인가?"

'내 머리'라 불리는 따끔거리는 감각은 어떻습니까? 이런 말이나 지금 일어나는 경험을 듣거나 보거나 아는 것이 이 감각입니까?

내가 친밀하게 나 자신이라고 아는 '아는 현존'이 '머리'라 불리는 이 감각 안에 있습니까? 거기에서 그것을 찾을 수 있습니까? 아니면 단지 감각만을 발견합니까?

다시 "저녁밥으로 무엇을 먹을까?"라는 생각을 예로 들어 봅시다.

그 생각이 이런 말을 듣거나 봅니까? 생각이 듣거나 볼 수 있습니까? 경험을 아는 것은 마음이 아닙니다. 사실, 우리는 그런 마음을 모릅니다. 이른바 마음에 관해 우리가 아는 것은 단지 지금 일어나는 생각이나 이미지뿐입니다.

나의 본질이 몸이나 마음이라고 믿는 것이 얼마나 이상한지 아시겠습니까? 나는 마음을 알고 몸을 알아차리는 '아는 현존'이지만, 나 자신을 찾아보면 어떤 대상에서도, 어떤 생각, 느낌, 감각, 지각에서도 나 자신을 찾을 수 없습니다.

우리는 이 '나'를 순수한 감성이나 앎의 장(場)이라고 할 수 있습니다. 그것은 한계나 관찰될 수 있는 성질이 없으며, 그러므로 무한하다고 (공간으로 끝없이 확장된다는 뜻이 아니라, 더 정확히 말하면 어떤 차원도 없고 공간 안에 있지 않다는 뜻으로) 합니다.

달리 말하면, 자기 자신을 경험하는 데 앎은 무한합니다.

그리고 우리 자신에 대한 경험(자기 자신에 대한 앎의 경험)을 단순하게 가까이 들여다본다면, 우리는 자신의 부재를 결코 경험하지 못한다는 것을 발견합니다. 그것은 그 자신의 부재를 결코 경험하지 못합니다. 왜냐하면 그런 경험을 하기 위해서는 그런 부재를 아는 어떤 것이 있어야 하기 때문입니다. 그리고 그 현존하며 아는 '어떤 것'은 우리가 '앎'이라고 부르는 것일 겁니다.

그래서 다시, 우리의 본질이 늘 현존한다는(시간 안에서 영원히 지속된다는 뜻이 아니라 늘 지금 현존한다는 뜻에서) 것은 우리의 단순하고 친밀한 직접 경험입니다.

달리 말하면, 자기 자신의 경험 안에서 앎은 영원합니다.

• • •

'무한한'과 '영원한'이라는 말은 특별해 보여서, 우리는 이 '아는 현존'이 분명 특별하고, 멀리 있고, 알 수 없는 것이리라 생각하고 느낄 수 있습니다. 그러나 우리의 본성인 순수한 앎은 사실 우리에게 가장 분명하고 친밀하며 평범하고 익숙한 경험입니다.

그저 자신이 이 '아는 현존'임을 알면서 이 현존으로 있으십시오.

거기에 어떤 관념도 덧붙이지 마십시오. 만약 앎을 몸과 마음에 속하는 일시적이고 유한한 성질로 제한하는 것 같은 생각이 일어난다면, 이런 생각이 앎을 분리되고 제한된 것이라고 믿도록 당신을 설득하게 놓아두지 마십시오.

참된 자기에 관해서는 생각이 하는 말이 아니라, 자신의 친밀한 직접 경험만을 참고하십시오.

우리의 본성이 몸과 마음에 있다는, 몸과 마음이라는 오래된 생각의 습관이 다시 일어나면, 그저 부드럽게 질문하십시오. 그런 생각에게 자기의 경험이라는 거울을 들어 보여 주십시오.

예를 들어, 자신에게 물어보십시오. 우리의 본성인 이 '아는 현존'이 의자에 앉아 있는지……. 의자에 앉아 있는 것에 관해 우리가 알거나 경험하는 것은 단지 따끔거리며 진동하는, 일정한 모양이 없는 감각입니다. 사실, 우리는 의자에 앉아 있는지를 알지 못합니다. 단지 감각하는 경험을 알 뿐입니다.

그리고 이 감각의 안이나 감각하는 경험을 들여다보면, 우리는 거기에서 '나'라고 불리는 한정되고 특정 위치에 있는 실체를 찾지 못합니다. 우리는 감각 안에 있는 앎을 발견하지 못합니다. 앎은 어느 특정한 곳에 있는 자신을 발견하지 못합니다.

• • •

이제, 당신의 본성인 순수한 앎이 40세, 50세, 60세인지 자신에게 물어보십시오. 아니면 당신의 경험은 그저 당신이 지금 현존한다는 것입니까? 달리 말하면, 앎은 자신의 과거나 미래를 경험한 적이 있습니까?

나, 순수한 앎은 나의 출생이나 모습을 단 한 번이라도 경험해 본 적이 있습니까? 자신의 출생이나 모습을 경험하려면, 어떤 것이 그런 모습에 앞서, 그것의 목격자로서 이미 존재해야 할 것입니다.

그 어떤 것이 현존하면서 동시에 알아야 하며, 그러므로 '앎'일 것입니다. 달리 말하면, 나, 앎이 그런 출생이나 모습을 목격하려면 현존해야만 할 것입니다.

그러기에 우리는 경험을 통해서는, 우리의 참된 자기인 앎이 자기의 출생이나 모습을 알거나 경험했다고 정당하게 주장할 수 없습니다.

우리는 참된 자기의 죽음이나 사라짐을 경험한 적이 있습니까? 달리 말하면, 앎은 자신의 죽음이나 사라짐을 경험한 적이 있습니까? 사실, 그런 경험을 한다는 것이 가능하기나 할까요?

아닙니다! 왜냐하면 앎 자체가 그런 사라짐의 목격자로서 현존해야 하기 때문입니다.

자신의 나타남과 사라짐, 즉 태어남과 죽음을 경험했거나 경험할 수 있었던 사람은 아무도 없음을 분명히 보십시오.

우리의 본성인 순수한 앎이 태어나거나 나타나며, 하나의 몸으로서 특정한 시간과 공간에 위치한다는 믿음, 움직이고 변하고 성장한 뒤 어느 날 죽거나 사라진다는 믿음은 단지 대다수 인류가 진실을 모른 채 동의한 추정일 뿐입니다.

그런 모든 관념, 그리고 그에 수반하여 일어나는 느낌들은 생각이 우리 자신의 존재를 아는 단순한 앎(자기를 아는 단순한 우리 존재의 앎)에 덧씌운 것입니다.

그저 자신이 이 '아는 현존'임을 알아차리면서 그것으로 머무르십시오.

생각이 우리의 참된 자기에 덧씌운 이 관념들을 제거할 필요는 없습니다. 그것들이 진실하지 않음을 아는 것으로 충분합니다. 때가 되면 그것들은 관심받지 못한 채 사라질 것입니다.

몸과 마음 안에 있는 개인적인 앎이나 분리된 자아는 없습니다. 그것은 우리의 단순한 경험입니다. 가상의 내부의 자아로서 생각하고 느끼는 이런 오래된 잔재들이 나타나도록 허용하고, 당신의 경험적인 이해로 만난 뒤, 그것들이 다시 사라지게 놓아두십시오.

내내 당신 자신으로 존재하십시오.

· · ·

이제, 나의 참된 자기, 이 순수한 앎의 현존은 마음, 몸, 세계와 어떤 관계에 있을까요?

우리가 마음에 관해 아는 것은 오직 지금 일어나는 생각뿐이며, 모든 생각은 생각하는 경험으로 이루어집니다.

지금 눈을 감고 있다면, 우리가 몸에 관해 알거나 경험하는 것은 오직 지금 일어나는 감각뿐이며, 모든 감각은 감각하는 경험으로 이루어집니다.

그리고 세계에 관해 우리가 아는 것은 오직 보이는 모습, 소리, 맛, 감촉, 냄새와 같은 지각뿐입니다. 사실, 우리가 세계에 관해 아는 것은 오직 보고 듣고 맛보고 접촉하고 냄새 맡는 경험뿐입니다.

그러므로 우리가 몸, 마음, 세계에 관해 아는 것은 오직 생각, 감각, 지각뿐이라고 말할 수 있습니다.

그러면 생각, 감각, 지각이라는 경험은 우리의 참된 자기와 얼마나 멀리 떨어져서 일어납니까? 우리의 참된 자기와 생각, 감각, 지각이라는 경험 사이에 거리를 발견할 수 있습니까?

사실, 우리의 실제 경험에서 다음 두 가지 요소를 찾을 수나 있습니까? 1) 우리의 참된 자기, 아는 현존, 우리의 경험을 아는 존재 2) 생각하는 경험. 아니면, 이 둘은, 둘로 보이는 이것들은 친밀하게 완전히 하나입니까?

그리고 감각하는 경험은 우리의 참된 자기와 얼마나 멀리 떨어져 있습니까? 감각함(생각이 '나의 몸'이라고 이름표를 붙이는 경험)과 우리의 참된 자기 사이에 어떤 거리나 분리가 있습니까? 아니면, 그 둘은 완전히 친밀하게 하나입니까?

그리고 세계는 어떻습니까? 예를 들어, 지금 나타나는 어떤 소리의 경우, 그 소리에 있는 것은 오직 들음이라는 경험뿐입니다.

자신에게 물어보십시오. "듣는 경험은 나 자신과 얼마나 멀리 떨어져 있는가?" 5미터 떨어져 있습니까? 10미터 떨어져 있습니까? 아니면, 듣는 경험은 그것을 알게 하는 우리의 참된 자기, 아는 현존과 친밀하게 완전히 하나입니까? 사실, 우리의 실제 경험에서 두 가지 실체(우리의 참된 자기와 듣는 경험)를 찾을 수 있습니까? 아니면, 그 둘은 완전히 친밀하게 하나입니까?

이제 경험의 전체 스펙트럼을 스캔해서, 당신의 참된 자기와 떨어진, 분리된 것이 있는지 찾아보십시오.

몸, 마음, 세계에 관해 우리가 아는 것은 오직 생각, 감각, 지각이며, 그것들은 우리의 참된 자기와 친밀하고 가깝게 하나이며, 우리의 참된 자기로 이루어져 있음을 분명히 보십시오.

• • •

이제 천천히 눈을 뜨면서, 세계가 얼마나 빠르게 밖으로 나가는지, 그것이 어떻게 떨어져 있고, 다르며, 분리되어 있는 것처럼 보이는지 보십시오. 그렇지만 이른바 바깥 세계에 관해 우리가 아는 것은 오직 봄이라는 경험뿐임을 자신의 친밀한 직접 경험으로 분명히 보십시오.

이를 확인하는 것은 아주 쉬운 일입니다. 즉, 만약 우리가 봄이라는 경험을 제거한다면, 이른바 바깥 세계는 곧바로 사라집니다.

봄은 어디에서 일어납니까? 우리의 참된 자기로부터 2미터, 5미터, 10미터 떨어진 곳에서 일어납니까? 아니면, 봄은 생각과 감각이 일어나는 곳과 같은 '장소 아닌 장소'에서, 우리의 참된 자기와 친밀하게 완전히 하나인 곳에서 일어납니까?

이런 경험적인 방법으로 우리는 몸, 마음, 세계가 실제로는 우리가 보통 생각하는 방식으로 경험되는 것이 아님을 알게 됩니다.

생각은 몸, 마음, 세계가 독립적으로 존재한다고 여기지만, 우리의 경험에서는 그것들을 실제로 찾을 수 없습니다.

몸, 마음, 세계에 관해 우리가 찾을 수 있는 것은 오직 생각, 감각, 지각뿐이며, 이것들은 일어날 때마다 앎과 친밀하게 하나로 나타납니다.

달리 말하면, 우리는 몸, 마음, 세계와 같은 대상을, 제각기 독립적으로 존재하는 그런 대상을 발견할 수 없습니다. 비록 우리 세계의 문화에서 토대를 이루는 원리 중 하나는 몸, 마음, 세계가 독립적으로 존재한다는 믿음이지만, 우리의 경험에서는 그것들을 실제로 발견할 수 없음을 인정해야 합니다.

경험을 잘 들여다보면, 우리 존재, 순수한 앎의 친밀함이 늘 있으며 모든 경험의 근본적인 실재임을 발견합니다. 그리고 그것과 독립적으로 존재하는 것은 아무것도 발견된 적이 없고 발견될 수도 없음을 알게 됩니다.

사실, 우리는 더 깊이 들어갈 수 있습니다. 우리가 생각, 감각, 지각이라는 경험을 깊이 들여다보면, 우리는 오직 그런 경험을 안다는 것만을 발견합니다. 달리 말하면, 경험을 안다는 것이 우리가 발견하는 모든 것입니다.

그 '앎'이 순수한 앎입니다.

그리고 이 순수한 앎은 그 자신이 아닌 어떤 다른 것에 의해서나, 그 자신의 밖에서 알려지는 것이 아닙니다.

이 앎이 자기 자신을 압니다.

앎, 순수한 앎은 오직 자기 자신만을 알고, 오직 자기 자신만 만납니다.

모든 생각, 감각, 지각은 순수한 앎의 빛의 변형입니다.

우리의 참된 자기와 존재하는 듯한 모든 것의 이 절대적인 친밀함이 바로 사랑이나 아름다움이라고 하는 것입니다. 사람과의 관계에서는 사랑, 대상과의 관계에서는 아름다움. 사랑과 아름다움에는 거리, 분리, 다름이 없습니다.

사랑은 다른 사람이 다른 사람이 아님을 경험하는 것이고, 아름다움은 대상이 대상이 아님을 경험하는 것입니다.

알려지는 모든 것은 앎입니다. 자기만을 앎, 자기만을 사랑함, 자기만으로 있음.

감사합니다.

5
순수한 감성의 경계 없는 장

가상의 분리된 자아는 순수한 앎인 우리의 본성이 몸과 마음의 한계와 운명을 함께한다는 믿음으로 되어 있습니다. 이 믿음은 몸에 대응하는 것이 있으며, 그것은 몸에서 '나'라는 느낌으로 드러납니다.

사실, 분리된 자아라는 느낌은 분리감의 아주 큰 부분입니다. 우리 중 많은 사람이 비이원적 관점을 지적으로는 분명히 이해합니다. 우리가 본질적으로 앎의 열린, 텅 빈, 한계 없는 공간이라는 것을 실제 경험으로 알고 있을 수 있습니다. 그렇지만 우리는 자신이 방으로 걸어 들어와서 의자에 앉아 있다고 '느낄' 수 있습니다.

앎은 방으로 걸어 들어오지 않았고 의자에 앉아 있는 것도 아님을 분명히 이해하더라도, 우리는 여전히 자신이 방 안에 있고 의자에 앉아 있다고 느낍니다. 다시 말해, 우리의 이해와 느낌 사이에 차이가 있습니다.

이런 분리의 느낌은 믿음들보다 훨씬 오래갑니다. 예를 들어, 인간관계에서 갈등이 일어날 수 있는데, 나중에 갈등이 풀려도 몸에 긴장이 남아서 사라지는 데 시간이 걸릴 수 있습니다.

세월이 흐르면서 긴장과 수축의 네트워크는 이런 식으로 몸에 쌓여 갑니다. 한참 뒤에는 그렇게 된 이유는 잊히고, 이 네트워크는 몸 안에 층층이 쌓여 일종의 기억이나 메아리로 살아 있게 되며, 몸에 사는 것으로 여겨지는 분리된 자아의 존재를 흉내 냅니다.

그러므로 여기에서 우리는 몸을 깊이 탐구하면서 이런 분리의 잔재가 몸에서 점차 저절로 씻기게 할 것입니다. 이런 잔재는 드러나고 탐험될 것이며, 이런 탐구의 당연하고 불가피한 결과로 서서히 사라질 것입니다. 다시 말해, 우리는 우리의 이해에 일치하는 방식으로 몸을 느끼는 법을 배울 것입니다.

우리의 본성인 순수한 앎이 늘 있으며 한계가 없다는 경험적인 이해는 단지 첫 번째 단계일 뿐입니다. 만약 이런 이해가 우리가 느끼고 행동하고 지각하고 관계하는 방식에 스며들지 않는다면, 그것은 진정한 이해라고 말할 수 없습니다.

그러므로 여기에서는 우리가 생각하는 방식만이 아닌, 느끼는 방식을 탐구합니다. 그리고 느끼는 방식만이 아닌, 지각하고 행동하고 관계하는 방식을 탐구합니다. 다시 말해, 몸과 세계가(마음만이 아니라) 서서히 우리의 이해에 흡수됩니다.

· · ·

이제 몸에 대한 경험으로 가 봅시다, 처음에는 눈을 감아 보십시오. 잠시 시간을 내어 몸의 실제 경험만을 알아보는지 확인해 봅시다.

눈을 감고 있다면, 몸에 대한 우리의 경험은 단지 지금 일어나고 있는 감각뿐입니다. '감각'이라는 것은, 예를 들어 손이나 발의 따끔거리는 진동입니다. 치통, 배고픔, '내 얼굴'이라고 불리는 따끔거리는 진동, 이것들이 모두 감각입니다.

이제 '내 손'이라고 불리는 경험으로 가 봅시다. 눈을 감고 있다면, 손에 대한 우리의 경험은 단지 감각뿐입니다. 그렇지만 우리가 감각만을 알아보는지 확인해 보기 위해, 먼저 손에 대해 가지고 있는 관념들을 봅니다. 손의 크기, 색깔, 모양, 다섯 손가락 등은 관념입니다. 이제는 지금 일어나는 감각과 이런 관념들을 비교해 봅니다. 이 둘 사이를 아주 분명히 구분해 봅니다.

이제는 당신의 손에 관한 이미지를 봅니다. 손에 관한 이미지와, 손에 관해 지금 일어나는 실제, 직접 경험을 분명히 구분해 봅니다.

손에 관한 생각, 이미지, 감각이 일어납니다. 손 자체는 생각도 이미지도 아님이 분명합니다. 손에 관한 생각이나 이미지는 손 자체가 아닌 것이 분명합니다.

그러니 생각과 이미지는 한쪽에 제쳐 두고, 다시 참고하지 마십시오. '내 손'이라고 불리는 날것의 감각으로 돌아가 봅니다. 사실, 저는 이 감각을 '손'이라고 말하지만, 생각이나 기억을 참고하지 않으면 지금 일어나는 감각이 '내 손'이라고 불리는 것인지를 우리는 알지 못합니다. 갓난아기가 자신이 느끼는 따끔거리는, 일정한 모양이 없는 감각이 '내 몸'인지를 모르는 것과 같은데, 그것을 나중에 생각이 '내 몸'이라고 이름 붙입니다.

당신이 순수한 감성만으로 이루어진, 새로 태어난 아기라고 상상하면서, 몸을 그처럼 경험해 보십시오. 관념, 이미지, 기억을 참고하지 않는다면, 우리는 지금 일어나는 감각이 몸인지를 알지 못합니다.

단지 날것의 감각만을 경험해 보십시오. 그것이 우리가 실제로 늘 경험하는 것이지만, 생각이 이 감각에 이름표를 붙입니다. 사실, 우리는 그것이 '감각'이라고 불리는 것인지조차 모릅니다. 그것은 단지 날것의, 이름 붙일 수 없는, 나눌 수 없는 친밀한 경험입니다.

. . .

지금 일어나는 감각은 몇 살입니까? 그 감각에 나이가 있습니까? 20세, 40세, 60세, 80세입니까?

그 감각에 남녀가 있습니까? 생각에게 뭐라고 생각하는지 묻지 마십시오. 당신의 실제 경험으로 가십시오. 지금 일어나는 감각에 국적이 있습니까?

지금 일어나는 감각은 어떤 모양입니까? 분명하게 구분되는 모양이 있습니까?

만약 이 감각이 어떤 것인지 한 번도 경험하지 못한 사람에게 보여주기 위해 이 감각을 종이 위에 그린다면, 우리의 그림은 어떤 모양이 될까요? 이 감각을 최대한 정확히 나타내려면 어떤 표시를 해야 할까요?

먼저 이 감각의 가장자리를 찾아보십시오. 자신의 경험에 아주 가까이 친밀하게 머무르십시오. 우리의 실제 경험 어딘가에서 감각이 끝나는 가장자리를 찾을 수 있습니까?

우리의 그림에 어떤 선이 있습니까? 아니면, 그것은 마치 텅 빈 하늘에 떠 있는 은하수처럼, 하얀 종이 위에 떠 있는, 다소 촘촘한 점들의 다발입니까?

기억이나 생각을 참고하지 않는다면, 감각에 무게가 있습니까? 무게를 증명하는 듯 보이는 경험으로 가서, 그 경험 자체가 감각이라는 것을 보십시오. 그 감각은 얼마나 무겁습니까?

이 감각을 떠받치는 것은 무엇입니까? 생각이 얼마나 빨리 '의자'나 '바닥'이라고 말하고 싶어 하는지 보십시오. 그러나 눈을 감고 있으면 우리는 의자나 바닥을 경험하지 않습니다. 이른바 의자나 바닥이라고 불리는 경험은 단지 그 자체가 감각일 뿐입니다.

무엇이 그 감각을 떠받치고 있습니까? 그 감각은 어떤 것 안에 또는 어떤 것 위에 일어나고 있습니까? 나타나는 모든 것은 어떤 토대나 배경이 있어야 할 것입니다. 소설의 단어들은 종이가 없다면 나타날 수 없습니다. 이메일은 화면이 없다면 나타날 수 없습니다. 탁자는 공간이 없다면 나타날 수 없습니다. 감각은 (   )이 없다면 나타날 수 없습니다. 그것이 무엇인가요?

이 감각은 생각이 나타나는 공간과 똑같은 앎의 열린, 텅 빈 공간에 나타나고 있음을 보십시오. 감각은 무게 없이 이 공간에 떠 있습니다.

감각 자체는 모양이 없습니다. 무게도 없습니다. 그것은 물리적인 공간에 매달려 있지 않습니다. 눈을 감고 있으면 우리는 아무런 물리적 공간을 경험하지 않습니다. 그것은 아는 공간입니다. 차원이 없는, 아는 공간.

감각에 크기가 있습니까? 기억이나 관념, 이미지를(다시 말해, 과거를) 참고하지 않고 본다면, 우리는 지금 일어나는 감각이 얼마나 큰지 알 길이 없습니다. 우리는 그것이 2밀리만큼 넓은지 2미터만큼 넓은지 알 길이 없습니다. 사실, 우리는 크기나 부피를 전혀 경험할 수 없습니다.

이제, 이 감각 안으로 들어가서 헤엄을 친다고 느껴 보십시오. 생각이 아닌 느낌-상상으로 해 보십시오.

이 감각의 안쪽은 얼마나 단단합니까? 거기에 밀도가 있습니까? 거기에 들어서려면 우리는 문지방을 넘어 새로운 실체에 들어섭니까?

만약 우리가 조각가라서 이 감각을 형상으로 표현해야 한다면, 그것을 최대한 잘 표현하도록 어떤 재료든 선택할 수 있다면, 어떤 것을 선택하겠습니까? 돌, 철, 나무, 플라스틱, 천, 물, 공기, 소리, 빛?

이 감각을 이루는 그 실체의 특성을 최대한 정확히 표현할 수 있는 재료를 선택해 보십시오. 각각의 재료를 차례로 택해서 감각 자체의 실제 경험과 대조하며 그것들의 특성을 판단해 보십시오.

재료를 선택했으면, 계속해서 지금 일어나는 감각에 대한 직접 경험을 최대한 정확하게 표현할 조각을 상상으로 만들어 보십시오.

당신이 만든 조각은 어떤 모양입니까?

이 감각과, 감각이 나타나는 바탕인 앎의 공간은 어떤 관계에 있습니까? 우리가 사실 이 두 가지를 구별할 수 있습니까? 감각과, 감각이 나타나는 바탕이자 알려지는 수단인 아는 공간이? 아주 분명히 보십시오.

우리의 경험에서는 이 두 가지 요소를 찾을 수 없다는 것을 분명히 보십시오. 감각 자체는 감각을 아는 앎으로 가득합니다.

두 가지 분리된 요소(감각과 앎)를 따로따로 찾으려는 것은 '이메일'이라고 불리는 하나와 '화면'이라고 불리는 다른 하나를, 이 두 가지 분리된 것을 따로따로 찾으려는 것과 같습니다.

이메일에 화면이 스며 있다고 말하는 것조차 맞지 않습니다. 화면이 스며 있는, 하나의 독립된 대상으로 존재하는 '이메일'이라는 것은 없습니다. 단지 이메일이라는 임시 이름과 모양을 취하고 있는 화면이 있을 뿐입니다. 마찬가지로, 감각 자체에 앎이 스며 있다고 말하는 것도 타당하지 않습니다. 우리는 '앎'이라는 것이 스며 있는 '감각'이라는 독립된 대상을 경험할 수 없습니다.

이메일이 화면과 하나라고 말하는 것이 타당하지 않듯이 감각이 앎과 하나라고 말하는 것도 타당하지 않습니다. 처음부터 우리의 경험에는 두 가지가 있지 않습니다. 서로 분리된, 무엇이 스며 있는, 서로 하나인 두 가지가 있지 않습니다.

이렇게 감각이 단지 앎의 열린, 텅 빈 공간에 나타나고 앎에 의해 알려지는 것만이 아님을 보십시오. 감각은 앎으로 이루어져 있습니다.

• • •

일반적인 관점에서, 우리는 우리의 본성인 순수한 앎이 몸으로 이루어져 있다고 믿습니다. 있는 것처럼 보이는 분리된 자아는 이 믿음으로 창조되었습니다. 진실을 이해할 때 우리는 몸이 앎으로 이루어져 있다는 것을 깨닫습니다.

이것은 소수의 사람에게만 일어나는 특별한 새로운 경험이 아닙니다. 그것은 사실 우리 모두 늘 경험하는 것입니다. 그러나 우리 경험의 친밀함은 생각으로 심하게 왜곡되어, 우리는 본질적인 우리 자신이 단단하고 밀도 있는 것으로 이루어져 있다고 믿게 되었습니다. 더 중요한 점은, 그렇다고 '느끼게' 되었다는 것입니다. 진실은 그 반대입니다. 몸은 투명하고, 무게가 없으며, 텅 빈, 아는 것으로 이루어져 있습니다.

분리된 자아라는 믿음은, 본질적인 우리 자신이 어떤 단단하고, 밀도 높고, 나이나 성별이 있으며, 시간과 공간 속에서 움직이는 것이라는 느낌에서 대응물을 발견합니다. 이 밀도, 단단함, 위치의 느낌은 분리된 자아라는 믿음을 확인하고 강화해 줍니다. 그러므로 이 믿음과 느낌은 서로 받쳐 주며, 그로 인해 일시적이고 제한된 자아가 대다수 우리의 삶의 중심을 차지하고 복잡해지며 완강해집니다.

이번 명상에서, 우리는 몸을 실제 경험되는 대로 탐구하며, 그리하여 존재하지 않는 분리된 자아의 횡포로부터 몸을 해방합니다. 우리는 몸이 본연의 유기적 상태인 열림, 투명함, 민감함으로 서서히 돌아가게 합니다. 우리는 몸이 우리의 이해와 일치되는 방식으로 느끼고 움직이게 하는 법을 배웁니다.

몸이 다른 사람들, 환경과 분리된 것처럼 보이는 뚜렷한 경계나 윤곽은 존재하지 않는 것으로 보이고 경험됩니다. 우리는 몸이 투과할 수 있는 공간으로 이루어져 있고, 모든 사람, 모든 것과 직접 접촉하며, 다른 몸들과 분명히 나뉘어 있고 막혀 있는 그릇이 아님을 느끼게 됩니다.

우리가 자신을 어떤 사람, 어떤 장소로 위치 지을 수 없을 때 비로소 우리 자신과 대상, 다른 사람, 세상 사이의 경계는 사라집니다. 우리는 참된 자기가 경험 전체에 친밀하게 스며 있는, 특정한 곳에 있지 않은, 투명한 앎임을 알고 느끼게 됩니다.

경험의 장(場)에 무엇이 나타나든 그것은 우리의 참된 자기 안에서 나타납니다. 우리는 이 차원 없는 장입니다. 우리는 모든 경험을 우리 자신의 '아는 현존'의 변형으로 친밀하게 맛보면서, 우리의 참된 자기가 순수한 감성과 받아들임의 경계 없는 장임을 압니다.

예를 들어, 우리의 눈이 어떤 대상으로 가면, 우리는 그 대상이 됩니다. 우리는 그것을 확실히 압니다. 우리는 대상을 이루는 느낌-이해를 감지합니다. 우리는 그것이 무엇으로 이루어져 있는지 압니다.

이 순수한 감성에는 아무런 장애가 없습니다.

감사합니다.

6
몸을 깊이 탐구하기

대다수 사람은 분리된 자아를 대신하여 생각하고 느끼고 행동하고 인식하고 관계합니다. 분리된 자아는 본질적인 나 자신(늘 현존하며 한계 없는 순수한 앎의 빛)이 몸의 운명과 한계를 공유한다는 믿음과 느낌으로 이루어집니다.

이런 믿음으로 인해 본질적인 나는 성별, 국적, 나이, 운명을 갖는 것처럼 보입니다. 생각은 본질적인 나 자신이 몸의 운명을 함께한다고 믿습니다. 즉, 생각은 몸이 태어나면 내가 태어나고, 몸이 움직이고 변하면 내가 움직이고 변하며, 몸이 자라고 늙고 아프면 내가 자라고 늙고 아프며, 몸이 사라지면 나도 몸의 운명을 함께하며 몸과 함께 사라진다고 상상하는 것입니다.

이와 마찬가지로, 생각은 본질적인 나 자신이 몸의 한계를 공유한다고, 나에게 무게, 위치, 크기, 색깔, 모양, 운명이 있다고 상상합니다.

이런 모든 믿음은 아트마난다 크리슈나메논이 '높은 추론'이라고 부르는 것, 즉 경험에서 직접 얻어지는 추론으로 마음의 수준에서 탐구될 수 있습니다. 관습적인 추론은 증거 없는 추정들에 의존하지만, 우리는 그것들이 추정에 불과함을 인식하지 못하므로 그런 추정을 절대적 진실로 여기게 됩니다. 하지만 여기에서 우리는 직접 경험 자체가 실제 여부를 확인하는 시험임을 이해하며 시작합니다.

우리는 이런 방식으로 참된 자기에 대한 경험(자기 자신에 대한 참된 자기의 경험)을 탐구하여, 우리의 본질(순수한 앎의 빛)이 몸의 운명과 한계를 공유하지 않는다는 것을 발견합니다. 즉, 본질적인 나 자신은 늘 현존하며 한계가 없음을 발견합니다.

이런 발견은 첫 단계일 뿐이지만, 우리의 믿음뿐 아니라 몸의 느낌 안에서 살고 있는 더 깊은 분리의 느낌을 탐구하는 길을 닦아 줍니다.

우리 중 많은 사람은 몇 년이나 몇십 년 동안 영적인 길을 걸어왔고, 우리의 본질이 늘 현존하며 한계 없는 앎이라는 것을 잘 이해하고 있지만, 여전히 우리가 몸 안에 있는 단단하고 밀도 높은 자아라고 느낍니다.

이런 이해와 느낌의 차이가 바로, 우리가 비이원적 관점을 분명히 이해한 뒤 많은 시간이 흘러도, 미묘한 불편함이나 불만족이 우리의 생각, 느낌, 행위, 관계에 계속 영향을 미치는 이유입니다.

대다수 경우, 우리의 믿음 속에 있는 분리의 감각을 먼저 조사하지 않을 수 없습니다. 하지만 이런 믿음들에 어떤 경험적 기반도 없다는 것이 드러나고 알려지면, 몸에 있는 분리의 감각(나는 이 방에 걸어 들어왔고 지금 의자에 앉아 있는, 단단하고 밀도 높고 특정 위치에 있는 자아라는 느낌)에 대한 더 깊은 탐구가 시작됩니다.

만약 경험의 모든 영역에서 지속되는 평화와 행복을 원한다면, 반드시 이렇게 몸을 탐구해야 합니다. 이런 탐구가 없다면 분리된 자아는 몸에서 안전하고 편안한 도피처를 찾아낸 뒤, 배후에서 우리의 생각, 느낌, 행위, 관계를 계속 지배할 것입니다. 그럴 때면 우리는 분명히 이해하는데도 어찌하여 우리의 행위와 인간관계가 '분리되어 보이는 자아'의 존재를 계속해서 드러내는지 의아해합니다. 그것은 몸 안에 있는 분리된 '나'라는 느낌이 드러나지 않고, 보이지 않고, 탐구되지 않았고, 서서히 사라지지 않았기 때문입니다.

• • •

그러면 몸의 경험이라는 게 정말로 무엇을 의미하는지 탐구해 봅시다. 처음에는 눈을 감아 보기를 권합니다. 그렇게 하는 이유는 세계에 대한 경험의 커다란 부분인 시각적 지각을 제거하여, 몸의 경험에만 완전히 집중하기 위해서입니다.

먼저, 몸에 관한 생각을 봅니다. 그런 생각은 몸에 관한 생각이지 몸 자체가 아님을 분명히 보십시오. 그러니 그런 생각들은 한쪽으로 제쳐 두십시오. 우리는 이것들을 다시는 참고하지 않을 것입니다. 그것을 없앨 필요는 없습니다. 한쪽에 제쳐 두기만 하면 됩니다.

이제는 우리가 눈을 뜨고 있을 때 사진이나 거울로 볼 수 있는 몸의 이미지를 봅니다. 이 이미지도 역시 몸 자체는 아닙니다. 몸의 이미지일 뿐입니다. 그 이미지도 한쪽에 제쳐 두십시오. 우리는 그것도 다시 참고하지 않을 것입니다.

이제, 몸에 관한 경험 중에 무엇이 남아 있습니까? 그것으로 가 봅니다.

그것은 우리가 '감각'이라고 부르는 것입니다. 따끔거리며, 일정한 모양이 없는, 진동하는 감각의 덩어리. 그것이 몸 자체에서 지금 일어나는 직접 경험입니다.

그런데 몸을 탐구하려는 그것은 무엇입니까? 오직 그것을 아는 것만이 그것을 탐구할 수 있습니다. 그러니 우리가 이 감각을 아는 앎이라는 사실을 확고히 합시다. 감각은 우리에 의해 알려집니다. 우리는 오직 순수한 앎이며, 그러므로 우리가 할 수 있는 것은 오로지 알거나 경험하는 것뿐입니다. 우리는 생각하거나 말할 수 없습니다. 우리는 단지 순수한 앎, 순수한 인식, 순수한 감성으로 이루어져 있습니다.

그것을 이해하는 가장 가까운 형태는 자신을 갓 태어난 아기로 상상해 보는 것입니다. 갓난아기는 경험할 수만 있으며, 그 경험이 무엇인지는 전혀 모릅니다. 우리는 이 갓 태어난 앎입니다. 우리에게는 지금 일어나는 경험과 비교할 과거가 전혀 없습니다.

그런데 이 순수한 앎인 우리 자신이 보는 것을 표현하려면 소통할 수단이 필요합니다. 이를 탐구하기 위해 생각을 택해 봅시다. 이는 통역자와 함께 외국을 여행하는 정치가와 같습니다. 정치가가 인터뷰하는 동안, 통역자는 정치가에게 주어지는 질문에 대답하지 않습니다. 그는 단지 정치가가 말하는 것만을 통역할 뿐입니다. 생각은 그와 같습니다. 우리, 순수한 앎은 우리의 경험을 생각에 전하고, 생각은 그것을 표현합니다. 그러나 생각은 단지 순수한 앎에서 직접 오는 것만을 표현합니다.

• • •

이제는 그것이 진정으로 무엇인지 발견하기 위해 몸의 여행을 시작하겠습니다. 먼저, 우리가 순수한 앎의 아주 작은 입자라고 느끼며 그런 모습을 시각화합니다. 그리고 지금 일어나는 감각 속으로 뛰어들어 그 안에서 헤엄쳐 다닙니다. 오로지 그것이 진정 무엇인지를 알거나 경험하겠다는 목적으로.

생각이 나의 '머리'나 '얼굴'이라고 부르는 감각으로 헤엄쳐 갑니다. '머리'나 '얼굴'이라는 이름표나 이미지는 곧바로 버리고, 앎의 아주 작은 입자로서 감각 안을 헤엄쳐 다닙니다. 그 안의 밀도가 어떤지 자신에게 물어보십시오. 헤엄치는 동안 어떤 장애물에 부닥칩니까? 우리가 앎의 아주 작은 입자로서 안쪽에서 감각을 탐험하며 헤엄쳐 다니는 동안 우리를 방해하는 것이 있습니까?

생각은 대답을 만들어 낼 수 있지만, 탐구하는 것은 순수한 앎입니다. 생각이 당신 대신 대답하지 않게 하십시오.

헤엄쳐 다니는 동안 다른 부분보다 밀도 높은 부분을 만나는지 알아차리십시오. 밀도 높은 그런 영역으로 헤엄쳐 들어가십시오. 얼마나 밀도가 높습니까? 순수한 앎의 이 자유로운 움직임에 어떤 장애가 있습니까?

밀도가 높은 영역에서 낮은 영역으로 왔다 갔다 헤엄치면서 견본을 찾아보십시오.

이제 우리가 찾은 두 가지 다른 견본(밀도 높은 영역의 견본과 낮은 영역의 견본)을 비교해 봅니다. 만약 이 둘 사이에 차이가 있다면, 무엇이 본질적인 차이입니까?

이제 밀도가 낮은 영역에서 감각 주위의 텅 빈 공간으로 갑니다. 그곳의 견본을 찾아서 감각으로 헤엄쳐 돌아온 뒤, 이 두 가지(감각 주위의 공간에서 찾은 견본과, 감각 안의 공간에서 찾은 견본)를 비교해 봅니다.

우리는 단지 순수한 감성, 순수한 앎으로 이루어져 있다는 것을 기억하십시오. 우리가 할 수 있는 것은 오직 경험을 알거나 인식하는 것뿐입니다.

감각과 그 주위의 공간 사이를 헤엄쳐 왔다 갔다 하면서 두 곳의 견본을 채취해 보십시오.

생각은 이 두 견본의 차이를 어떻게 표현할까요?

• • •

이제는 감각의 안에서 감각 주위의 공간으로 왔다 갔다 헤엄치면서, 하나에서 다른 하나로 건너갈 때 만나는 문턱에 특히 주의를 기울이십시오.

그 둘 사이에 문턱이나 경계를 발견할 수 있습니까? 너무 빨리 '예'나 '아니요'라고 대답하지 마십시오. 한곳의 경계만 탐험하지 말고, 감각에서 그 주위 공간으로 넘어가는 영역, 접경 지대를 탐험하십시오. 경계를 찾아보면서, 감각의 안팎을 드나들면서 감각의 표면으로 보이는 모든 곳을 헤엄쳐 다니십시오.

우리의 경험으로는 결코 경계를 찾을 수 없음을 보십시오. 그것은 영국에서 웨일스로 걸어가면서, 두 나라 사이의 경계를 만날 것을 기대하는 것과 같은데, 그런 경계를 실제로는 결코 찾을 수 없습니다. 경계는 지도 위에만 있을 뿐, 땅 위에는 있지 않습니다. 감각과 공간 사이의 경계는 생각과 이미지에만 있을 뿐, 우리의 경험에는 있지 않습니다.

이제 감각으로 다시 헤엄쳐 돌아가서 목, 가슴, 배의 부위를 거쳐 아래로 내려가십시오.

우리가 하는 모든 것은 경험이 실제로 무엇인지 알기 위해 경험 자체를 친밀하게 맛보면서 우리의 경험을 아는 것입니다.

밀도가 높아 보이는 부분을 아주 세심하게 보십시오. 밀도가 높은 영역과 낮은 영역 사이를 왔다 갔다 하면서, 둘을 구분하는 선(만약 그런 게 있다면)을 찾아보십시오.

이제, 순수한 감각이라는 이 실체의 견본을 취해서, 생각에게 그것을 묘사해 보라고, 그것을 이루는 실체를 가장 잘 묘사할 수 있는 말을 찾아보라고 하십시오.

계속 헤엄치면서 골반 부위와 다리로 가 봅니다. 그 주변을 헤엄치다 보면 흥미로운 일이 일어납니다. 우리는 생각이 '의자'나 '바닥'이라는 이름표를 붙이는 것과 만나게 됩니다. 그 해설자에게 조용히 하라고 말한 뒤, 아주 조심스럽게 계속 나아가십시오.

감각이 끝나고 의자나 바닥이 시작되는 곳으로, 가장자리로 가십시오.

이번에는 감각에서 그 주위의 공간으로 헤엄치는 대신, 감각에서 의자나 바닥으로 왔다 갔다 헤엄치면서 이 두 가지 실체('의자'나 '바닥'이라고 부르는 하나, 그리고 '감각'이나 '몸'이라고 부르는 다른 하나)를 찾아봅니다. 이 둘의 실체를 찾을 수 있습니까?

우리가 하나에서 다른 하나로 이동할 때, 이 둘을 나누는 문턱이나 경계선을 넘어갑니까?

아니면, 우리가 어디로 가든 같은 실체일 뿐입니까?

이제 우리는 세 가지 견본을 비교할 수 있습니다: 감각, 공간, 그리고 의자나 바닥.

감각의 안과 밖을, 감각에서 공간으로, 공간에서 감각 안으로, 그리고 감각에서 의자나 바닥으로 헤엄쳐 보십시오. 우리는 순수한 감성, 순수한 앎, 순수한 경험입니다. 세 가지 다른 실체를 찾을 수 있습니까?

생각이 '무게'라고 이름표를 붙인 경험으로 가 보십시오. 그 경험 자체가 단지 감각임을 보십시오. 무게는 감각에 해석을 더한 것입니다. 생각의 해석은 한쪽에 제쳐 두십시오. 날것의 감각으로 가십시오. 그 안에서 헤엄쳐 보십시오. 그 감각은 얼마나 무겁습니까?

공간, 감각, 그리고 의자나 바닥 사이를 헤엄쳐 보십시오. 생각은 우리에게 하나는 비어 있고 투명하며, 다른 하나는 덜 단단하며, 나머지 하나는 밀도가 높고 단단한 것이라고 말합니다. 그렇다면 공간 속을 헤엄치는 것은 쉽고, 감각 안을 헤엄치는 것은 덜 쉽고, 의자나 바닥 안에서 헤엄치는 것은 불가능할 것입니다. 그것이 우리의 경험입니까?

순수한 앎의 아주 작은 조각인 우리가 이동하지 못하게, 알지 못하게 가로막는 어떤 장애를 만납니까? 우리를 방해하는 것이 있습니까? 아니면 어디를 가든 똑같이 텅 빈, 방해하지 않는 실체가 있습니까?

경계, 해설, 차이는 지도 위에만 있을 뿐, 땅 위에는 없습니다. 생각 속에만 있을 뿐, 경험에는 없습니다.

• • •

이제 이 순수한 앎, 순수한 감성의 아주 작은 조각으로 주위를 헤엄치는 동안, 우리는 확장되기 시작합니다. 이 앎의 작은 입자는 아주 서서히 호두만큼 커지고, 오렌지만큼 커지고, 다음에는 멜론만큼, 다음에는 호박만큼 커집니다. 우리는 서서히 앎의 아주 작은 입자에서 앎의 장(場)으로 바뀝니다.

우리는 계속 헤엄칩니다. 그리고 헤엄치면서 감각으로 확장되기 시작하고, 감각을 통과해 공간으로, 의자나 바닥으로 확장됩니다. 이 앎의 장은 앞, 뒤, 위, 아래 모든 방향으로, 모든 감각에 스며들며, 가는 길에 무엇을 만나든지 가득 채우며 스며듭니다.

우리의 참된 자기인 이 앎의 장은 감각을 넘어 모든 방향으로 확장되며, 우리가 있는 이 방을 가득 채우며, 만나는 모든 것을 맛보고 경험하고 압니다.

이제 우리는 헤엄을 멈춥니다. 헤엄치기에는 우리가 너무 큽니다. 우리는 가만히 있는, 움직이지 않는 순수한 앎의 장이 되었습니다. 우리는 감각이 아주 서서히 우리 안에서 헤엄치는 것을 느끼기 시작합니다.

몸은 호흡의 리듬을 타고 부드럽게 움직이고, 감각은 천천히 물결칩니다. 그것은 우리를 통해 흐릅니다. 우리는 더이상 감각을 통해 흐르지 않습니다.

감각은 우리 안에서 부드럽게 물결치며 흐르고, 우리는 그것을 이루고 있는 것을 계속 맛봅니다. 우리는 이 감각이 흐르는 앎의 장입니다. 우리에게는 다시 두 개의 견본이 있습니다. 하나는 순수한 앎인 참된 자기의 견본이고, 다른 하나는 감각의 견본입니다.

거기에서 두 가지 다른 실체를 찾을 수 있습니까? 감각이 끝나고 (감각이 흐르는 공간인) 앎의 장이 시작하는 지점을 찾을 수 있습니까? 우리의 참된 자기가 완전히 스며 있지 않은, 순수한 앎의 장의 일부분이 있습니까? 사실, '앎'이라고 불리는 하나와 '참된 자기'라고 불리는 다른 하나를 찾을 수 있습니까?

감각의 가장자리에서 참된 자기가 끝납니까? 그렇지 않습니다!

우리는 한동안 이 감각 안에서 헤엄쳤지만, 감각에서 이 앎의 장과 구분되는 어떤 실체도 찾을 수 없습니다. 감각은 물로만 이루어진 바다의 물결과 같습니다. 감각은 이 앎의 장에서 부드럽게 흐르는 물결이나 소용돌이와 같습니다.

우리는 몸으로 이루어져 있지 않습니다. 몸이 우리의 참된 자기로 이루어져 있습니다. 그것을 아는 것은 어렵지 않지만, 그렇게 느끼는 것은 또 다른 일입니다. 감각은 순수한 앎의 장에 나타나며, 앎의 장에 의해 알려지며, 앎의 장으로 가득하며, 앎의 장으로 이루어져 있습니다. 이 감각이 순수한 앎의 장의 모든 방향으로 확장되도록 허용하십시오.

그리고 이 물결, 이 파동이 순수한 앎의 장으로 확장되듯이, 앎은 계속 확장되며 서서히 우리의 경험 전체를 장악하게 됩니다. 그것은 벽을 통과해 흐르며 어떤 장애도 발견하지 못합니다. 그것은 모든 방향의 공간으로 흐릅니다.

순수한 앎은 생각이 '소리'라고 부르는 것과 마주칩니다. 그것을 만나고 접촉하고 맛보지만, 오직 그것을 아는 것만을 발견합니다. 즉, 자기 자신만을 발견합니다. 그것은 '내 몸'이라고 불리는 진동보다는 미세하게 빈도가 다른 진동이지만, 순수한 앎, 순수한 감성으로 이루어진 같은 실체의 진동입니다.

이 순수한 앎에는 가깝거나 먼 것이 없고, 나, 너, 그것이라는 것도 없습니다.

• • •

마지막 단계: 우리는 이 앎에서 공간 같은 성질을 제거합니다. 우리는 드넓고 경계 없는 공간이라는 관념이 미묘한 덧씌움이었다는 것을 봅니다. 지금 이 순간, 우리는 공간을 경험하지 않습니다. 순수한 앎의 빛은 공간이 아닙니다. 그것은 순수한, 차원이 없는 앎입니다. 이 앎이 접촉하는 모든 것은 그 자신으로 이루어져 있으며, 그 자신입니다.

모든 경험은 그 자체 안에서 진동하는 이 차원 없는 앎입니다. 그것은 자기를 생각함, 느낌, 감각함, 지각함이라는 형태로 변형하지만, 자기 자신 말고는 어떤 것도 아니고, 되지 않고, 알지 못합니다.

이제 아무것도 하지 마십시오. 단지 경험이 늘 있는 그대로 있도록 놓아두십시오.

감사합니다.

7
평화와 행복을 올바른 곳에서 찾으십시오

자신이 열린, 텅 빈, 빛나는 앎의 현존임을 알고, 그 현존으로 존재하십시오.

모든 경험이 당신 자신 안에서, 앎의 장에서 일어남을 보십시오.

생각과 느낌, 지금 들리는 소리, 피부에 느껴지는 공기, 어린 시절의 먼 기억, 얼굴이나 손의 따끔거리는 감각 등 경험의 전체 스펙트럼이 당신 안에서, 이 열린, 텅 빈, 앎의 장에서 일어나고 있음을 분명히 보십시오.

당신은 모든 경험에 활짝 열린, 조건 없는 '예'입니다.

이 앎의 공간이 어떤 현상에게 방해받을 수 있는지 자신에게 물어

보십시오.

생각에게 어떻게 생각하는지 묻지 마십시오. 자신의 직접 경험으로 가십시오. 당신은 이 텅 빈 열림, 순수한 감성입니다. 마음, 몸, 세계의 어떠한 현상이 이 텅 빈 열림의 본래 평화로운 본성을 방해할 수 있는지 보십시오.

생각이나 느낌은 지금 나타나는 현상에게 방해받을 수 있습니다. 생각이나 느낌은 "나는 지금 있는 것을 좋아하지 않아. 나는 지금 나타나는 것을 다른 것으로 바꾸고 싶어."라고 말할 수 있습니다. 하지만 그 모든 생각과 느낌이 나타나는 열린, 텅 빈 공간인 당신은 어떻습니까? 지금 나타나는 경험을 거부하고 있습니까? "나는 지금 있는 것을 좋아하지 않아. 나는 지금 없는 것을 원해."라고 말합니까?

상황이 더 나아질 어떤 미래를 위해 '지금(Now)'을 떠나려고 합니까? 아니면, 그것은 마음, 몸, 세계의 모든 현상에 대해 어떤 선택이나 선호나 저항 없이 활짝 열린 채 '지금'에서 완전히 쉬고 있습니까?

지적으로 이해하려 하지 말고, 동의하지도 이의를 제기하지도 마십시오. 당신, 나, 이 열림이 방해받을 수 없다는 것이 진실인지 아닌지 스스로 확인해 보십시오. 오직 자신의 경험만이 중요합니다.

당신, 나, 이 열린, 텅 빈, 빛나는 앎의 현존은 본래 방해받지 않음을 보십시오. 마치 텅 빈 공간처럼 당신은 동요하지 않습니다.

우리의 이런 접근법은 마음을 평화롭게 하는 것과는 아무런 상관이 없습니다. 그것은 우리가 이미 늘 그 자체로 본래 평화로움을 보는 것입니다. 사실, 순수한 앎의 본성은 평화로운 것이 아닙니다. 그것은 평화 자체입니다.

모든 사람이 찾는 평화는 마음의 평화가 아닙니다. 마음은 평화롭지 않습니다. 마음은 생각으로 이루어져 있고, 생각은 반드시 늘 움직입니다. 생각이 멈추면 마음도 멈춥니다.

사실, 마음이라는 것을 발견한 사람은 아무도 없습니다. 마음이라는 관념은 그 자체로 하나의 생각인데, 그것이 가리키는 것(생각, 이미지, 기억, 관념, 개념 등의 무리 또는 그것들을 담는 그릇)은 우리의 실제 경험에서 한 번도 발견된 적이 없습니다. 우리가 마음이라고 발견하는 모든 것은 오직 일어나는 생각이나 이미지뿐입니다.

그리고 어떤 생각이나 이미지도 정지해 있지 않습니다. 그러므로 마음은 움직임을 의미합니다. 생각이나 이미지가 나타날 때는 늘 움직입니다.

모든 사람이 찾으려 하는 평화는 마음의 평화가 아닙니다. 그것은 우리의 본성의 본래 평화입니다.

그리고 그 평화는 모든 환경, 모든 상황에서 발견할 수 있습니다. 그것은 모든 경험의 배경인 앎의 열린 텅 빈 장(場) 안에, 그 장으로서 늘 존재합니다.

그것은 모든 경험이 나타나는 장이자 알려지는 수단인 앎의 현존을 지켜보고 있습니다.

마음, 몸, 세계의 조건에 좌우되는 평화는 깨지기 쉬우며, 어떤 순간에든 부서질 수 있는 조건적인 평화입니다.

그런 평화 뒤에는, 조건이 바뀌면 그로 인해 평화를 잃어버리게 될 것이라는 두려움이 숨겨져 있습니다.

다시 말해, 그런 평화는 참된 평화가 아닙니다. 그것은 경험의 사실을 있는 그대로 마주하기를 회피하는 태도에 엷게 가려진, 변화에 대한 두려움입니다.

경험의 사실은 모든 것이 나타나고 움직이고 변하고 사라진다는 것입니다. 아무것도 불변하지 않으며, 그러기에 궁극적으로 의존할 수 있는 것은 아무것도 없습니다.

우리의 평화가 어떤 대상, 사물, 상태, 행위나 관계에 의존해 있다면, 그런 평화는 가치가 없습니다. 그것은 얇게 가려진 두려움입니다.

● ● ●

순간순간 마음, 몸, 세계를 정확하게 있는 그대로 두십시오.

잘 닦인 마음은 평화로운 마음이 아닙니다. 평화로운 마음이 반드시 고요한 마음인 것은 아닙니다.

평화로운 마음은 분리의 환영이 없는 마음이며, 존재하지 않는 분리된 자아의 두려움, 요구, 신경증, 걱정에 더이상 봉사하지 않는 마음입니다.

그러한 마음은 때에 따라, 상황의 필요에 따라 좀 더 적극적이거나 덜 적극적이지만, 분리되어 있다는 믿음이 없는데, 그것이 진정으로 평화로운 마음입니다.

그러한 마음의 평화는 억제가 아니라 자유에서 나옵니다.

그러니 마음을 닦으려고 하지 마십시오. 마음을 닦으려고 하는 것은 단지 더 많은 마음일 뿐입니다.

그러는 대신, 당신의 본질이 이미, 늘, 방해받을 수 없는 평화 자체임을 아십시오.

이를 분명히 알게 되면, 마음은 가상의 분리된 자아에 봉사하는 대신, 이 본래 평화로운 앎의 현존을 표현하고 봉사하기 시작할 것입니다.

• • •

당신인 순수한 앎이 지금 나타나는 현상 중에 필요한 것이 있는지 자신에게 물어보십시오.

당신, 나, 앎에 무엇이라도 빠져 있거나 부족한 것이 있습니까?

생각과 느낌은 어떤 것이 부족하다고 말할 수 있지만, 우리의 참된 자기가 그렇게 말합니까? 우리 자신에게 본래 어떤 부족한 느낌이 있습니까?

우리의 참된 자기인 이 텅 빈 열림에게는 지금 나타나는 모든 것이 완전히 괜찮음을 보십시오. 우리의 참된 자기에게는 '지금'에서 멀어지고 싶은 티끌만큼의 미세한 충동도 없습니다.

우리가 무엇이 나타나든 괜찮은 이 전적인 '괜찮음(okay-ness)'에 부여하는 공통된 이름은 무엇입니까? 우리는 그것을 '행복'이라고 부릅니다.

행복은 몸의 즐거운 감각, 마음의 확장되거나 평화로운 상태와는 아무런 상관이 없습니다.

우리가 '행복'이라고 부르는 것은 그저 참된 자기의 자연스러운 본래 상태입니다. 단순히 우리의 '존재'를 있는 그대로 아는 것, 그것이 그 자신을 아는 것입니다.

평화와 행복은 단순히 우리 자신의 '존재'를 아는 앎에 우리가 부여한 공통의 이름입니다. 평화와 행복은 모든 경험의 배경에 늘 있으며, 모든 환경과 모든 조건 속에서 늘 발견할 수 있습니다.

우리가 살아가는 세계의 문화는 행복을, 우리 '존재'에 대한 늘 있는 단순한 앎에서 몸의 즐거운 감각이나 마음의 확장된 상태로 격하시켰습니다. 그러나 참된 행복은 이런 것들과는 아무런 상관이 없습니다.

즐거운 감각이나 확장된 상태는 우리 자신의 존재에 대한 앎에서 나오는 일시적인 부수 효과일 수 있습니다. 예를 들어, 분리된 자아의 긴장이 풀릴 때, 몸 안에 막혀 있던 곳이 풀리면서 그로 인해 즐거운 감각의 물결이 몸에 밀려올 수 있습니다.

또는 가상의 분리된 자아의 만족할 줄 모르는 요구에 봉사하던 일련의 생각이 멈출 때, 그리하여 욕망이 멈출 때, 그런 마음의 긴장과 고착이 해방되면서, 늘 있지만 대체로 마음 아래에 가려 있던 평화가 잠시 보입니다.

마음이 이처럼 잠시 사라졌다가 돌아올 때, 마음은 다시 찾은 평화로 가득해지며, 그로 인해 확장되거나 평화로운 상태로 경험될 것입니다.

그렇지만 다른 모든 현상과 마찬가지로, 이런 즐거운 감각과 마음의 확장되거나 평화로운 상태는 오고 갑니다. 만약 행복이 이런 감각이나 상태 속에 있다고 생각한다면, 우리의 행복은 늘 왔다가 가 버리고, 그 때문에 우리는 (짧은 순간씩만 중단될 뿐) 평생 추구하는 삶을 살게 될 것입니다. 그것을 '행복 추구'라 부르든 '깨달음 추구'라 부르든 차이가 없습니다. 같은 것입니다.

만약 행복이나 깨달음이 몸이나 마음의 상태와 상관이 있다고 생각한다면, 우리는 당연히 늘 좌절할 것입니다. 우리는 저항과 추구의 삶을 살게 될 것이며, 짧은 순간씩만 평화와 행복을 맛보게 될 것입니다. 그러나 이런 짧은 순간들은 새로운 추구에 자리를 내주면서 점점 더 빨리 사라질 것입니다.

시인 헨리 데이비드 소로는 "대다수 사람은 말 없는 절망 속에서 살아간다."라고 말했습니다. 이는 행복이나 평화, 깨달음이 몸이나 마음의 상태와 상관있다고 생각하는 사람들의 운명입니다.

몸, 마음, 세계는 무엇이든 조건 지어진 대로 하도록 놓아두십시오. 햇빛, 바람, 비를 만들어 내는 것이 우리의 생각, 느낌, 행위를 만들어 냅니다. 우주 어디에도 개인적인 대상이나 실체는 없습니다.

언제든 몸과 마음에 필요한 것은, 주어진 상황이나 당시 환경에 응하여, 딱 알맞은 순간에 나타날 것입니다. 우리가 정말로 알 필요가 있는 것은 무엇이든 필요할 때 알려질 것입니다.

● ● ●

결핍이나 불편함이 없는, '지금'으로부터 멀어지려는 티끌만큼의 성향도 없는 우리 참된 본성의 본래 평화와 접촉하십시오. '지금'을 당신의 집으로 삼으십시오. 그것이 당신의 집이게 하십시오.

모든 사람이 깊이 갈망하는 모든 것은 우리 자신의 '존재' 안에 있습니다. 모두가 진정으로 갈망하는 모든 사랑, 모든 평화, 모든 행복은 우리 자신의 '존재'를 있는 그대로 아는 단순한 앎(자기를 아는 '존재'의 앎)에 갖추어져 있습니다.

그것을 다른 곳에서 찾는다면 늘 좌절하게 될 것입니다. 사랑을 관계에서, 평화를 상황이나 상태에서, 행복을 대상에서 찾는다면, 늘 좌절하게 될 것입니다. 그런 대상들은 우리가 원하는 것을 잠시 주는 것처럼 보이겠지만, 얼마 뒤 상황, 관계, 대상에서 오는 것처럼 보이던 평화, 사랑, 행복은 점차 사라질 것이고, 우리는 잃어버린 듯한 그것들을 찾으리라는 희망으로 다시 새로운 상황, 관계, 대상을 찾아나설 것입니다.

머지않아 우리는 삶에서 진정으로 원하는 것(그것을 행복이라 부르든 깨달음이라 부르든)은 아무리 미묘하더라도 어떤 종류의 대상이나 경험에 있지 않다는 메시지를 배우기 시작합니다. 그것은 상황, 관계, 경험이나 대상에 있지 않습니다.

그것이 바로 모든 고통이 우리에게 주는 메시지입니다. 고통은 마음에 주는 메시지며, 통증은 몸에 주는 메시지입니다.

통증이 몸에 주의를 기울여야 한다고 말해 주는 지성이 보내는 메시지이듯이, 고통은 우리가 자신을 분리된 자아로 착각하고 대상, 상태, 관계를 통해 가상의 자아를 만족시키려 한다고 말해 주는, 같은 지성이 보내는 메시지입니다.

모든 고통은 그저 우리가 행복을 잘못된 곳에서 찾고 있다고, 대상에서 찾고 있다고 말해 줄 뿐입니다. 고통은 우리에게 말합니다. "나 행복은 거기에 살지 않는다. 대상, 상황, 상태, 관계나 경험에서는 나를 찾을 수 없다. 나는 당신 '존재'의 친밀함 속에 살고 있다. 나는 당신 '존재'의 친밀함이다. 오직 그곳에서만 나를 찾을 수 있다. 나는 언제나 거기에 있으며, 늘 주어져 있으며, 열려 있으며, 알려지기를 기다린다."

감사합니다.

8
지금에 대한 거부

경험은 늘 '지금'이라는 것을 분명히 보십시오.

그리고 이것이 우리의 실제 경험이며 견해에 불과한 것이 아님을 확인해 보려면, '지금' 밖으로 한번 나가 보십시오. 예를 들어, 5초나 10초 전의 과거로 가 보십시오. 아니면, 몇 초 앞의 미래로 가 보십시오. 그럴 수 있습니까? 거기로 갈 수 있습니까?

이렇게 과거나 미래로 가 보려고 해 보면, 우리의 실제 경험에서 우리가 아는 모든 것은 '지금'이라는 것을 발견합니다.

생각은 과거나 미래를 상상할 수 있지만, 우리는 그것들을 실제로 알거나 경험하지 않습니다.

그리고 과거나 미래를 경험해 본 사람이 아무도 없다면, 그것들이 존재한다고 믿는 까닭은 무엇입니까?

경험은 실재 여부의 시험입니다. 만약 어떤 것이 경험되지 않는다면, 어떻게 그것이 실재한다고 주장할 수 있겠습니까?

경험되지 않는 실재라는 게 있을까요?

과거와 미래가 전혀 경험되지 않는다는 것을 인정할 때, 우리는 시간이 전혀 경험되지 않는다는 것을 인정하게 됩니다. 시간이라는 관념은 있지만, 시간을 경험할 수는 없습니다.

얼마나 많은 생각이 과거와 미래로 잠시 여행을 떠나는지 알아차리십시오. 이런 생각을 판단하거나 통제하려고 하지는 마십시오. 그저 생각을 알아차리십시오.

생각이 과거나 미래로 떠나는 동기는 무엇입니까? 그렇게 하는 실용적인 이유가 없다면 '지금'을 떠나는 동기는 무엇입니까? 현재 상황이 그렇게 부족하게 느껴지거나 견딜 수 없습니까?

• • •

분리되어 보이는 자아는 '지금'에 대한 저항으로 이루어져 있습니다. 분리된 자아가 견딜 수 없는 단 한 곳이 있는데, 그곳은 '지금'입니다.

사실, 분리된 자아는 '지금'에 저항하는 어떤 실체가 아닙니다. 그것은 단지 '지금'에 저항하는 활동일 뿐입니다.

다시 말해, 분리된 자아는 실체가 아닙니다. 그것은 활동입니다. 상상에만 존재하는 과거나 미래로 우리를 데려가는 생각과 느낌의 활동.

'지금'에는 우리의 참된 자기인 앎이 모든 현상과 친밀하게 하나입니다. 모든 경험에 스며 있는 이 친밀함을 부정해야만 분리된 자아가 생겨날 수 있습니다.

'지금'에는 경험하는 사람이 없고 경험되는 것도 없습니다. 오로지 순수한 경험의 늘 존재하는, 나눌 수 없는 친밀함이 있을 뿐입니다.

얼마나 많은 생각의 근원에 이 가상의 존재가 담겨 있는지, 그리고 이 가상의 존재가 '지금'을 회피하기 위해 어떻게 과거나 미래로 떠나는지 분명히 보십시오.

회피하려는 생각, 추구하려는 생각을 통제하거나 훈련하지 마십시오. 꼭 뭔가를 하고 싶다면, 생각에게 "어디로 가려 하지? '지금'에 무슨 문제가 있지?"라고 물어볼 수는 있습니다.

앎이 '지금'과 무슨 문제가 있습니까? 앎이 '지금' 안에서 나타나는 모든 것과 무슨 문제가 있습니까? 우리가 지금 앉아 있는 이 방의 빈 공간에 비유하자면, 이 공간이 그 안에서 나타나는 어떤 사람이나 어떤 것과 무슨 문제가 있습니까?

이 방의 공간은 그 안에서 나타나는 그 어떤 것도 거부하는 작용이 없습니다. 그것은 오직 순수한 열림, 순수한 허용일 뿐입니다.

마찬가지로, 우리의 참된 자기인 앎은 저항을 모릅니다. 그것은 '저항'이라는 말의 의미를 모릅니다. 그것은 순수한 열림입니다. 그것은 방어하지 않습니다. 그것은 나타나는 모든 현상에게 '예'라고 말합니다.

지금 있는 것에 저항하려면 먼저 순수한 앎의 참된 성품을 잊어야 합니다.

이처럼 우리의 본성인 늘 있으며 한계 없는 앎을 잊어버리거나 간과하는 것이 근본적인 무지입니다. 이 무지로 인해 우리는 일시적이며 제한된 자아라고 믿게 되었고, 그에 따른 느낌을 경험하게 되었습니다.

자신이 상상 속에만 존재하는 분리된 자아라고 믿을 때만 우리는 '지금'에 저항하며 과거나 미래로 떠날 수 있습니다.

그렇지만 앎인 우리 자신은 무엇에도 저항하지 않으며 어디로도 가지 않습니다.

앎은 시간과 공간 속에서 움직이지 않습니다. 시간과 공간이 앎 속에서 나타나거나 움직입니다.

우리가 시간과 공간 속에서 움직이지 않는다는 사실을 직접 확인해 보십시오. 우리는 태어나지 않고, 늙지 않으며, 죽을 운명도 아닙니다. 우리는 늘 있습니다. 시간 속에서 영속한다는 말이 아닙니다. 우리는 늘 있는 '지금'입니다.

영원하다는 것과 영속한다는 것은 서로 다른데, 우리의 문화에서는 자주 혼동됩니다. 영속한다는 것은 시간 속에서 영원히 지속된다는 뜻인데, 앎은 시간 속에서 지속되지 않습니다. 앎은 선처럼 이어지는 시간을 따라 움직이지 않습니다.

선처럼 이어지는 시간은 없습니다. 시간은 차원이 없는 앎에 나타나는 생각이며, 그 앎으로 이루어져 있습니다.

우리는 영속하는 게 아니라 늘 현존합니다.

· · ·

과거와 미래가 없는 자유를 맛보십시오. 우리는 30세, 50세, 70세가 아닙니다. 우리는 역사가 없습니다. 우리는 자라고 늙고 죽지 않습니다.

우리가 과거라는 짐과 미래라는 가능성을 어떻게 짊어지고 다니는지 느껴 보십시오.

그런 짐이 없이 그저 존재한다면, 어떠할까요? 그런 짐이 없이 길을 걸으면, 그런 짐이 없이 친구와 가족과 관계한다면, 우리가 어디로도 가지 않음을 느낀다면, 우리가 몸, 마음, 세계에서 필요한 것이 아무것도 없음을 느낀다면, 그러면서도 몸, 마음, 세계의 모든 모습에 열려 있고 그것들과 친밀하다면, 순간순간 모든 경험과 활발하게 열린 상태로 관계한다면, 어떠할까요?

우리의 인간관계는 어떻게 변할까요? 우리의 자녀, 부모, 가족, 친구에게 아무것도 바라지 않으면서 그들을 사랑한다면, 어떠할까요?

우리가 대상과 관계에서 그토록 오랫동안 찾으려 한 것은, 나타나는 모든 것에 대한 저항이 전혀 없을 때, 매 순간 발견하는 그 행복이 아닐까요?

결국, 지금 있는 것에 대한 저항이 없다면, 행복이나 깨달음을 찾으려는 동기가 있을까요?

우리는 왜 '지금'을 떠나려 할까요? '지금'을 떠나고 싶어 하는 자는 누구일까요? 앎은 아닙니다. 오직 가상의 분리된 자아만이 그럴 뿐입니다.

이 저항의 근원으로 거슬러 올라가 보면, 거기에 우리의 본성인 열린, 텅 빈, 빛나는 앎을 잊거나 간과하고 있음이 있습니다.

우리가 참된 자기로 향할 때는 일시적이고 제한된 생각과 느낌의 무리를 발견할 수 없습니다. 열린, 텅 빈, 빛나는 앎을 발견할 뿐입니다.

분리되어 보이는 '나'는 그 위에 덧씌워졌던 일시적이고 제한된 생각과 느낌에서 벗어나며, 그 자신을 다시 있는 그대로 알게 됩니다.

그것은 자기 자신을 찾거나 알아봅니다. 그 알아봄이 행복입니다.

감사합니다.

9
앎은 지금만을 압니다

모든 경험이 '지금' 일어난다는 것을 분명히 보십시오. 모든 생각, 느낌, 감각, 지각은 '지금' 경험됩니다.

'지금'은 모든 경험이 담기는 그릇이며, 모든 경험이 그 안에 또는 그 위에 나타나는 토대입니다.

흔히 '지금'은 시간 안의 한 지점으로 여겨집니다. 그렇지만 사실 '지금'은 시간 안에 있지 않습니다. '지금'은 순수한 앎입니다.

생각, 느낌, 감각, 지각 같은 현상은 반드시 어떤 것의 안이나 위에만 나타납니다.

모든 경험이 그 안이나 위에 나타나는 이 '어떤 것'은 공간 같은, 그

룻 같은 특성이 있다고 말할 수 있습니다.

그렇지만 모든 생각, 이미지, 느낌, 감각, 지각이 그 안에서 나타나는 그 공간은 물리적 공간처럼 스스로 작용하지 못하는 텅 빈 공간이 아니라, 아는 공간입니다.

게다가 현상이 그 안에서 일어나는 앎의 '공간'은 모든 현상이 일어나기 전에 존재하며, 그 자체는 어떤 현상도 없이 텅 비어 있어야 합니다.

그래서 우리의 참된 자기, '지금', 앎을 때로는 '텅 비어 있다'고 합니다. 모든 대상이 텅 빔. 생각, 느낌, 감각, 지각이 본래 텅 빔. 하지만 그것은 그 자체로 가득하며, 앎과 존재로 가득합니다.

생각은 있는 것처럼 보이는 대상만을 알 수 있습니다. 그러므로 텅 빈 앎, 투명한 '지금'은 생각에게는 알려지지 않으며 보이지 않습니다. 그래서 생각은 앎을 존재하지 않는 것으로 여깁니다.

하지만 생각도 경험의 부정할 수 없는 사실, 말하자면 모든 경험이 '어떤 것'의 안이나 위에 나타난다는 것은 인정해야 합니다. 어떤 것이 어떤 그릇, 토대, 배경 없이 나타나는 것은 불가능합니다.

생각은 모든 경험이 담기는 진정한 그릇(앎의 열리고 텅 빈 공간, 영원한 또는 늘 있는 '지금'의 열리고 텅 빈 공간)을 보거나 알 수 없기에 어떤 대체물을 상상합니다.

더욱이 생각은 이 대체물, 모든 경험이 담기는 공간 같은 그릇을 자기의 용어로, 즉 대상에 관한 언어로 상상합니다. 생각은 오직 대상만을 상상할 수 있기 때문입니다.

이런 식으로 생각은 영원한 '지금'이 있는 자리에 시간이 있다고 상상합니다.

생각은 시간이 모든 경험을 담는 공간 같은 그릇이라고 상상합니다. 시간은 생각이 알 수 없는, 투명하고 늘 있는 앎의 자리에 있다고 상상하는 미묘한 대상입니다.

다시 말해, 늘 있는 앎은 마음의 좁은 구멍을 통해 지각되고 상상될 때는 영속하는 시간처럼 보입니다.

사실, 생각이 앎의 부정할 수 없는 현존을 이런 식으로 설명하는 정확한 이유는 생각이 앎을 보거나 알 수 없기 때문입니다.

• • •

시간을 모든 경험이 담기는 그릇으로 여기게 된 생각은 이제 현재의 경험이 일어나고 있다고 여겨지는 특정한 시간(지금 이 순간)을 상상합니다.

그렇게 해서 '지금 이 순간'은 (그것의 존재를 위해) 시간이라는 주요 관념에 대한 믿음이 필요한 두 번째 관념입니다.

하지만 우리는 경험이 어떤 '순간'에 일어나는 게 아니라는 것을 분명히 보기 위해 우리의 경험을 자세히 들여다봐야 합니다.

그런 순간은 정확히 얼마나 오래 지속됩니까? 그리고 우리는 시간의 선을 따라 움직이는 순간을 실제로 경험합니까? 예를 들어, 그런 순간은 어떤 속도로 움직입니까?

이러한 질문들은 우리의 실제 경험과 상관이 없는 까닭에 몹시 이상하게 들립니다.

'지금'은 분명히 하나의 순간이 아닙니다. 우리의 경험은 지금이라는 하나하나의 순간들이 '시간'이라고 불리는 것 안에 담긴, 분리된 '지금들'의 이어짐이 아닙니다. 오직 하나의 '지금'이 있습니다. 유일한 '지금', 영원한 '지금'이 늘 있습니다.

'지금'은 시간과는 아무 상관이 없습니다. '지금'은 앎의 다른 이름이며, 참된 자기의 다른 이름입니다.

우리는 '지금' 안에서 살지 않습니다. 우리 자신이 '지금'입니다.

• • •

물론, 앎은 3차원의 공간이 아니며 2차원 스크린도 아닙니다. 그것들은 단지 앎에 관해 우리가 생각할 수 있게 해 주는 이미지일 뿐입니다. 앎 자체는 차원이 없습니다. 하지만 앎에 3차원 공간이나 2차원 스크린 같은 미묘한 성질을 부여하지 않는다면, 우리는 그것에 관해 생각할 수조차 없습니다. 차원이 없는 것을 생각하는 것은 불가능하기 때문입니다.

앎 자체('지금', 우리의 참된 자기)는 차원이 없습니다. 즉, 그것은 공간이나 시간 안에 있지 않습니다.

당신에 관한, 당신의 모든 생각, 느낌, 감각, 지각이 이 공간 같고 스크린 같은 앎 안에 일어나도록 허용하십시오. "나는 남자다, 여자다" "나는 키가 크다, 작다" "나는 서른 살, 쉰 살, 일흔 살이다" "나는 지적이다, 지적이지 않다" "나는 행복하다, 슬프다" 등등.

분리된 자아가 담겨 있는, 그 자아가 중심에 있는, 그 자아를 나타내는 것처럼 보이는 모든 생각, 느낌, 감각, 지각이 이 차원 없는 앎의 현존 안에 나타나도록 허용하십시오.

먼저, 이런 생각, 느낌, 감각, 지각이 하나씩 일어난다는 것을 보십시오. 예를 들어, 어릴 적의 기억 하나가 나타납니다. 잠시 뒤 그것은 사라지고, 예컨대 어떤 친구에 관한 생각이 나타나며, 다시 그것이 사라진 뒤, 예컨대 '내 얼굴'이라고 불리는 감각이 일어나서 잠시 머물다가 사라지며, 다시 다른 것이 그 자리를 대신합니다.

이렇게 나타나는 무수한 생각, 느낌, 감각과 지각은 우리가 분리된, 일시적인, 제한된 자아라는 믿음과 느낌을 어떤 식으로든 드러내거나 뒷받침합니다.

이러한 생각, 느낌, 이미지, 기억, 감각과 지각의 흐름이 앎의 열리고 텅 빈 스크린인 '지금' 안에서 하나씩 나타나도록 그저 허용하십시오.

그것들이 옳거나 그르거나, 진실하거나 거짓이라고 판단하지 마십시오. 그저 자신의 전체 경험을 다 포함하십시오. 그 모든 것이 이 열린, 텅 빈, 차원 없는 '아는 지금'에서 일어남을 보십시오.

· · ·

이제, 이런 모든 생각, 느낌, 감각과 지각("나는 여자다, 남자다" "나는 키가 크다, 작다" "나는 서른 살, 쉰 살, 일흔 살이다" "나는 지적이다, 지적이지 않다" "나는 행복하다, 슬프다" "나는 덥다, 춥다" 등)은 공통된 한 가지를 공유한다고 여겨지는데, 생각은 그것을 '나'라고 여깁니다.

모든 경험에는 우리가 '나'라고 부를 수 있는 공통된 어떤 것이 정말로 있습니다. 그렇지만 생각은 이 '나'가 무엇인지를 혼동합니다. 그래서 생각은 어느 순간에는 '나'가 생각, 감정, 감각, 지각을 소유하는 것으로 여기고("우리가 바다에 가면 좋을 것 같다는 생각이 들었다", "내게 슬픔이 차올랐다", "나는 나무를 보았다"), 다른 순간에는 '나'가 바로 생각, 감정, 감각, 지각이라고 여깁니다("나는 지성적이다", "나는 외롭다", "나는 백인이다.")

이처럼 생각은 때로는 '나'를 몸과 마음의 소유자로 여기고, 때로는 '나'가 바로 몸과 마음이라고 여깁니다.

어느 쪽이든 생각은 '나'(모든 경험에 공통으로 있는 요소)가 본래 몸과 마음과 같다고, 몸과 마음의 소유자이자 본질이라고 여깁니다. 그 결과, 대다수 사람은 자신을 분리된 자아라고 생각하고 느끼며, 자신이 태어났고 자랐고 언젠가는 늙고 죽을 것이라고 생각하고 느낍니다.

그렇지만 우리의 실제 경험은 무엇입니까? 낱낱의 생각, 느낌, 감각과 지각에 실제로 있는 공통적인 것은 무엇입니까?

그 모든 것이 공유하는 것은 앎의 공간 또는 스크린이며, 그것들은 그 안이나 위에서 나타나고, 동시에 그 앎에 의해 알려집니다.

그러나 생각은 모든 경험에 공통으로 있는 앎을 보거나 알 수 없습니다. 하지만 동시에 생각은 경험이 끊임없이 이어지며, 그러므로 경험을 관통하는 공통된 끈이 있어야만 한다는 부정할 수 없는 사실을 어떻게든 설명해야 합니다.

본연의 '나'는 모든 경험에 공통된 열린, 텅 빈, 투명한 앎을 가리키지만, 생각은 그 '나'를 자신이 이해할 수 있는 범위 안으로 가져오기 위해, 그것에 몸과 마음에 온전히 속하는 성질을 부여하고, 그리하여 그것을 일시적이고 제한된 자아로 만들어 버립니다.

앎이라는 배경을 간과하고 잊거나 무시한 까닭에 그것이 존재하지 않는다고 여기는 생각은 앎 대신에 '나'라는 자아를 만들어 냅니다. 그리고 그 '나'가 오래전에 시작되었으며, 다섯 살 아이가 되고, 시간과 공간 속에서 생활하며 열다섯 살 청소년이 되고, 스무 살 어른이 되며, 나이 들고 늙어서 어느 날 죽는다고 믿게 됩니다.

다시 말해, 시간이 실재한다는 믿음과 분리된 '나'에 대한 믿음은 공존합니다.

하지만 유일한 참된 '나'는 순수한 앎 자체이며, 그 앎은 생각, 느낌, 감각, 지각과 섞이지 않습니다. 앎은 늘 현존하는 배경이며, 경험의 흐름은 그 안이나 위에서 일어나는 동시에 그것에 의해 알려집니다.

이 늘 현존하는, 열린, 투명한 앎은 특정한 장소나 시간에 나타나지 않습니다. 그것은 움직이지 않으며, 성장하지 않으며, 변하지 않으며, 사라지지도 않을 것입니다. 그것은 태어나지 않았으며 죽지도 않습니다.

• • •

낱낱의 생각, 느낌, 감각, 지각이 늘 현존하는 앎의 스크린 위에 나타나는 현상이라고 상상해 보십시오. 현상들은 나타나고 움직이고 변하는 것으로 보이지만, 그것들이 나타나는 배경인 알아차리는 스크린은 결코 움직이거나 변하지 않습니다. 그리고 그 스크린이 현상들의 진정한 본질이며 정체성입니다.

분리된 내부의 자아는 그런 현상들의 늘 변하는 혼합물입니다. 그저 화면 밖으로 나오십시오. 더 정확히는, 자신이 결코 그 안에 있지 않음을 아십시오. 화면이 당신 안에 있지, 당신이 화면 안에 있는 것이 아닙니다.

우리는 생각, 느낌, 감각, 지각이 아니며, 그것들의 혼합물도 아닙니다.

우리의 수많은 생각, 느낌, 감각, 지각에는 이 분리된 내부의 자아가 담겨 있으며, 그 중심에는 자아가 있습니다. 그렇지만 정말로 현존하는 유일한 자기(만약 그것을 '자기'라고 부를 수 있다면)는 영원히 현존하는 앎의 공간 또는 스크린이며, 그 안이나 위에서 가상의 분리된 자아가 나타납니다.

마치 스크린이 그 위에 나타나는 일시적이고 제한된 영상들의 어떤 특성도 공유하지 않는 것처럼, 그 참된 자기는 그 안에서 일어나는 현상들의 일시적이고 제한된 특성을 전혀 공유하지 않습니다.

하지만 스크린과 영상에 공통된 특성이 하나 있습니다. 영상들은 현존하고 존재하며, 스크린도 현존하고 존재합니다.

그러나 영상의 현존 또는 존재는 스크린의 현존 또는 존재와 분리되어 있지 않으며, 별개의 것이 아닙니다. 사실, 각각의 영상들의 존재는 스크린의 현존 또는 존재에서 나오며, 더 정확히는 스크린의 현존 또는 존재입니다.

사실, 영상은 자기의 현존이나 존재가 없습니다. 그것들은 스크린의 존재로부터 자기의 존재를 빌려 옵니다. 스크린이 그것들의 실체입니다.

마찬가지로, 분리된 자아가 수용하는 것처럼 보이는 생각, 느낌, 감각, 지각은 그것들의 '나'를 (유일한 참된 '나'인) 앎에서 빌려 옵니다. 그것들은 이 앎 위에서 나타나고, 앎에 의해 알려지며, 본래 앎으로 만들어집니다.

몸, 마음, 세계가 실재하는 것처럼 보이게 해 주는 것은 늘 현존하며 한계 없는 앎의 실재입니다. 일시적이고 제한되어 보이는 생각, 느낌, 감각, 지각에서 실제로 알려지거나 경험되는 것은 영원하고 무한한 앎뿐입니다.

• • •

모든 생각, 느낌, 감각과 지각을 하나로 꿰어 경험에 연속성을 부여하는 그것은 무엇입니까?

생각, 느낌, 감각과 지각 자체에는 아무런 연속성이 없습니다. 그것들은 나타나고 사라집니다. 몸, 마음, 세계의 어떤 현상이 나타나기 전에는 그 현상이 자체로는 존재하지 않으며, 그 현상이 사라진 뒤에도 똑같이 존재하지 않습니다.

다시 말해, 생각, 느낌, 감각과 지각은 사라질 때 자취도 없이 사라집니다. 그러니 만약 모든 생각, 느낌, 감각과 지각이 때때로 끊기는 것이라면, 경험의 부정할 수 없는 연속성은 어떻게 설명할 수 있겠습니까?

우리가 다섯 살 때 겪은 몸, 마음, 세계의 경험은 지금은 단 하나도 남아 있지 않습니다. 열 살, 스무 살, 마흔 살, 예순 살 어른일 때도 마찬가지입니다. 심지어는 2분 전이나 2초 전에 있던 생각, 느낌, 감각, 지각도 지금은 사라지고 없으며, 마찬가지로 2초 후, 2분 후, 2일이나 2년 후에 나타날 경험도 지금은 똑같이 존재하지 않습니다.

이런 현상들이 겉으로는 2초, 2시간, 2달, 2년, 20년 동안 분리되어 보이겠지만, 이런 현상들 사이에는 어떠한 연결도 연속성도 없습니다.

그렇지만 우리는 삶을 연결되지 않고 연속되지 않는 현상들의 집합으로 경험하지 않습니다. 그것은 하나의 연속되는 흐름입니다. 그렇다면 모든 경험을 관통하고, 모든 요소를 연결하며, 그것들에 결합과 연속성을 부여하는 것은 무엇입니까?

다섯 살에 어떤 감각을 느끼고, 열 살 때 어떤 것을 지각하고, 스무 살 때 어떤 생각을 하고, 2분 전에 어떤 소리를 듣는 동안, 늘 현존한 것은 무엇입니까? 살면서 수없이 많고 늘 변하는 경험을 하는 내내 계속 현존한 것은 무엇입니까?

다섯 살 때의 경험과 지금의 경험이 공유하는 것은 무엇입니까? 단 하나, 그것들을 아는 앎뿐입니다.

앎은 경험에 있는 단 하나의 연속성입니다. 하지만 그것은 시간 안에서 연속되는 것이 아닙니다. 그것은 늘 현존하는 '지금'입니다.

나타나고 사라지는 것은 생각, 느낌, 감각, 지각(즉 몸, 마음, 세계)이지, '나' 즉 늘 현존하는 앎이 아닙니다. 그것들은 앎 안에서 나타나고, 앎에 의해 알려지며, 본래 앎으로 이루어져 있습니다.

순수한 앎인 '나'는 나타나지 않고, 사라지지 않으며, 움직이지 않고, 변하거나 성장하지 않습니다.

마치 영상들이 스크린 위를 흘러가지만 스크린은 영상 위를 흘러가지 않듯이, 현상들은 우리의 참된 자기인 텅 빈 앎을 통과해 흐르

147

지만 참된 자기는 그것들을 통과해 흐르지 않습니다.

• • •

삶에서 진정한 가능성은 두 가지뿐입니다. 1) 특정 시간과 공간에서 태어난, 움직이고 변하고 성장하며 죽을 수밖에 없는, 분리된 내부 자아의 입장에 있거나 2) 늘 현존하는 '지금'(열린, 텅 빈 앎의 현존)의 입장에 있는 것.

우리의 선택지는 두 가지뿐입니다. 1) 분리된 자아의 이미지, 믿음과 느낌을 믿으며 그 자아의 입장에 서거나 2) 자기의 경험을 가까이 들여다보면서, 이 늘 현존하는, 결코 움직이거나 변하지 않는 앎을 알고 그 앎으로 있는 것.

우리는 "나는 여자다, 남자다"라고 말하지만, '나'인 앎은 둘 다 아닙니다. 여자나 남자라는 생각, 이미지, 느낌, 지각이 나 자신인 앎 안에서 가끔 나타납니다. 그리고 궁극적으로 보면 그것들은 앎으로 이루어집니다. 그러나 스크린 위에 나타나는 영상이 스크린을 물들이거나 제한하지 않듯이, 이러한 생각, 이미지, 느낌, 지각은 어떤 식으로든 앎을 물들이거나 제한하지 않습니다.

우리는 "나는 슬프다, 외롭다"고 느낄 수 있지만, '나'인 앎은 슬프지도 외롭지도 않으며 다른 어떤 느낌도 없습니다. 슬프거나 외롭다는 느낌이 앎의 열린 텅 빈 공간에서 일어날 수 있지만, 그 느낌은 앎 자체를 물들이지 않습니다. 슬픈 느낌이 앎에서 일어날 때 앎은 슬프지 않습니다.

앎은 모든 경험에 자기의 모든 본질을 주지만, 경험 자체의 특정한 성질이나 한계를 공유하지 않습니다. 그러니 어떠한 생각, 이미지, 감정, 지각이 일어나더라도 어떤 식으로든 없애거나 조작할 필요가 없습니다.

모든 경험은 앎이라는 스크린 위에 나타나고, 앎에 의해 알려지며, 앎으로 이루어집니다. 그리고 앎은 본래 자유롭습니다. 앎은 순수합니다. 앎은 해를 입거나 오염될 수 없습니다. 어떤 경험도 그것에 닿을 수 없지만, 그것은 모든 경험에 친밀하게 닿습니다.

경험의 한가운데에서 우리의 참된 자기(열린, 텅 빈, 빛나는 앎)는 나타나는 경험의 성질이나 특색에 상관없이 이미 자유롭고 독립적이며 평화롭습니다.

우리가 스크린을 보기 위해 영상을 벗어날 필요가 없는 것처럼, 앎이라는 배경을 발견하기 위해 어떤 생각, 이미지, 느낌이나 지각을 벗어날 필요가 없습니다.

어떤 것도 바꿀 필요가 없습니다. 몸, 마음, 세계의 어떤 경험도 어떤 식으로든 조작할 필요가 없습니다. 당신, 나, 이 늘 있는, 아는 '지금'은 모든 경험의 한가운데에서, 모두의 눈앞에서 빛나고 있습니다. 그것은 모든 경험의 본질이지만, 어떤 경험에도 물들지 않고 제한되지 않습니다.

앎은 어떤 경험에 의해서도 접촉되거나 변형되거나 다치거나 오염되거나 상처를 입지 않습니다. 그것은 경험이 아무리 유쾌하든 불쾌하든 상관없이 해를 입거나 파괴되거나 움직이거나 변할 수 없습니다.

영상이 아무리 아름답든 끔찍하든 스크린에 어떤 찌꺼기도 남기지 않고 스크린을 지나 흘러가듯이, 모든 경험도 어떤 흔적도 남기지 않고 앎을 지나 흘러갑니다. 오직 화면이나 영화 속의 인물만이 움직이고 변하고 해를 입거나 상처받을 수 있습니다.

그러나 그 인물은 자신의 환영적인 관점에서만 실재하는 인물일 뿐입니다. 그 인물은 자신의 실재성이, 제한되어 보이는 자아보다 한없이 거대한 어떤 것에 속한다는 것을 깨닫지 못합니다.

비록 그 인물이 자신의 경험을 알게 해 주는 앎은 영원하며 무한한 앎에 속하지만, 그 경험을 알게 해 주는 앎은 그 인물의 겉으로 보이는 한계(오직 그 인물의 환상에 불과한 관점에서만 실재하는 한계)들에 제한되는 것처럼 보입니다.

이처럼 앎이 한 인물의 몸과 마음에 제한되는 것처럼 보일 때, 제한되고 일시적이며 환영적인 자아가 존재하는 것처럼 보이게 됩니다. 이 환영적인 자아는 살면서 수많은 문제와 고통을 겪게 되는데, 그 모든 문제와 고통의 원인을 찾아 거슬러 올라가면, 우리의 참된 본성인 늘 현존하며 한계 없는 앎을 잊었거나 간과하고 있다는 근본적인 원인을 만나게 됩니다.

하지만 앎을 잊었거나 간과하고 있다는 것은 오직 분리된 자아의 환영적인 관점에서만 사실일 뿐입니다. 유일하게 참된 관점인 앎의 관점에서는 앎은 자기 자신의 존재를 결코 잊거나 간과하지 않습니다.

앎은 자기 자신만을 알며, 모든 경험은 앎이 자기 자신을 알고 자기 자신으로 존재하는 것입니다.

• • •

이를 분명히 이해하면, 어떤 경험에도 저항할 필요가 없고 어떤 경험도 추구할 필요가 없다는 것이 이해됩니다. 지금 있는 것에 저항하며 지금 없는 것을 추구하는 것은 오직 화면이나 영화 속에 있는 가상의 자아뿐입니다.

사실, 분리된 자아는 저항하거나 추구하는 존재가 아닙니다. 그것은 저항하고 추구하는 바로 그 활동입니다.

그 활동은 자신이 갈망하는 만족이나 행복을 가져다줄 것이라고 상상하는 대상이나 상태, 관계를 찾기 위해 가상의 분리된 자아를 시간으로, 과거나 미래로 투사합니다.

사실, 시간은 추구하고/저항하는 활동(분리된 자아)을 수용하기 위해 생각으로 창조되었습니다.

시간은 분리된 자아의 운동장입니다. 사실, 분리된 자아가 견딜 수 없는 단 하나의 장소는 '지금'입니다. 반대로, 앎이 견딜 수 있는 단 하나의 장소는 '지금'입니다.

앎은 '지금'을 압니다. 생각은 시간을 압니다. 사실, 생각은 시간을 모릅니다. 시간을 상상할 뿐입니다.

생각으로 이루어진 분리된 자아의 집은 시간입니다. 앎의 집은 '지금'입니다. 그러니 생각과 앎은 결코 만나지 못합니다.

만약 늘 현존하며 한계 없는 앎이 우리의 참된 자기임을 안다면, 선택의 문제는 없어집니다. 그렇지만 우리가 자신을 하나의 분리된, 내부의 자아라고 생각하고 느낀다면, 당연히 우리에게 선택권이 있다고 믿고 느끼게 됩니다.

그렇다면 우리는 선택을 해야 합니다. 하나의 분리되고 일시적이며 제한된 자아로 있거나, 아니면 늘 현존하며 한계 없는 앎으로 있거나. 분리되어 보이는 자아가 할 수 있는 진정한 선택은 이 두 가지 뿐입니다.

우리가 어떤 선택을 하든, 우리의 삶은 그 선택의 표현으로서, 그 선택에 직접 상응하여 펼쳐질 것입니다.

감사합니다.

10
영원한 지금

우리는 보통 '지금'을 과거와 미래의 두 광대한 공간 사이에 낀 시간 속의 한 순간이라고 생각합니다. 이것을 우리의 실제 경험에서 탐구해 봅시다.

서서히 뒤로, 과거로 돌아가는 상상을 해 봅니다. 오늘 아침의 식사, 지난밤의 저녁 식사, 지난주, 작년 등 당신이 사는 동안 일어난 일들을, 그 일과 연관된 이미지를 차례로 생각하고, 도중에 하나하나의 일 사이에서 잠시 멈추면서, 당신이 태어난 그때까지 돌아갑니다.

자신이 태어난 순간을 지나 과거의 광대한 공간으로 계속 거슬러 가 봅시다. 19세기 세잔의 출생, 18세기의 베토벤, 17세기의 바흐, 13세기의 루미, 더 이전의 샹카라차리야, 예수, 부처, 파르메니데스로……. 상상 속에서 초기의 인류로, 인류 이전의 지구로, 지구 이전의 우주로 계속 돌아가 봅니다.

이런 사건들을 생각할 때, 우리는 각각의 사건이 그전의 사건에 비해 '지금'으로부터 좀 더 멀리 떨어진 때에 일어났다고 상상한다는 것을 알 수 있습니다. 예를 들어, 우리는 역사 이전의 인류는 '지금'으로부터 헤아릴 수 없이 먼 시점에 일어난 것으로, 오늘 아침 식사는 훨씬 가까운 것으로, 지금 막 일어났던 생각은 더 가까운 것으로 생각합니다.

그렇지만 우리는 이런 일들을 생각하는 생각 말고, 이런 일들을 실제로 경험합니까? 생각이 가리키는 그 사건이 실제로 있는지 찾아보십시오. 우리가 발견하는 것은 단지 그 일에 관한 생각이나 이미지뿐입니다. 그 일 자체는 결코 찾을 수 없습니다. 존재하지 않는 일에 관한 생각이나 이미지는 항상 '지금' 일어납니다. 심지어 생각이 가리키는 그 사건이 일어났을 때도 그것은 하나의 사건으로 존재하지 않았습니다. 경험은 사건들의 집합이 아닙니다. 그것은 생각, 감각, 지각의 흐름입니다.

우리는 시간을 두 사건 사이의 기간으로 정의할 수 있습니다. 그러나 '지금'으로부터 다양한 거리, 즉 생각이 상상하는 기간은 결코 실제로 일어나는 것이 아닙니다. 기간은 실제로 경험되지 않습니다. 이런 각각의 사건은 단지 '지금'의 생각이나 이미지일 뿐입니다. 우리가 이른바 과거나 미래에 관해 갖는 생각이나 이미지는 그저 지금 일어나는 생각일 뿐입니다.

그러니 과거를 생각과 이미지로 가득한 광대한 폴더라고 상상해 보십시오. 그 모두를 선택한 뒤 끌어와서 '지금'이라고 불리는 폴더에 넣으십시오.

그러면 '과거'라고 불리는 폴더가 텅 빕니다.

미래에 대해서도 똑같이 해 보십시오. 당신의 활동을 미래로 투사해 보십시오. 오늘 저녁에 할 식사, 내일 시내에 나가는 일, 다음에 맞이할 성탄절, 당신의 80세 생일, 당신의 죽음, 인류의 종말, 지구의 사라짐, 태양의 소멸. 이 모든 생각과 이미지는 단지 지금 일어나는 생각으로 이루어져 있다는 것을 보십시오. 다시, 이 모든 것을 선택한 뒤 끌어와서 '지금'이라는 폴더에 넣고, '미래'라고 불리는 폴더는 텅 빈 채로 남겨 둡니다.

이제, 과거와 미래의 광대하고 텅 빈 두 개의 공간으로 다시 가 보십시오. 거기에 있던 사건들이 하나도 없을 때, 그것들은 어디에 있습니까? 그것들을 찾을 수 있습니까? 지금 일어나는 생각과 별개로, 남아 있는 사건의 잔재는 무엇입니까? 과거나 미래라는 이 두 광대한 공간이 스스로 실제 존재한 적이 있습니까?

이 두 공간 가운데 하나로 들어가려 해 보십시오. 그것들에 관해 생각하지 말고(우리는 이 공간들에 관해 '생각'하기 쉽습니다), 실제로 거기로 가려고 해 보십시오.

'지금'에서 나와 2초만 과거나 미래로 들어가 보십시오. 거기로 갈 수 있습니까? '지금'을 떠나는 것이 불가능하다는 것을 느껴 보십시오.

지금까지 과거나 미래를 경험했거나 경험할 수 있는 사람은 아무도 없었음을 보십시오. 과거와 미래는 생각으로만 존재합니다. 과거와 미래는 스스로 실제 존재하지 않습니다.

• • •

'지금'의 양쪽에 이 두 광대한 텅 빈 공간이 있다는 것을 느껴 보십시오. '지금'의 앞에는 아무것도 없고, 그 뒤에도 아무것도 없습니다. 그것의 양쪽에는 단지 광대한 텅 빈 공간만이 있습니다.

산의 능선에 나 있는 아주 좁은 길을 따라 걷고 있고, 양쪽에는 낭떠러지와 깊은 심연이 있다고 상상해 보십시오. 이런 식으로 살아갈 용기를 낼 수 있습니까? 실용적인 목적을 위해 꼭 필요하지 않은 한, 과거의 뒷받침이나 미래에 대한 기대 없이 그렇게 살아갈 용기를?

과거나 미래가 전혀 없는 우리의 경험과 일치되는 방식으로 살고 느끼고 생각하고 행동하고 관계한다면, 어떠할까요? 광대한 텅 빔 속에 깃털처럼 가볍게 떠 있으면서 지금 이 순간만을 산다면, 어떠할까요?

과거와 미래가 제공하는 감정적인 버팀목과 지지대를 내려놓을 용기를 낸다면, 어떠할까요? 이런 버팀목과 지지대들이 단지 그것들을 생각하는 생각만큼만 단단하다는 것을 볼 용기를 낸다면, 어떠할까요?

'지금'의 양쪽에 이런 두 광대한 텅 빈 공간이 있다고 생각하는 것조차 사실은 맞지 않습니다. 그것은 '지금'을 시간 속의 한 순간이라고 믿기 때문에 이해를 돕기 위한 방편으로 하는 말입니다. '지금'의 앞과 뒤에 있는 '과거'와 '미래'라 불리는 (두 개의 가득 찬 공간은커녕) 두 개의 텅 빈 공간조차 없음을 보십시오. '지금'의 바깥에는 아무것도 없습니다.

• • •

'지금'은 시간 속의 한 순간이 아님을 보십시오. '지금'에는 그 안의 한 순간이 될 시간이 아예 없습니다. '지금'은 영원합니다. 영원하다는 것은 늘 현존한다는 뜻이지, 영속한다는 뜻이 아닙니다. '지금'은 모든 경험이 담기는 그릇이지만, 이 그릇에는 시간 안에서의 어떤 확장도 없습니다. 그것은 늘 현존하는 앎입니다.

먼저, '지금'이 모든 것을 담는 경계 없는 공간이라고 상상해 보십시오. '지금'은 과거에서 오지 않으며, 미래로 떠나지도 않습니다.

이 경계 없는 공간의 바깥에는 아무것도 없습니다.

이 한계 없는 공간은 시간 속에 나타나지 않습니다. 시간은 그 안에 나타나는 생각입니다.

그러면 이제 '지금'에서 공간 같은 성질을 제거해 보십시오, 왜냐하면 '지금'은 명백히 물리적 공간이 아니기 때문입니다.

'지금'은 시간이라는 일차원의 선에 있는 한 순간이 아니라는 것을 보십시오. 그것은 한 시점도 아닙니다. 그것은 순수한, 차원 없는, 아는 '존재'입니다. 그리고 이 차원 없는 현존 안에 (우리가 이 현존에 안이 있다고 말할 수 있다면) 시간이라는 1차원과 공간이라는 3차원이 나타납니다.

저는 철학이나 형이상학을 말하고 있지 않습니다. 그저 우리의 단순하고 평범하며 매일 하는 경험에 관해 말하고 있을 뿐입니다.

· · ·

모든 경험은 '지금(Now)' 일어나는 것만이 아닙니다. 그것은 늘 '여기(Here)'에서 일어난다는 것을 알아차리십시오. 우리가 어디에 있든, 무엇을 경험하든, 언제나 '여기'입니다.

'여기'를 떠나려고 시도해 보십시오, '지금'을 떠나려고 시도했던 똑같은 방식으로 '저기'로 가 보십시오.

우리가 몸, 마음, 세계에 관해 아는 모든 것은 경험이며, 우리가 경험에 관해 아는 모든 것은 '여기'에서 일어납니다. 다시 말해, 우리는 결코 '저기'를 경험하지 못합니다.

우리는 과거나 미래를 경험하지 못하므로 시간을 경험하지 못하고, 마찬가지로 '저기'도 경험하지 못하는데, 이는 우리가 실제로는 공간이나 거리를 경험하지 못한다는 뜻입니다.

'지금'이 시간 속의 한 순간이 아니듯이, '여기'는 공간 속의 한 지점이 아닙니다.

'여기'는 모든 경험이 일어나는 차원 없는 지점이며, '지금'과 같습니다. 이 두 지점은 '지금' 또는 '여기'로 불리는 똑같은 차원 없는 지점입니다. 영원한 '지금'과 무한한 '여기'.

영원한 '지금' 즉 늘 현존하는 '지금', 그리고 무한한 '여기' 즉 유한한 성질이 없는 '여기'는 우리가 알고 보고 감촉하고 듣고 맛보고 냄새 맡을 수 없습니다.

이 영원하고 무한한, 차원 없는 지점이 바로 우리 자신의 '존재'(영원하고 무한하고 차원 없는 앎의 현존)이며, 우리 '존재'의 중심입니다.

• • •

생각은 이 중심을 찾을 수 없습니다. 생각은 영원성의 자리에 '시간'이라 불리는 것을 만들어 냅니다. 생각은 무한성의 자리에는 '공간'이라 불리는 것을 만들어 냅니다.

시간과 공간(우리 경험의 기반처럼 보이는 것)은 단지 앎의 영원하고 무한한 성질이 마음을 통해 보일 때 그렇게 보이는 것입니다.

경험의 한가운데에 머물 용기를 내십시오.

그렇게 하더라도 우리가 어떤 상황에 적절히 반응할 필요가 있을 때 시간과 공간의 측면에서 관계하는 능력을 잃는 것은 아닙니다. 하지만 그럴 필요가 없을 때는 모든 경험의 한가운데에서, 우리 '존재'의 중심에서 빛나는, 늘 현존하며 차원 없는 실재로 돌아갑니다.

수십 년 전부터 우리의 문화는 이 차원 없는 지점으로부터 기하급수적으로 확장하는, 빅뱅에 의해 우주가 전개되고 있다는 이론을 받아들이고 있습니다. 이 차원 없는 지점이 우리 '존재'의 핵심, '앎'의 중심일 수 있을까요? 그리고 온 우주가 그것으로부터 전개되고 그 안에서 확장될 수 있을까요? 다차원의 우주 또는 우주가 차원 없는 앎 안에 나타나고, 그 앎에 의해 알려지고, 그 앎으로 이루어질 수 있을까요? 결국, 그것이 우리가 경험하는 것입니다. 그것은 별로 낯설지 않습니다.

우주의 확장이 일어나는 곳은 먼 과거나 공간의 한 지점에 있는 것이 아니라, 우리 '존재'의 중심에 있습니다. 그리고 우주의 소멸이 일어나는 곳도 먼 미래에 있지 않습니다. 그것은 똑같이 시간이 없고, 장소가 없고, 차원이 없는 우리 '존재'의 중심 안에 있습니다.

몸의 태어남과 죽음은 영원한 '지금'과 무한한 '여기'인 똑같은 시간과 장소에서 일어납니다. 우리는 실제로는 어디로도 가지 않습니다. 우리에게는 어떤 운명도 없습니다. 우리는 어떤 것에서 나오지 않았습니다. 우리의 태어남과 죽음을 분리하는 시간의 간격은 없습니다. 그렇다고 생각하는 생각 말고는.

이 '지금'은 늘 있는 유일한 '지금', 영원한 '지금'입니다. 그것은 과거에서 오지 않았고 미래로 가고 있지도 않습니다. 우리는 실제로 시간의 선을 따라 나아가는 현재의 순간을 경험합니까? 그렇다면 그 현재의 순간은 얼마나 빨리 나아가고 있습니까?

우리가 미래를 향해 나아가고 있지 않다는 것을 실제로 느껴 보십시오. 우리는 '영원히' 시간 없는 똑같은 '지금'에, 차원 없는 똑같은 자리에 있습니다.

우리는 과거에서 오지 않았습니다. 우리는 언제나 '지금 여기'에 있습니다. 과거와 미래는 생각과 이미지로서 우리를 통해 흐릅니다. 우리가 그것들 안에서 흐르거나 그것들을 통해 흐르는 것이 아닙니다.

몸, 마음, 세계는 우리 안에서 태어나고 죽습니다. 우리가 그것들 안에서 태어나고 죽는 것이 아닙니다.

이 '지금/여기'는 영원한 우리 자신입니다. 우리는 이 시간 없는, 차원 없는 자리를 절대로 떠나지 않습니다.

감사합니다.

11
주체와 대상을 넘어서

우리가 아는 모든 것은 경험함(experiencing)입니다.

무엇보다 먼저, 이것이 당신에게 진실인지 확인해 보십시오. 현재의 경험뿐 아니라 기억되거나 상상된 경험을 포함하여, 경험을 전반적으로 살펴보면서 경험함이 아닌 어떤 것을 안 적이 있거나 알 수 있었는지 자신에게 물어보십시오.

우리는 몸, 마음, 세계를 실제로는 우리가 흔히 믿는 대로는(즉, 앎과 따로 떨어져 존재하는 독립된 대상으로는) 알지 못한다는 것을 분명히 보십시오. 우리는 경험함만을 알 뿐입니다. 우리는 단지 그래 보이는 것들에 대한 우리의 경험을 알 뿐이지, 그것들 자체는 알지 못합니다.

마음을 보십시오. 우리가 발견하는 모든 것은 경험함뿐입니다. 몸을 보십시오. 우리가 보는 몸이 어떤 상태에 있든 우리가 발견하는 모든 것은 경험함뿐입니다. 세계를 보십시오. 우리가 아는 이른바 세계라는 것은 경험함뿐입니다.

자신에게 물어보십시오. "경험함을 아는 것은 무엇인가?" 경험함을 아는 것이 무엇이든 우리는 그것을 '나', 나 자신이라고 부릅니다.

경험함으로 가서, 그 가운데 경험함을 아는 일부(분리된 주체 또는 아는 자)가 있는 곳을 찾아낼 수 있는지, 아니면 경험함 전체에 그것을 아는 앎이 가득한지 보십시오.

사실, 우리는 경험함을 아는 것과 경험함을 분리할 수 있습니까? 아니면, 그 둘은 같은 것입니까?

저는 '경험함'을 생각함, 상상함, 느낌, 감각함, 봄, 들음, 감촉함, 맛봄, 냄새 맡음이라는 의미로 씁니다. 이 모든 것은 경험함의 변형입니다.

경험함을 아는 것이 무엇이든 그것은 경험함에 친밀하게 가득함을 보십시오. 스크린과 따로 떨어져 있는 영상의 일부가 있을 수 없듯이, 경험함을 아는 것과 따로 떨어져 있는 경험함의 일부는 없습니다.

풍경이나 거리 같은 영상이 스크린과 별개인 듯 보일 수 있지만, 사실 그런 영상은 언제나 스크린일 뿐입니다. 마찬가지로, 경험함은 다양한 대상으로 이루어진 것처럼 보일 수 있고, 별개의 자아, 별개의 주체에 의해 알려지고 목격되는 것처럼 보일 수 있지만, 사실, 우리의 경험함은 언제나 그리고 오직 경험함을 아는 그것으로 이루어져 있습니다. 그 앎이 우리의 참된 자기입니다. 그것이 바로 우리가 '나'라고 부르는 것입니다.

• • •

'나'는 영상 속의 스크린과 같습니다. 우리가 아는 모든 것은 경험을 아는 것이며, 그 앎이 우리의 참된 자기입니다. 오직 생각만이(이 생각도 물론 경험 또는 앎으로 이루어져 있습니다) 경험이 하나의 이음새 없는 친밀한 실체로 되어 있지 않고, 두 가지 본질적인 요소, 즉 아는 것인 한 부분(나, 분리된 자아)과 알려지는 것인 나머지 전부(대상, 타자, 세계)로 이루어졌다고 말합니다.

이런 식으로, 생각은 경험이나 앎의 이음새 없는 친밀함을 주체와 대상(내부의 자아, 그리고 바깥의 대상, 타자, 세상)으로 나눕니다. 또한 둘은 본질적으로 서로 분리되어 있으며, 알고 느끼거나 지각하는 활동을 할 때만 함께한다고 여깁니다.

그러나 모든 경험의 이음새 없는 친밀함을 이렇게 구분하는 일은 오직 상상 속에서만, 생각 속에서만 일어납니다. 그런 일은 실제로는 전혀 일어나지 않습니다. 경험을 아는 자, 몸 안에 있거나 몸인 분리되고 독립된 '아는 자'는 없습니다. 분리되어 독립적으로 존재하는, 알려지는 대상, 타자(他者), 세계도 없습니다.

경험의 주체와 대상이라는 이 외견상 두 가지는 생각이 실제 경험 자체에 덧씌운 것입니다. 실제 경험 자체는 하나의 나눌 수 없는 친밀한 실체, 순수한 경험 또는 앎으로 이루어집니다.

생각이 일어나서, 경험 또는 순수한 앎의 이음새 없는 친밀함을 겉보기에 두 부분(분리된 '나', 그리고 분리된 대상, 타자, 세계)으로 나누면, 환영적인 자아, 경험의 분리된 주체가 존재하는 것처럼 보입니다.

뒤따라 일어나는 대다수 생각, 느낌, 행위, 관계는 이 가상의 자아를 대표하여 일어납니다. 이 가상의 자아는 이음새 없고 나눌 수 없는 경험이나 순수한 앎을 생각이 추상화하여 끄집어낸 관념입니다.

생각이 우리 자신이라고 상상하는 이 분리된 '나'는 경험에서 떨어져 있고, 멀리서 경험을 목격하며, 붙잡고 싶은 것과 없애고 싶은 것을 선택하는 것처럼 보입니다.

그러므로 이 분리된 '나'는 언제나 경험을 처리하려 합니다. 자신의 생존과 행복에 필요한 것을 외견상 바깥 세계에서 얻으려 하고, 이러 저러해야 한다는 자신의 믿음에 들어맞지 않거나 자신의 환영적인 정체성의 생존을 위협하는 것은 모두 밀어내고 저항하고 없애려고 합니다.

다시 말해, 이 가상의 분리된 '나'는 언제나 처리하는 상태에 있습니다. 어떤 부분에는 집착하고 다른 부분은 없애려고 하면서, 어떤 부분에는 저항하고 다른 부분은 추구하면서, 나 외의 세계, 모든 대상, 다른 사람들과 늘 어느 정도 미묘한 갈등 상태에 있습니다.

사실, 이 가상의 분리된 자아는 저항과 추구의 상태에서 살고 있습니다.

$$\bullet \; \bullet \; \bullet$$

그러나 경험함 자체는 어떻습니까? 순수한 경험함 자체가 어떤 것을 추구하거나 어떤 것에 저항합니까?

경험함은 자기에게 저항할 수 없고, 자기 외의 어떤 것도 추구할 수 없습니다. 오로지 자기 자신만을 알고 자기 자신만을 만나기 때문입니다.

스크린이 자기 위에 나타나는 영화에 저항하지 않듯이, 경험에는 본래 어떤 저항이나 추구도 없습니다. 분리된 자아를 상상하는 생각만이 저항하거나 추구합니다.

영화 속의 인물은 추구와 저항의 모험을 떠날 수 있지만, 스크린 자신은 어디로도 가지 않습니다. 스크린은 일어나는 현상에 저항하지 않으며, 일어나는 현상을 자신이 상상하는 다른 것으로 바꾸려고 하지도 않습니다. 스크린은 자기 위에, 자기 안에 나타나는 것과 전적으로 친밀하게 하나이며, 자기의 일부를 독립적인 아는 자, 생각하는 자, 느끼는 자, 사랑하는 자, 행위자, 하는 자, 결정하는 자, 지각하는 자 또는 선택하는 자로서 자기로부터 분리할 수 없습니다.

그러므로 우리가 자신을 분리되고 독립적인 자아로 상상한다면, 우리는 하나의 필수적인 선택을 해야 합니다. 즉, 분리된 자아로 있을 것인가? 아니면, 실제 경험을 탐구하면서, 영상에 저항할 수 없는 스크린처럼 어떤 경험에도 저항하지 않는, 모든 현상과 친밀하게 하나인, 모든 경험에 가득한 앎으로서 있을 것인가?

가상의 자아는 평화, 행복, 사랑, 안전을 찾겠다는, 마음속에 품은 하나의 목적을 위해 경험을 처리합니다.

가상의 자아는 평화, 행복, 사랑, 안전을 미래에 찾을 수 있으리라는 상상으로 언제나 '지금'을 거부합니다. 가상의 자아는 유일하게 존재하는 안전은 '지금'이라는 것을 깨닫지 못합니다.

유일한 안전은 모든 경험에 가득한, 모든 경험인 앎으로서 살아가는 것입니다. 이 앎이 모든 경험의 실체이며 실재입니다. 우리는 경험을 아는 앎 말고는 아무것도 모릅니다. 그것은 자기 자신 말고는 아무것도 모릅니다.

· · ·

당신, 나, 이 앎 또는 '아는 현존'은 영상에 가득한 스크린처럼 모든 경험에 친밀하게 가득합니다. 당신, 나, 이 앎 또는 아는 현존은 스크린처럼 어떤 경험의 특정한 성질에 의해 어떤 식으로도 건드려지거나 해를 입거나 변경되거나 파괴되거나 달라지거나 변하지 않습니다. 우리는 완전히 안전합니다. 우리, 이 앎 또는 아는 현존은 모든 경험의 한가운데에서 안전합니다.

우리가 정말로 안전한 유일한 곳은 경험의 한가운데입니다. 이상하게도, 가상의 자아는 언제나 경험으로부터 달아나려고 하며 언제나 평화, 행복, 사랑과 안전을 미래에서 찾으려고 하는데, 바로 그런 추구로 인해 계속 두려워하고 취약해집니다. 미래에서 이런 것을 찾으려 하는 행위가 모든 경험의 한가운데에 있는 참된 평화와 행복,

사랑과 안전을 가립니다.

영화 속의 인물은 안전하지 않습니다. 스크린만이 안전합니다. 이 상하게도, 그 인물은 스크린으로 이루어져 있지만 자신을 분리된 자아로 여기며, 자유의지가 주어졌고 시간과 공간에서 움직인다고 생각하는데, 그 믿음이 바로 그 자신의 고통입니다.

스크린만이 안전합니다. 우리의 참된 자기, 모든 경험에 스며 있는 순수한 앎의 빛, 그것이 모든 경험이고, 그것은 모든 경험의 중심에서 빛나며, 평화 자체이며 행복 자체이며 사랑 자체입니다. 그것만이 정말로 안전합니다.

우리의 참된 자기, 순수한 앎의 빛은 모든 현상의 중심에서 빛나고 있으며, 그 뒤에 숨겨져 있지 않습니다. 마치 영화 속에서 어떤 이야기가 진행되더라도 스크린은 언제나 모두의 눈앞에서 빛나고 있듯이.

생각, 이미지, 느낌, 몸의 감각과 세계에 대한 지각 등 바로 지금 여기, 이 현재의 경험 가운데에서 우리는 이 모든 경험을 아는 앎입니다.

사실, 우리는 생각이 보통 어떠하다고 여기는 몸, 마음, 세계라는 대상을 실제로는 만나지 못합니다. 우리는 단지 앎을 알 뿐입니다. 앎은 자기 자신만을 압니다. 우리가 몸, 마음, 세계에 관해 아는 모든 것은 순수한 앎이며, 우리가 그것입니다.

• • •

그것이 '나', 우리의 실체, '아는 존재'의 친밀함이며, 그것이 우리의 전체 경험을 이룹니다. 물이 바다와 물결을 이루듯이.

물은 언제나 안전합니다. 바다가 평화롭든 폭풍이 휘몰아치든 상관이 없습니다. 폭풍이 치는 바다는 물에서 분리된 대상에게만 안전하지 않습니다. 그런 대상은 폭풍에 위협당하지만, 물 자체는 언제나 안전하고, 언제나 바다의 움직임과 하나이며, 그러면서도 그 움직임에 방해받지 않습니다.

우리의 참된 자기, 이 아는 '존재'(늘 있는 앎, 나 자신인 '나')는 아무리 사나운 경험이라도 그 모든 경험의 실체입니다. 우리는 모든 경험을 아는 앎이며, 모든 경험인 앎이지만, 어떤 특정한 경험은 아닙니다. 우리는 모든 경험의 실체로서 경험과 친밀하게 하나이며, 동시에 경험의 특정한 성질로부터 완전히 독립적이며 자유롭습니다.

우리는 이 아는 '존재'가 될 필요가 없습니다. 분리된 자아이기를 멈추고 갑자기 이 아는, 가득한 '존재'가 되려고 애쓸 필요가 없습니다. 우리는 언제나 이미 그것입니다. 우리는 모든 경험에 스며 있고 모든 경험인 이 순수한 앎이 아닌 적이 없습니다.

오직 생각만이 이 이음새 없는, 나눌 수 없는 친밀함으로부터 분리된 자아를 추상화하여, 분리되어 보이는 아는 자, 생각하는 자, 느끼는 자, 사랑하는 자, 행위자, 하는 자, 결정하는 자, 지각하는 자, 선택하는 자를 창조합니다.

우리는 미래에 평화와 행복, 사랑을 보장받으려고 늘 상황을 처리하면서, 이 가짜 자아를 대신하여 생각하고 느끼고 행동하고 지각하고 관계하며 삶의 대부분을 보냅니다. '지금'에 저항하고 미래의 행복을 추구하는 행위 자체가 바로 모든 경험의 한가운데에서 우리의 참된 자기로서 빛나는 참된 평화와 행복을 가린다는 것을 우리는 알지 못합니다.

• • •

경험에서 벗어나려 해 보십시오. 생각을 하지 않는다면, '지금'에 저항하는 것이 가능합니까? 미래를 생각하지 않는다면, 미래라는 것은 어디에 있습니까?

'지금'을 떠나 미래처럼 보이는 것으로 모험을 떠나는 것은 생각으로 만들어진 가상의 자아뿐입니다. 우리의 참된 자기, 순수한 앎의 빛은 절대로 지금을 떠나지 않습니다. 우리는 '지금'을 떠날 수 없습니다. 우리가 '지금'입니다.

우리의 참된 자기, 순수한 앎의 빛은 본래 저항이 없으며, 모든 경험의 한가운데에서, 모든 경험의 한가운데로서, '지금'의 한가운데에서 늘 평화롭습니다.

생각은 영화에서 이러쿵저러쿵 말하는 자막과 같습니다. 영화는 자막과 상관없이 진행됩니다. 자막은 영화에 덧붙여진 것입니다. 모든 자막은 영화에 나오는 대상, 사건, 행동에 관해 서술합니다.

자막은 스크린을 등한시합니다. 자막은 스크린을 볼 수 없습니다. 자막은 스크린이 있음을 알지 못합니다. 사실, 영화의 온전한 실체는 스크린이라는 것을 깨닫지 못합니다. 자막은 영화에 나오는 개인, 대상, 사건, 행위만을 서술하며, 그것의 실체는 등한시합니다.

자막은 스크린으로 이루어져 있지만, 그 사실을 서술하기는커녕 알 수도 없습니다. 자막에게는 스크린이 존재하지 않습니다. 자막이 알고 서술하는 모든 것은 겉으로 보이는 대상들뿐입니다. 그러나 그 대상들은 자막의 환영적인 관점에서만 실재할 뿐입니다. 그것들은 존재하는 것처럼 보이는 대상들로서 자막에게만 실재하며, 스크린에게는 실재가 아닙니다.

마찬가지로, 생각은 겉으로 보이는 경험의 대상(사람, 장소, 대상, 상황, 환경, 사건)만을 알고 서술할 뿐입니다. 생각은 그 자체가 앎으로만 이루어져 있지만, 모든 경험에 가득하고 모든 경험 자체인 앎을 알 수 없습니다.

그러므로 생각 자체는 순수한 앎으로 이루어져 있지만, 생각은 앎이 하나의 이음새 없는 친밀한 실체가 아니라고 상상합니다. 생각은 순수한 앎으로 이루어진, 이음새 없이 친밀한 모든 경험을 주체와 대상으로 분리하고, 그것을 아는 자와 알려지는 것으로 나누는 것처럼 보입니다.

다시 말해, 스크린이 영상으로 나타나는 능력을 지니고 있고, 그 영상으로 자신에게서 자신을 가리는 것처럼 보이듯이, 우리의 참된 자기, 순수한 앎의 빛은 생각의 모습을 취하는 능력을 지니고 있고, 생각의 관점으로 인해 순수한 앎의 빛이 자신에게서 가려지는 것처럼 보입니다.

그렇지만 순수한 앎의 참되고 유일한 순수한 관점에서는 이렇게 가려지는 일이 실제로는 일어나지 않습니다. 우리의 본성이 가려지

176

고 보이지 않고 잊히는 것처럼 보이는 일, 그로 인해 평화와 행복, 사랑을 상실하는 것처럼 보이는 일은 생각 속에서만 일어나며, 나중에는 몸의 수준에서 느낌으로 드러납니다.

이런 식으로 가상의, 내부의 자아는 몸에 뿌리를 내리며, 머지않아 우리는 자신이 분리되고 일시적이고 제한되고 특정 위치에 있는 자아라고 '생각'할 뿐 아니라, 더 중요하게는, 순수한 앎의 빛인 '나'가 그런 자아이며 몸 안에, 몸으로서 있다고 '느끼게' 됩니다.

이 모든 것은 상상으로 창조됩니다. 모든 경험을 아는 앎인 '나'는 몸이나 마음속에 있지 않습니다. 나는 순수한 앎으로 이루어집니다. 나는 어떤 장소에도 있지 않습니다. '어떤 곳'으로 보이는 모든 곳은 나로 이루어지며 내 안에 있습니다.

$$\bullet \bullet \bullet$$

분리되고 일시적이고 제한된 자아를 대신하여 생각하고 느끼고 행동하고 관계하기를 멈출 때, 평화와 자유를 맛볼 수 있습니다. 스크린이 영상과 친밀하게 하나이지만 영상에 의해 변하거나 움직이지 않듯이, 모든 경험에 가득하고 모든 경험과 하나이며 모든 경험의 실체이지만 경험과 별개이고 경험에 영향받지 않으며 경험에 물들지 않는 앎이 우리 자신임을 아십시오.

자유와 친밀함 또는 사랑이라는 이 두 가지 성질은 우리의 참된 자기인 이 순수한 앎의 두 가지 성질입니다. 이 순수한 앎은 모든 경험과 하나이며, 모든 경험의 실체이며, 동시에 변할 수 없고 움직일 수 없고 파괴될 수 없으며, 상처나 해를 입을 수 없습니다.

모든 경험(바로 이 '지금'의 경험)의 한가운데에 있는 이 자유와 친밀함을 느껴 보십시오. 우리의 경험에는 우리의 참된 자기, 순수한 앎의 빛, 빛나는 텅 빈 앎이 친밀하게 가득하지 않은 부분이 없습니다.

실제로는 스펀지에 물이 가득 스며 있듯이 경험에 순수한 앎이 가득 스며 있는 것은 아닙니다. 애초에 두 가지가 따로 있는 것이 아니므로 하나(경험)가 다른 하나(순수한 앎의 빛)에 가득 스며 있을 수 없습니다.

경험에 있는 모든 것은 앎입니다. 우리의 참된 자기, 순수한 앎의 빛은 알고 존재하며, (자기 자신 말고는 아무것도 알지 못하고 만나지 않으므로) 자기 자신만을 사랑합니다. 모든 경험의 전체로서, 모든 경험의 전체 안에서.

'몸/마음'이라고 불리는, 경험의 한 작은 모서리이자 그 안의 분리된 자아가 아닌, 하나의 조각이 아닌 경험의 전체로서 사십시오.

경험 전체이며, 경험과 친밀하게 하나이며, 경험에서 완전히 자유로운 순수한 앎의 빛으로 사십시오.

우리는 거기에서 해를 입을 수 없고, 무엇에도 저항하지 않으며, 아무것도 추구하지 않습니다.

우리는 모든 경험으로서 모든 경험과 친밀하게 접촉하지만, 어떤 경험도 우리에게 닿지 못합니다.

순수한 앎의 빛으로서 우리는 아무것도, 어떤 것도 모르지만, 있는 것처럼 보이는 모든 것의 실체 또는 실재입니다.

우리는 우리의 참된 자기 말고는 아무것도 모릅니다. 그것은 자기 자신 말고는 아무것도 모릅니다. 그러므로 우리는 사랑 자체입니다.

감사합니다.

12
순수한 앎의 텅 빈 몸

한동안 비이원적인 영적 길을 걸어온 사람 중 상당수는 비이원론의 관점을 분명히 이해합니다. 그렇지만 이런 이해가 우리가 몸을 느끼는 방식에는 반영되지 못할 때가 많습니다. 다시 말해, 우리가 아는 것과 느끼는 것 사이에 차이가 있습니다. "나는 내가 늘 현존하며 한계 없는 앎이라는 것을 안다. 하지만 나는 내가 이 방으로 걸어 들어와서 의자에 앉아 있는 이 몸이라고 느낀다."

우리 경험의 참된 본성을 점점 더 깊이 살펴볼수록 마음 수준의 믿음을 탐구하는 일은 점점 덜 필요해지고, 몸에서 '나'라고 느끼는 감각을 더욱더 탐구하게 됩니다.

사실, 분리된 자아를 몸과 마음에 배분한다면, 10%는 우리의 믿음에 속하고 나머지 90%는 몸의 느낌에 속한다고 말할 수 있습니다.

다시 말해, 가상의 분리된 자아의 훨씬 큰 부분은 마음속의 믿음이 아니라 몸속의 느낌으로 이루어집니다.

그러니 몸을 탐구해 봅시다. 꼭 그래야 하는 것은 아니지만, 적어도 처음에는 눈을 감아 보시기 바랍니다. 이렇게 하는 이유는 여기에서 몸에 관심을 집중하기 위함이며, 평소 우리의 관심을 너무 많이 차지하는, 세계에 대한 시각적 지각을 제거하기 위함입니다.

자신이 열린, 텅 빈, 빛나는 앎의 공간임을 알면서 그 공간으로 존재하십시오. 그리고 몸에 관한 경험이 오도록 허용하십시오. 몸에 관한 관념이나 기억, 이미지가 아니라 몸의 실제 경험만을 살펴보기 바랍니다.

이를 돕기 위해서 우리가 막 태어난 아기라고, 이것이 우리가 세상에서 처음 하는 경험이라고 상상해 보십시오. 다시 말해, 여기에는 지금 일어나는 경험과 비교할 어떤 과거도 없습니다.

사실, 과거를 참고하지 않는다면, 우리는 지금 일어나는 감각이 '몸'인지 아닌지를 알지 못합니다. 단지 분명하게 구분되는 모양이나 형태가 없는, 따끔거리는, 진동하는 감각을 경험할 뿐입니다. 사실, 우리는 이것을 당연히 '감각'이라고 부를 수도 없습니다. 막 태어난 아기에게 그것은 단지 에너지의 순수한, 이름 붙일 수 없는, 날것인, 친밀한 진동일 뿐입니다.

만약 우리가 이 감각을 종이에 그린다면, 우리의 그림은 은하수와 조금 비슷해 보일 것입니다. 종이에 떠 있는 점들의 다발, 선도 없고 윤곽도 없는, 대부분 하얀 종이, 대부분이 텅 빈 공간.

직접적이고 친밀한 경험만을 살펴본다는 것을 기억하십시오. 순수한 앎, 순수한 감성, 순수한 열림으로 이루어진 막 태어난 아기처럼 되십시오.

• • •

생각이나 기억을 참고하지 않고, 자신에게 물어보십시오. "지금 일어나는 감각은 몇 살인가? 30세, 50세, 70세인가?" 생각이 없다면, 우리가 30년, 50년, 70년에 관해 무엇을 압니까? 생각을 참고하지 않는다면, 우리가 시간에 관해 무엇을 압니까?

지금 일어나는 감각이 30세, 50세, 70세입니까? 아니면, 단지 지금 새롭게 일어나는 것입니까?

지금 일어나는 감각에 이름이 있습니까? 아니면, 소포 위에 붙인 스티커처럼 이름은 뒤이은 생각으로 붙인 것입니까?

생각을 참고하지 말고, 지금 일어나는 감각에 성별이 있는지 자신에게 물어보십시오. 그것에 국적이 있습니까? 무게가 있습니까? 무게의 경험 자체는 단지 감각일 뿐임을 보십시오. 그 감각이 얼마나 무겁습니까? 감각에 무게가 있습니까? 감각하는 경험에 무게가 있습니까?

우리가 아는 모든 것은 경험입니다. 경험이 얼마나 무겁습니까?

따끔거리는, 일정한 모양이 없는, 진동하는 감각으로 돌아가 보십시오. 아니면 더 정확히, 감각이 그 안에서 일어나며 그것에 의해 알려지는 '아는 공간'으로 존재하면서, 감각이 일어나도록 허용해 보십시오. 감각에 밀도가 있습니까?

순수한 감성으로 이루어진 상상의 손을 내밀어, 이 진동(감각하는 경험)을 이루는 것을 만져 보십시오. 거기에서 어떤 단단하고 밀도 높은 것을 발견할 수 있습니까? 아니면, 그저 텅 빔, 순수한 앎, 감각함(sensing)만이 만져집니까? 그것을 아는 앎으로 이루어진, 앎이라 불리는 이 텅 빈, 투명한, 빛나는 실체로 이루어진?

몇 년 전에 바닷속 생물에 관한 3D 영화를 본 적이 있는데, 3D 안경으로 보니 마치 물고기가 우리 주변의 모든 공간에서 헤엄치는 것처럼 보였습니다. 나중에 안경을 벗고 보니, 모든 아이와 많은 어른까지 손을 뻗어서 옆에서 헤엄치는 물고기를 만지려고 하는 모습이 보였는데, 그들이 만지는 것은 당연히 텅 빈 공간일 뿐이었습니다.

감각하는 경험을 이루는 것을 만지려고 해 보십시오. 투명한, 텅 빈 앎 외의 다른 것을 발견할 수 있습니까?

이 앎이 어떤 특정한 곳에서 일어납니까? 이 앎이 예컨대 머리 한 가운데에 있습니까?

'머리'라고 불리는 따끔거리는 진동으로 가 봅시다. 거기에서 앎이나 경험의 중심(나라는 아는 자, 느끼는 자 또는 경험하는 자)을 발견합니까? 아니면, 그것은 단지 감각일 뿐입니까? 그것을 아는 앎이 가득 스며 있는?

나의 '머리'나 '몸'이라고 불리는 진동하는 감각 전체에는 그것을 아는 앎이 가득 스며 있음을 분명히 보십시오.

하늘에 떠 있는 구름이 하늘의 텅 빔으로 이루어져 있듯이, 실제 몸의 경험 자체는 열린, 텅 빈, 빛나는 앎의 공간에 무게 없이 떠 있고 그 공간을 통해 흐르는, 모양 없고 진동하는 잔물결이며, 앎의 투명함으로 가득합니다.

. . .

생각이 '발'이라고 이름 붙이는, 일정한 모양이 없고 경계가 없는 따끔거리는 진동으로 가 봅시다, 실제 경험 자체는 발이라는 이미지나 관념과 아무 관계가 없음을 보십시오. 그것은 단지 모양과 윤곽, 경계나 테두리가 없는 부드럽고 따끔거리는 진동일 뿐입니다. 거기에는 단단한 것이 전혀 없습니다. 밀도와 단단함은 생각이 경험 자체의 투명함에 덧씌우는 관념입니다.

이제 생각이 '손'이라고 이름 붙이는 경험으로 가 봅시다. 그것은 마치 하얀 종이에 수채화 물감으로 엷게 칠한 것 같은, 텅 빈 하늘에 떠 있는, 일정한 모양이 없는 엷은 구름과 같습니다.

자신에게 물어보십시오. '발'이라 불리는 감각과 '손'이라 불리는 감각, 이 두 감각 사이에서 나는 무엇을 발견하는가? 어떤 단단함과 밀도를 발견하는가? 기억되거나 상상된 경험이 아닌 나의 실제 경험은 무엇인가?

이제 얼굴에 대한 경험으로 가 봅시다. 그것은 텅 빈 공간에 걸린 가면 같다는 것을 보십시오. 앞에도 텅 빈 공간, 뒤에도 텅 빈 공간. 가면 자체는 단단한 것으로 이루어져 있지 않습니다. 그것은 마치 빨랫줄에 걸려 바람에 부드럽게 흔들리는, 낡아서 올이 드러난 행주처럼 고정된 모양이나 윤곽이 없는, 진동과 감각의 작은 다발입니다. 텅 빈 앎의 공간에서 무게 없이 저절로 물결치는, 일정한 모양이 없는, 따끔거리는 진동입니다.

자신에게 물어보십시오, '손'과 '얼굴'이라 불리는 이 두 감각 사이에서 나는 무엇을 발견하는가? 단단하고 밀도 높은 것을 발견하는가, 아니면 단지 텅 빈 공간만 있을 뿐인가?

도중에 무엇을 만나는지 자신에게 물으면서, 이 세 가지 감각(발, 손, 얼굴) 사이를 부드럽게 왔다 갔다 해 보십시오. 거기에 텅 빔 외의 어떤 것이 있습니까? 물리적인 공간의 텅 빔이 아닌, 아는 텅 빔, 순수한 앎의 텅 빔.

• • •

실제 몸의 경험은 몸의 이미지나 개념과는 많이 다르다는 것을 분명히 보십시오. 그것은 절대로 변하지 않는 앎의 텅 빔을 통과해, 늘 변하는 구름처럼 흘러가는 에너지나 감각의 진동하는 작은 물결과 같습니다. 그 경험은 앎의 텅 빔을 통과해 흐를 뿐 아니라 그 텅 빔으로 이루어져 있습니다. 하늘에 떠 있는 구름이 하늘로 이루어져 있듯이.

구름은 하늘로 이루어져 있지만, 하늘은 구름으로 이루어져 있지 않습니다. 몸은 앎의 빛나는, 텅 빈, 차원 없는 공간으로 이루어져 있지만, 앎의 텅 빈 공간은 몸으로 이루어져 있지 않습니다. 몸은 당신으로 이루어져 있지만, 당신은 몸으로 이루어져 있지 않습니다.

늘 변하는 몸은 절대로 변하지 않는 참된 자기의 변형입니다.

진실에 무지할 때, 즉 우리가 실제 경험을 알지 못할 때, 나 자신인 앎은 몸인 것처럼 됩니다. 진실을 이해할 때, 몸은 나처럼 됩니다.

앎의 열린, 텅 빈, 빛나는 공간이 몸에 가득 스며 있음을 느껴 보십시오. 몸은 그 안에서 나타나고, 그것에 의해 알려지고, 그것으로 이루어집니다.

이 앎의 텅 빈 공간이 앎의 공간임을 자신의 경험에서 보십시오. 그것은 모든 경험을 비추며, 경험을 알게 해 줍니다. 그것은 공간이나 시간 안에서 찾을 수 없습니다. 그것은 빛나는, 투명한, 차원 없는 공간입니다.

• • •

지금 나타나는 소리를 들어 보십시오. 소리가 당신에게 오도록 허용하십시오. 이런 소리는 감각과 마찬가지로 빛나는, 투명한, 차원 없는 공간에 나타난다는 것을 분명히 보십시오.

생각은 감각이 내부(몸)에서 일어나고, 소리는 외부(세계)에서 일어난다고 말하지만, 경험은 뭐라고 말합니까?

감각에서 소리로 부드럽게 왔다 갔다 해 보십시오. 감각에서 소리로 갈 때, 우리는 '몸'이라 불리는 것을 떠나서 '세계'라 불리는 것으로 들어갑니까? 아니면, 그것들은 모두 똑같이 텅 빈 앎 또는 순수한 앎의 장(場) 안에 나타납니까?

우리는 경험의 안과 밖, 내부의 '나'와 외부의 '나 아닌 것'을 나누는 뚜렷한 구분선을 발견합니까? 아니면, 감각과 소리는 똑같이 경계 없는, 나뉠 수 없는 장 안에 나타납니까?

그리고 만약 '나'와 '나 아닌 것'을 나누는 것처럼 보이는 선을 발견한다면, 그 선은 단지 또 하나의 감각이며, 아무것도 나누지 않는, 경계 없는 하늘에 나타난 또 하나의 구름과 같습니다.

이제 다시 돌아가서 경험의 장을 두 가지 본질적인 부분으로(안과 밖, '나'와 '나 아닌 것', 주체와 대상으로) 나누는 실제 선을 찾아보십시오. 아니면, 그것은 단지 하나의 이음새 없는, 친밀한, 나뉠 수 없는 (경험을 아는 앎으로 이루어지고, 우리의 참된 자기로 이루어진) 경험의 장입니까?

몸, 마음, 세계의 모든 현상은 앎의 바다 안에 나타나는 잔물결이나 조류와 같고, 바다의 변형이나 진동과 같습니다. 모든 경험은 단지 그것을 아는 앎으로, 오직 이 투명한, 텅 빈 열림으로 이루어집니다.

• • •

다시, 지금 들리는 소리가 당신에게 오도록 허용하십시오. 우리는 '소리'라고 불리는 것을 실제로 발견할 수 있습니까? 아니면, 그것은 단지 듣는 과정입니까?

미래의 새로운 비이원론 언어에는 명사가 없을 것입니다. 온통 동사만 있을 것입니다. 보이는 대상은 없으며, 오직 봄뿐입니다. 느껴지는 몸은 없으며, 오직 느낌과 감각뿐입니다. 들리는 소리는 없으며, 오직 들음뿐입니다. 보이고 들리고 맛보고 감촉되고 냄새 맡아지는 세계는 없으며, 오직 봄, 들음, 맛봄, 감촉함, 냄새 맡음뿐입니다. 사랑하는 자와 사랑받는 자는 없으며, 오직 사랑뿐입니다. 경험하는 자도 없고 경험되는 것도 없으며, 오직 경험뿐입니다. 둘이 아닙니다. 아-드바이타(A-dvaita). 주체도 없고 대상도 없습니다. 오직 날것의, 구분할 수 없는, 나눌 수 없는 경험의 친밀함뿐. 경험을 아는 앎으로 이루어진……

듣는 경험으로 돌아가 봅시다. 듣는 경험에서 테두리나 경계를 찾아보십시오.

이제, 우리가 몸이라고 부르는 것(순수한 감각함, 경계 없는, 진동하는 감각함)으로 가 봅시다. 그리고 감각함과 들음이 서로 스며드는 것을 보십시오. 당신의 실제 경험에서 들음와 감각함을 나누는 선, 세계와 몸을 나누는 선, '나'와 '나 아닌 것'을 나누는 선을 찾아보십시오.

감각함이라는 경험에서 우리가 발견하는 모든 것은 그것을 아는 앎입니다. 들음이라는 경험에서 우리가 발견하는 모든 것은 그것을 아는 앎입니다. 모든 영상이 똑같은 하나의 스크린으로 이루어진 것처럼 그것들은 둘 다 같은 실체로 이루어져 있습니다. 감각함과 들음은 빛나는, 텅 빈, 투명한 앎의 변형이며, 참된 자기의 변형이며, 둘 다에 텅 빈 앎이 동등하게 가득 스며 있으며, 텅 빈 앎으로 이루어집니다.

• • •

이제 눈을 뜨는데, 1밀리만 뜹니다. 순수한 앎의 경계 없는 하늘에 새로운 구름이 나타나는 것을 보십시오. 바다에 이는 새로운 잔물결, 오직 그것을 아는 앎으로 이루어진, 오직 참된 자기로 이루어진.

만약 눈을 뜰 때 세계가 밖으로 뛰쳐나가고 분리된 자아가 안으로 수축되는 것처럼 보인다면, 눈을 감고서 이음새 없는, 친밀한, 나눌 수 없는, 경계 없는 경험의 장을 다시 확립하십시오.

이제 다시 눈을 1밀리만 뜹니다. 어떤 새로운 실체도 생기지 않음을 보십시오. 모든 경험이 그것을 아는 앎의 변형이며, 참된 자기의 변형임을 보십시오. 순수한 앎이 봄이라는 형태를 취하고 세계로서 나타나지만, 실제로는 순수하고 텅 빈 앎 외의 다른 것은 되지 않으며 알지도 못합니다. 자기 자신 외의 다른 것은 되지 않으며 알지도 못합니다.

이제, 눈을 조금씩 더 뜨는데, 모든 경험과의 친밀함은 똑같이 유지합니다. 안도 밖도 없는, '나'도 '나 아닌 것'도 없는, 분리된 내부의 자아도 없고, 분리된 대상, 다른 것, 세계도 없는. 단지 하나의 이음새 없는, 친밀한, 나눌 수 없는, 경계 없는 경험의 장. 그것을 아는 앎이 가득 스며 있고, 그것을 아는 앎으로 이루어진.

눈을 뜨면, 보는 경험이 나타납니다. 나타나는 모습에 속아서, 분리된 대상과 자아들의 세계가 생겨났다고 믿지는 마십시오. 그런 세계에 관해 우리가 아는 모든 것은 보는 경험뿐이며, 봄에는 그것을 아는 앎이 가득 스며 있으며, 봄은 오로지 이 빛나는, 텅 빈 앎으로 이루어져 있고, 감각함과 들음을 이루는 것과 똑같은 실체로 이루어집니다. 우리의 참된 자기로 이루어집니다.

자아가 몸 안으로 수축되고 세계가 밖으로 뛰쳐나가게 놓아두지 마십시오. 그것은 모두 똑같이 투명하고 텅 빈 앎으로 이루어지며, 모두 동등하게 우리의 참된 자기로 이루어집니다.

이 앎은 어떤 특정한 장소나 시간에 일어나지 않음을 보십시오. 모든 장소와 시간은 오로지 앎으로 이루어집니다.

경험을 아는 자는 없습니다. 경험을 아는 일시적이고 제한되며 특정한 곳에 있는 존재는 없습니다. 몸, 마음, 세계와 같이 알려지는 대상이나 타자(他者)도 없습니다.

그것은 모두 단지 순수한 앎으로 이루어진 생각, 느낌, 감각, 봄, 들음, 감촉함, 맛봄, 냄새 맡음입니다. 하나인 친밀하고 이음새 없고 나뉠 수 없고 빛나는 실체. 본래 텅 빈 그리고 동시에 모든 경험으로 가득한.

아는 것이 경험하는 것입니다. 경험하는 것이 아는 것입니다.

감사합니다.

13
두 번째 깨어남

이번 명상에서 우리는 눈을 뜨고 시작합니다. 앞을 보면서, 보이는 것이 무엇이든 스냅 사진을 찍습니다.

이제, 눈을 감고 우리가 찍은 이미지를 다운로드합니다. 우리는 방금 눈으로 본 것과 같은 이미지를 보고 있습니다. 이 이미지를 탐구해 봅시다. 이 이미지는 우리의 참된 자기에서 얼마나 떨어져 있습니까? '우리의 참된 자기'란 우리의 경험을 아는 순수한 앎을 뜻합니다.

이 이미지와 그것을 아는 앎은 얼마나 가깝습니까? 어떤 부분은 더 가깝고 어떤 부분은 더 멉니까?

앞쪽에 있는 대상들이나 사람들이 뒤쪽에 있는 대상들이나 사람들보다 더 가깝습니까?

아니면, 이 전체 이미지는 똑같은 아는 공간 안에서, 그 공간과 떨어져 있지 않은 곳에서 일어납니까?

이미지에는 깊이와 너비, 높이가 있는 것처럼 보이지만, 아는 공간에 어떤 깊이와 너비, 높이가 있습니까?

다시 눈을 뜨고 같은 이미지를 봅니다. 적어도 이론적으로는 눈을 떴을 때의 이미지와 눈을 감을 때의 이미지 사이에 어떤 차이도 없어야 합니다.

다시 자신에게 물어보십시오. "지금 보이는 이미지는 나 자신, 순수한 앎과 얼마나 멀리 떨어져 있는가?"

앞쪽에 있는 대상들이나 사람들이 뒤쪽에 있는 대상들이나 사람들보다 가깝습니까?

지금 일어나는 지각 중에서 그것을 아는 앎이 친밀하게 스며 있지 않은 부분이 있습니까?

만약 어떤 것이나 어떤 사람은 더 가깝고 어떤 것은 더 멀어 보이며, 어떤 것은 더 친밀하고 어떤 것은 덜 친밀해 보인다면, 다시 눈을 감고 이번에는 같은 이미지를 마음의 눈으로 봅니다. 같은 방법으로 그 이미지를 다시 탐구해 보십시오.

이 이미지에 관해 우리가 아는 것은 오직 보는 경험뿐이며, 봄은 우리의 참된 자기와 완전히, 친밀하게 하나입니다.

이제 다시 눈을 뜹니다. 지금 일어나는 지각은 보는 경험이 전부입니다. 보는 경험은 우리의 참된 자기에서 얼마나 멀리 떨어진 곳에서 일어납니까? 보는 경험 가운데 우리의 참된 자기에서 떨어져 있는 일부가 있습니까? 사실, 보는 경험에 부분들이 있습니까? 아니면, 그것은 단지 그것을 아는 앎이 친밀하게 스며 있는 하나의 경험일 뿐입니까?

이제 다시 눈을 감고서 똑같은 이미지를 봅니다. 이번에는 순수한 감성, 순수한 앎으로 이루어진 상상의 손을 내밀어, 지금 보이는 이미지를 이루는 실체를 만져 봅니다. 무엇이 만져집니까? 우리는 거기에서 무엇을 발견합니까? 순수한 봄 외의 다른 것을 발견하거나 만납니까? 그리고 봄은 그것을 아는 앎 외의 다른 것으로 이루어져 있습니까?

다시 눈을 뜹니다. 지금 일어나는 지각에 관해 우리가 아는 것은 오직 보는 경험뿐입니다. 이른바 대상들과 사람들에 관해 우리가 아는 것은 오직 보는 경험뿐입니다. 순수한 감성으로 이루어진 똑같은 상상의 손을 내밀어, 보는 경험으로 이루어진 그 실체를 만져 보십시오. 우리는 거기에서 무엇을 발견합니까?

순수한 앎 외의 다른 것을 발견하거나 압니까?

보는 경험 가운데 그것을 아는 앎으로 이루어져 있지 않은, 우리의 참된 자기로 이루어져 있지 않은 부분이 있습니까?

• • •

이제 다시 눈을 감고, 이번에는 우리가 잠들어 있다고 상상해 봅니다. 자는 동안 우리는 지금 앉아 있는 것과 똑같은 의자에 앉아 있고, 똑같은 말을 듣고 있고, 조금 전 눈을 떴을 때 본 것과 똑같은 것을 보고 있는 꿈을 꿉니다. 다시 말해, 우리는 조금 전 깨어 있을 때 했던 것과 똑같은 경험을 하는 꿈을 꾸고 있습니다.

이제, 깨어나지 않은 채 눈을 뜹니다. 우리는 여전히 깊이 잠든 채 꿈을 꾸고 있으며, 지금 눈을 뜨고서 보는 경험을 꿈꾸고 있습니다.

사실, 우리는 자신이 지금 꿈꾸는 상태인지 깨어 있는 상태인지 어떻게 알 수 있습니까? 꿈꾸는 상태의 관점에서 보면 꿈꾸는 상태는 꿈속에서는 깨어 있는 상태이며, 깨어 있는 상태도 깨어 있는 상태에서 본다면 역시 깨어 있는 상태입니다. 그러니 우리가 꿈을 꾸고 있는지, 깨어 있는지 어떻게 알 수 있습니까?

꿈의 상태에서 깨어난 뒤에야 우리가 꿈을 꾸었다는 것을 확실히 알 수 있을 뿐입니다. 꿈의 상태에서는 우리가 꿈을 꾸는지 아닌지를 알 수 없습니다.

마찬가지로, 깨어 있는 상태에서는 그 상태가 또 다른 꿈인지 아닌지 알 수가 없습니다. 지금의 깨어 있는 상태가 또 다른 형태의 꿈인지 아닌지 알려면, 깨어 있는 상태 너머에 있는 것의 관점으로 보아야 합니다. 그러므로 우리는 지금의 이 깨어 있는 상태가 어떤 형태의 꿈인지 아닌지를 절대적으로는 확신할 수 없습니다.

꿈을 꿀 때 우리가 보는 모든 것은 우리 안에서 일어납니다. 깨어날 때까지는 그렇다는 것을 알아차리지 못할지라도. 깨어 있을 때는 우리가 보는 모든 것이 우리 밖에 있는 것으로 보입니다.

그렇지만 이것이 정말로 사실인지를 어떻게 알까요? 이른바 깨어 있는 상태에서, 우리가 경험하는 모든 것이 우리의 밖에 있는지를 어떻게 알까요? 우리는 모릅니다.

기억하십시오. 이번 명상에서 우리는 깊이 잠들어 있으면서 눈을 뜬 채로 꿈을 꾸고 있습니다. 깨어 있는 상태로 깨어났을 때에야 우리는 이 상상의 꿈에서 지금 경험하는 모든 것이 단지 우리 마음 안에서 일어났음을 깨닫게 될 것입니다.

이제 다시 눈을 감습니다. 우리는 여전히 자고 있습니다. 꿈은 끝납니다. 우리는 깨어나 눈을 뜹니다. 이제 우리는 깨어 있는 상태에 있습니다. 하지만 우리가 꿈을 꾸고 있는 게 아닌지를 어떻게 알까요?

우리의 바깥에 있는 것처럼 보이는 대상들이 정말로 밖에 있는지를 어떻게 알까요? 바깥 세계에 관해 우리가 아는 것은 오직 지각이라는 경험뿐이며, 모든 지각은 마음으로 이루어지고, 마음은 우리의 참된 자기 안에서 일어납니다. 왜 우리가 보는 것이 밖에 있다고 추정합니까?

이제 만약 우리가 두 번째로 다시 깨어난다면, 어떤 일이 일어날까요? 꿈꾸는 상태에서 깨어 있는 상태로 깨어났듯이, 두 번째로 다시 깨어나서, 깨어 있는 상태의 마음에서 순수한 앎으로 이동한다면, 어떻게 될까요?

이제 깨어 있는 상태를 떠나서, 자신이 순수한 앎임을 아십시오. 이렇게 하는 순간, 우리는 깨어 있는 상태의 이미지가 우리 안에 나타난다는 것을 깨닫게 됩니다. 깨어 있는 상태의 관점에서 볼 때, 꿈의 이미지가 우리 안에 나타난다는 것을 깨닫는 것처럼. 둘은 다르지 않습니다.

깨어 있는 상태와 순수한 앎의 관계는 꿈꾸는 상태와 깨어 있는 상태의 관계와 같습니다.

깨어 있는 상태에서는 현재의 이미지가 대상과 사람으로 이루어진 것처럼 보이고, 각 대상과 사람은 저마다 분리되고 독립적으로 존재하는 실재가 있는 것처럼 보입니다. 잠들어 꿈을 꿀 때 우리는 똑같은 이미지를 봅니다. 그 이미지도 대상과 사람으로 이루어진 것처럼 보이고, 각 대상과 사람은 저마다 분리되고 독립적으로 존재하는 실재가 있는 것처럼 보입니다. 그렇지만 잠에서 깨어나 깨어 있는 상태가 되었을 때, 우리는 꿈꾸는 상태에서 지각했던 그런 대상과 사람이 물질이 아닌 마음으로 이루어져 있었음을 알게 됩니다.

그러므로 깨어 있는 상태의 관점에서는 우리의 경험이 물질로 이루어져 있습니다. 꿈꾸는 상태에서는 우리의 경험이 마음으로 이루어져 있습니다.

• • •

이제 현재의 지각을 바꾸지 않은 채, 다시 순수한 앎의 관점을 취해 보십시오. 그리고 깨어 있는 상태의 관점에서 깨어 있는 상태의 모든 것이 물질로 이루어져 있고, 꿈꾸는 상태의 모든 것은 마음으로 이루어져 있다고 보듯이, 유일하게 진실한 관점인 순수한 앎의 관점에서 모든 것이 순수한 앎으로 이루어져 있음을 봅니다.

현재의 경험은 순수한 앎 안에서 일어나며 그 앎으로 이루어져 있습니다. 깨어 있는 상태에서는 경험이 '물질'이라 불리는 것 안에서 일어나고 그것으로 이루어져 있는 것처럼 보이며, 꿈의 상태에서는 경험이 '마음'이라 불리는 것 안에서 일어나고 마음으로 이루어져 있는 것처럼 보이듯이.

우리가 꿈을 꾸는지, 깨어 있는지, 아니면 순수한 앎의 상태에 있는지 어떻게 알까요? 경험이 물질로 이루어져 있는지, 마음으로 이루어져 있는지, 아니면 앎으로 이루어져 있는지 어떻게 알까요?

각 상태에서 경험은 똑같습니다. 각 상태에서 우리는 똑같은 세계를 봅니다. 깨어 있는 상태의 관점으로 보면, 우리는 대상과 사람을 봅니다. 물질, 공간, 시간의 세계를 봅니다. 꿈꾸는 상태의 관점으로 보면, 마음으로 이루어진 세계를 봅니다. 앎의 관점으로 보면, 앎으로 이루어진 세계를 봅니다.

물질, 마음, 앎은 세 가지 다른 실체가 아닙니다. 그것은 서로 다른 세 가지 보는 방식 또는 아는 방식입니다.

우리는 원하는 대로 볼 자유가 있습니다. 경험은 우리에게 아무것도 강요하지 않습니다.

• • •

이런 명상을 하는 동안, 우리는 두 번째 깨어납니다. 첫 번째 깨어남은 꿈꾸는 상태에서 깨어 있는 상태로, 두 번째는 깨어 있는 상태에서 순수한 앎으로 다시 깨어나는 것입니다.

깨어 있는 상태에서는 현재의 지각이 3차원의 공간과 1차원의 시간에서 일어나는 것처럼 보입니다. 우리가 잠들어 꿈꾸는 상태로 들어가면, 3차원의 세계가 사라지고 오직 1차원의 시간만 남습니다. 그러면 꿈에서는 '마음'이라 불리는 꿈-시간의 1차원에 새로운 3차원의 세계가 나타납니다. 즉, 전에 깨어 있는 상태의 4차원에 나타났던 세계와 비슷한 세계가 이제는 꿈꾸는 상태의 단일 차원에 나타나는 것입니다.

다시 말해, 우리가 깨어 있는 상태에서 경험하는 3차원의 세계와 꿈꾸는 상태에서 경험하는 비슷한 3차원의 세계는 둘 다 순수한 앎에서 생겨나고, 그 안에서 나타나며, 그곳으로 돌아가 사라집니다. 순수한 앎은 그 자체로는 어떤 차원도 없습니다.

우리는 꿈꾸는 상태가 끝나고 깊은 잠에 빠질 때마다 이 차원 없는 순수한 앎을 경험합니다. 사실, 우리는 깊은 잠에 빠지지 않습니다. 앎은 잠들지 않습니다.

더 정확히 말하면, 마음이 사라지고, 마음이 사라지면서 시간이 끝나고, 꿈꾸는 상태에 나타났던 3차원의 세계가 끝납니다. 깊은 잠이 순간적인 것처럼 보이는 것은 이 때문입니다. 사실, 그것은 순간적인 것도 아닙니다. 그것은 시간이 없는, 시간의 바깥입니다. 그것은 지속 기간이 없으며 공간에서 어떤 위치도 차지하지 않습니다.

이 시간 없는, 장소 없는 깊은 잠에서 꿈 세계가 다시 나타날 때, 앎은 깨어나지 않습니다. 더 정확히 말하면, 마음이 앎 안에서 깨어납니다. 그리고 마음이 앎 안에서 깨어날 때 시간이 태어나며, 시간이라는 그 단일 차원 안에서 꿈 세계가 일어납니다.

그 뒤 감각들이 깨어나면서 깨어 있는 상태가 시작됩니다. 앎은 세계 안에서 깨어나지 않습니다. 앎은 항상 깨어 있습니다. 더 정확히 말하면, 꿈꾸는 상태의 1차원 세계가 깨어 있는 상태의 4차원 세계로 바뀌는 것입니다. 하지만 그 모든 것은 이 차원 없는, 시간 없는, 장소 없는 앎 안에서 일어납니다.

모든 경험은 시간이 없고, 장소가 없고, 위치가 없으며, 지속 기간
도 없습니다.

마음이 이것을 상상할 수는 없지만, 그것이 일어나는 모든 일입니
다. 우리가 경험하는 모든 것은 시간 없고 장소 없는 (우리 자신의 '존
재'인) 순수한 앎의 현존 안에서 일어나고, 그것에 의해 알려지며, 그
것으로 이루어집니다.

감사합니다.

14
보는 자가 아닌 봄으로 존재하십시오

제가 자주 받는 질문 가운데 하나는 이것입니다. "눈을 감고 있을 때는 당신이 말한 모든 것이 이해됩니다. 나에게서 가깝거나 멀리 떨어져서 일어난다고 여기던 생각, 몸의 감각, 소리가 모두 나 자신과 아무 거리 없이 가깝게, 친밀하게 경험됩니다. 하지만 눈을 뜨면 나는 몸 안으로 축소되고 세계가 밖으로 투사되는 것 같습니다. 어떻게 하면 눈을 감고 있을 때의 이해와 눈을 떴을 때의 경험이 일치할 수 있을까요?"

그러니 이 문제를 탐구해 보겠습니다.

보이는 영역은 이원성의 가장 설득력 있는 영역입니다. 이런 이유로, 그것은 대개 이런 이해로 통합되어야 할 경험의 마지막 영역입니다.

어떤 대상이든, 방에 있는 물건이든 창밖의 풍경이든 바라보되, 일반적인 방식으로 보십시오. 몸 안에서, 몸으로서 이 방에 있는 당신이 저 너머 바깥 세계에 있는 대상을 보는 것입니다. '나는 그것을 본다.' 주체가 보는 행위를 통해서 대상과 연결됩니다.

대상을 향해서, '저 바깥'에 있는 그것을 찾아서 밖으로 나간다고 실제로 느껴 보십시오. '여기 있는 나'에서 '저기 있는 그것'으로 움직입니다. 이런 일반적인 방식으로 보도록 자신에게 허용하십시오. 다시 말해, 이원성을 불러내십시오!

이런 방식으로 대상들을 보려면 미묘한 노력을 하게 되는데, 이런 노력을 민감하게 알아차리십시오. 그것은 마치 우리가 대상을 잡기 위해 자기의 바깥으로 나가는 것과 같습니다.

이제, 이런 식으로 대상들을 바라보면서, 바라보느라 들이는 노력을 서서히 이완합니다. 대상에 주의를 기울이느라 생기는 긴장을 이완합니다.

긴장하지 않으면서 주의를 둡니다.

대상을 향해서 밖으로 나가는 대신, 대상이 당신에게 오게 하십시오. 우리가 보는 것에는 아무 변화가 없으며, 우리가 보는 방식만 변할 뿐입니다.

대상을 붙잡으려는 노력의 이완을 민감하게 알아차리십시오. 대상이 우리에게 옵니다. 우리가 그것으로 가지 않습니다.

이제는 어떤 특정한 대상에게 두는 주의를 이완해 보십시오. 전체 시야에 같은 성질의 주의를 둡니다. 완전히 이완된 채로 어느 하나에 초점을 맞추지 않으면서 봅니다.

우리는 전체 인식의 장에서 빛이 들어오도록 허용하는 카메라의 눈과 같습니다. 그 눈은 어떤 것에 특별히 관심을 두지 않고, 어떤 특정한 부분에 초점을 맞추거나 싫어하지 않은 채 전체 장을 받아들입니다.

대상을 바라보지 말고, 그저 보십시오. 어떤 것을 바라보는 것과 그냥 보는 것의 성질이 어떻게 다른지 구별해 보십시오. 이 두 가지 가능성 사이를 왔다 갔다 해 보십시오.

'어떤 것'만을 특별히 보지는 마십시오. 대상들 가운데 어느 한 대상을 보지 말고, 전체 풍경을 동등하게 보십시오. 마치 다양하고 많은 대상을 보는 대신, 한 폭의 그림을 보는 것처럼.

· · ·

이제, 이완된 주의를 이 전체 풍경에 두는 대신, 보는 경험 자체에 두십시오.

보이는 대상이 아니라 보는 경험에 관심을 둡니다. 겉으로는 아무 것도 바뀌지 않습니다. 우리가 보는 것은 바뀌지 않으며, 우리가 보는 방식이 바뀝니다.

그저 이 두 가지 가능성 사이를 왔다 갔다 해 보십시오. 보이는 대상에서 보는 경험으로……. 실제로, 구체적으로 해 보십시오. 이 두 가지 가능성의 다른 점을 맛보십시오. 보이는 대상을 알아차리는 것과 보는 경험을 알아차리는 것이 어떻게 다른지.

만약 우리가 '저기 밖'에 있는 대상을 본다면, 우리는 때로는 알아차리지 못하는 사이에 자기 자신을 '여기 안'에 있는 주체로 동일시합니다. 밖의 세계는 안의 자아와 상응하지 않을 수 없고, 안의 자아는 밖의 세계와 상응하지 않을 수 없습니다. 이것들은 같은 동전의 다른 면입니다.

이제 보는 경험으로 돌아가 봅니다. 자신에게 물어보십시오 "봄은 어디에서 일어나는가? 나와 떨어진 저기에서 일어나는가? 아니면,

나 자신과 하나인, 가까운, 친밀한 여기에서 일어나는가?"

봄이 '여기'에서 일어난다고 말하는 것도 아주 옳은 말은 아닙니다. 하지만 봄이 '저기'나 '여기'에서 일어나지 않음을 이해하는, 올바른 방향으로 가는 단계입니다.

'저기'와 '여기'는 둘 다 동등하게 보는 경험으로 이루어져 있지 않습니까?

봄은 어떤 장소에서 일어나는 것이 아님을 분명히 보십시오. 그것은 위치가 없습니다.

봄은 어떤 장소에서 일어나지 않습니다. 모든 장소가 봄으로 이루어집니다.

● ● ●

이제, 제가 여러분에게 손을 뻗어서 우리가 보는 대상(탁자, 램프, 꽃, 나무, 하늘이나 무엇이든)을 만져 보라고 제안한다면, 우리는 모두 어떻게 해야 할지 압니다. 우리는 대상을 만져 보고 그것이 무엇으로 이루어져 있는지 느낄 것입니다. 그러나 만약 제가 봄을 이루는 질료를 만져 보라고 제안한다면, 어떻겠습니까?

그것에 대해 생각하지 말고, 그냥 그렇게 해 보십시오. 순수한 감성으로 이루어진 상상의 손을 내밀어서, 봄을 이루는 질료를 만져 봅니다. 무엇을 발견합니까?

죽어 있는 물질 같은 것을 발견합니까? 아니면, 앎 또는 경험이라 불리는, 완전히 살아 있는 투명한 실체를 발견합니까?

보는 경험을 아는 것이 무엇인지 자신에게 물어보십시오. 그것은 그 자신 외의 어떤 다른 것에 의해 알려집니까? 그것은 보는 장(場)의 한쪽 구석에 앉아 있는 '내 몸'이라 불리는 조각에 의해 알려집니까? 아니면, 봄에는 그것을 아는 앎이, 그것을 경험함이 가득 스며 있습니까? 사실, 봄에는 스펀지에 물이 가득 스며 있듯이 단지 앎이 가득 스며 있는 것만이 아니라, 이미지가 스크린으로 이루어지듯이 앎으로 이루어집니다.

보이는 대상, 보는 경험, 그것을 아는 앎은 모두 같다는 것을 자신의 친밀한 직접 경험으로 이해하십시오. 이것들은 하나의 경험을 가리키는 세 가지 다른 이름입니다.

• • •

우리가 이른바 대상을 바라보면, '물질'이라고 불리는 것을 보는 것

212

같습니다. 우리가 보는 경험을 바라보면, '마음'이라고 불리는 것을 아는 것 같습니다. 그리고 우리가 오직 경험을 아는 앎만을 바라보면, 오직 앎만을 경험합니다. 그것은 자기 자신만을 알거나 경험합니다.

다시 말해, 물질, 마음, 앎은 세 가지 다른 실체가 아닙니다. 그것은 세 가지 보는 방식입니다. 그것들은 보는 방식이지, 보이는 대상이 아닙니다.

물질로 이루어진 세계를 보는 것은 하나의 특정한 방식으로 보는 것입니다. 마음으로 이루어진 세계를 보는 것도 다른 하나의 방식으로 보는 것입니다. 그리고 오직 순수한 앎을 아는 것도 또 하나의 방식으로 보거나 아는 것입니다.

그것은 노트북 컴퓨터에 담긴 휴가 때의 사진들을 보는 것과 같습니다. 우리는 "나는 내 가족들을 본다." 또는 "나는 이미지를 본다." 또는 "나는 스크린을 본다."라고 말할 수 있습니다.

가족, 이미지, 스크린은 세 가지 다른 것이 아닙니다. 그것들은 세 가지 보는 방식입니다. 첫 번째 경우, 우리는 대상과 사람을 봅니다. 즉, 물질을 봅니다. 두 번째 경우, 우리는 미묘한 대상을 봅니다. 즉, 마음을 봅니다. 그리고 세 번째 경우, 우리는 오직 앎만을 보거나 압니다. 같은 것을 가리키는 세 가지 이름.

처음 두 경우, 우리는 거칠거나 미묘한 대상을 봅니다. 유한한 것을 봅니다. 세 번째 경우, 우리는 오직 스크린만을 봅니다. 오직 순수한 앎의 한계 없는 무한한 장(場)을 알거나 봅니다.

하지만 대상을 보거나 스크린을 보는 것은 같은 것입니다. 유한한 대상을 보는지 무한한 스크린을 보는지는 우리가 무엇을 보느냐가 아니라, 어떤 방식으로 보느냐에 달려 있습니다. 어떤 사람에게는 수없이 다양한 대상과 자아로 보이는 것들이 다른 어떤 사람에게는 신의 얼굴, 영원의 얼굴, 무한한 앎으로 보입니다.

그러므로 윌리엄 블레이크는 "지각의 문이 깨끗해지면 모든 것이 인간에게 있는 그대로, 무한함으로 드러날 것이다. 무한함으로."라고 말했습니다.

유한한 대상들과 자아들은 보는 방식들일 뿐, 실제로 보이는 것들이 아닙니다.

실제로 보이는 모든 것은 봄입니다. 알려지는 모든 것은 앎입니다. 우리가 아는 모든 것은 앎입니다.

봄을 보는 것은 무엇입니까? 앎을 아는 것은 무엇입니까? 경험을 경험하는 것은 무엇입니까? 그것은 자기 자신만을 보고, 자기 자신만

214

을 알고, 자기 자신만을 경험합니다.

• • •

주체(보는 자)가 되지 말고, 대상(보이는 것)을 보지 마십시오.

봄만을 보십시오.

봄으로서 존재하십시오.

자신은 보는 자가 아니라 봄임을 아십시오. 그러면 어디에서나 당신 자신을 발견할 것입니다.

우리는 모든 것의 모습을 취하지만, 어떤 것으로도 이루어져 있지 않습니다.

이런 경험적 이해와 일치하는 삶을 살아가십시오.

다른 사람을 다른 사람으로 알지 마십시오. 대상을 대상으로 알지 마십시오. 세상을 세상으로 알지 마십시오.

자기 자신만을 알고, 자기 자신으로 존재하고, 자기 자신만을 사랑하십시오.

감사합니다.

15
분별과 사랑, 두 가지 길

자신이 열린, 텅 빈, 빛나는 앎의 현존임을 알면서 앎으로 머무르십시오. 모든 생각, 느낌, 감각과 지각은 앎 안에서 나타나고, 앎에 의해 알려지며, 본래 앎으로 이루어져 있습니다.

생각, 느낌, 감각이나 지각을 어떤 식으로도 바꾸려고 하지 마십시오. 그것들이 무엇을 하도록 조건 지어져 있든지 그렇게 하도록 놓아두십시오. 자신이 열림, 텅 빔, 허용, 감성임을 알면서 그것으로서 머무르십시오. 생각, 느낌, 감각, 지각은 그것 안에서 일어나고, 그것에 의해 알려지며, 그것은 그것들의 궁극적인 실재입니다.

열린, 텅 빈, 빛나는 앎인 당신은 당신 안에서 일어나는 생각, 느낌, 감각, 지각의 성질이나 한계를 공유하지 않는다는 것을 분명하게 보십시오.

예를 들어, 생각과 느낌은 동요할 수 있지만, 당신은 그것들의 동요를 공유하지 않습니다. 생각과 느낌은 당신 안에서 일어나며, 당신에 의해 알려집니다. 당신은 본래 평화롭습니다. 당신은 흔들림 없는 평화 자체입니다.

생각, 이미지, 느낌, 감각과 지각은 모두 오고 가지만, 당신, 나, 앎은 그것들의 목격자 또는 아는 자로서 영원히 현존합니다.

그것들은 모두 당신 안에서 오고 가고 움직이며 변하고 전개되지만, 당신은 그것들 안에서 오고 가고 움직이며 변하고 전개되지 않습니다.

• • •

자신이 이 영원히 현존하며 무한한 열림임을 알고 그 열림으로 존재하기 위해서 특별한 무언가를 마음으로 하거나 그만둘 필요는 없습니다. 단지 우리가 늘, 이미 그것임을 알아차리고, 그것으로 존재하십시오.

첫 단계는 우리가 흔히 자기 자신이라고 생각하는 것이 참된 자기가 아님을 알아차리는 것입니다. 즉, 우리는 생각, 느낌, 감각의 무리가 아닙니다. 우리는 열린, 텅 빈, 빛나는 앎의 공간이며, 생각, 느낌,

감각이 그 안에서 일어나고 그것에 의해 알려집니다.

인도에서는 이것을 가리켜 '네티 네티(neti neti)'의 과정이라고 합니다. 즉, "나는 이것이 아니다. 이것도 아니다. 나는 나의 생각이 아니다. 나의 느낌도 아니다. 나의 감각도 아니다. 나의 지각도 아니다. 나는 그것들을 아는 자다."

그것은 우리 자신인 것과 우리가 아는 것을 구분하는 '분별의 길'입니다.

우리는 순수한 앎이며, 생각, 이미지, 느낌, 감각, 지각을 압니다.

이런 구별의 과정은 첫 단계이며, 우리의 본성이 열리고 텅 빈 앎의 장(場) 또는 공간이며, 그 안에서 몸, 마음과 세계가 나타난다는 것을 경험으로 이해하게 해 줍니다.

그렇지만 이런 발견은 그 자체로는 깨어남이나 깨달음이 아닙니다. 이 앎의 본성을 분명히 확인하려면 더 깊이 발견해야 합니다.

우리의 본성인 순수한 앎에 한계가 있습니까? 앎이 움직이거나 바뀝니까? 오고 갑니까? 태어납니까? 죽습니까?

이런 질문들은 앞의 명상에서 자세히 탐구했으니 여기서 더 다루지는 않겠습니다. 이 더 깊은 탐구의 정점은 우리의 본성인 순수한 앎이 늘 현존하며 한계가 없음을, 즉 영원하며 무한함을 깨닫는 것이라고 말하면 충분할 것 같습니다.

영원하고 무한한 본성의 발견을 전통적으로 깨달음이나 깨어남이라고 하며, 이 발견은 우리가 모든 경험의 배경에 있는, 어떤 상황에서든 언제나 누릴 수 있는 흔들림 없는 평화에 이르게 해 줍니다.

모든 경험의 배경에 있는 이 평화는 모든 것을 초월해 있습니다. 몸, 마음, 세계의 움직임과 변화를 초월해 있습니다.

• • •

그렇지만 이런 밝은 이해는 절반의 단계일 뿐입니다. 모든 경험의 배경에 있는 초월적인 평화를 발견하려면 몸, 마음, 세계와 거리를 두어야 합니다.

우리는 한 걸음 물러나서, 우리의 참된 자기가 모든 현상에서 독립되어 있는(네티 네티 네티; 나는 이것이 아니다, 이것도 아니다, 이것도 아니다), 지켜보는 앎의 현존임을 발견했습니다.

하지만 어떤 상황과 환경에서도 안정된 평화와 행복을 발견하려면 몸, 마음, 세계로 돌아와야 하며, 초월할 뿐 아니라 내재하는, 경험의 배경에 있을 뿐 아니라 전면에도 있는, 경험의 한가운데에도 있는 평화와 행복을 발견해야 합니다.

우리는 처음에는 나인 몸/마음이 세계를 안다고 생각하고 느낍니다. 이 경우에 몸/마음은 경험의 주체(아는 자)로 여겨지며, 세계는 대상(알려지는 것)으로 여겨집니다. 우리는 이것을 관습적인 이원성이라고 부를 수 있습니다.

이제, 이 중간 단계에서는 나인 앎이 몸, 마음, 세계를 안다는 것을 깨닫습니다. 이 경우, 나인 앎이 주체(아는 자)이며, 몸, 마음, 세계는 대상(알려지는 것)입니다.

그러나 이는 아직 주체와 대상이 존재하는 이원성의 입장입니다. 우리는 이것을 깨달은 이원성이라 부를 수 있습니다.

이제, 한 걸음 더 나아가서 주체(나, 앎)와 몸, 마음, 세계라는 대상의 관계를 탐구해 봅시다. 앎과 그 대상은 어떤 관계에 있을까요?

• • •

마음부터 시작해 봅시다. 그런데 사실, 마음이라는 것을 발견한 사람은 아무도 없었습니다. 우리는 지금 일어나는 생각과 이미지를 경험할 뿐입니다.

어떤 생각이든 지금 일어나는 생각을 취해서, 우선 당신이 생각을 아는 그것인지 보십시오.

이제, 자신의 친밀한 직접 경험만을 참고하면서, 이 두 가지 요소(하나: 생각, 둘: 그것을 아는 참된 자기)를 찾아보십시오. 매우 구체적으로 찾아보십시오. 이 두 가지 요소(알려지는 대상, 그것을 아는 주체)를 분리할 수 있습니까?

이것에 대해 생각하지 마십시오. 경험에서 확인해 보십시오. 알려지는 생각, 그리고 생각을 아는 참된 자기를 찾아보십시오. 생각과 생각하는 자를 찾아보십시오.

이렇게 해 보면서 두 가지 요소(아는 주체와 알려지는 대상)를 찾을 수 없다는 것을 분명히 보십시오. 우리는 생각하는 자와 생각을 발견할 수 없습니다. 단지 생각함만을 발견할 뿐입니다. 그리고 생각하는 경험 안에 생각하는 자와 생각이 하나로서 담겨 있습니다. 생각함은 둘이 아니라 하나의 실체로 이루어집니다.

. . .

우리가 생각에 관해 아는 것은 생각하는 과정이 전부임을 발견했으니, 이제 더 나아가서 생각함 자체를 이루는 실체를 탐구해 봅시다.

순수한 감성으로 이루어진 상상의 손을 뻗어서, 생각함을 이루는 그것을 만져 보려고 하십시오. 무엇을 발견합니까?

우리는 생각하는 경험에 있는 것은 그것을 아는 앎이 전부임을 발견합니다.

우리가 그 앎입니다.

모든 생각은 이 앎으로 이루어져 있지만, 앎은 생각으로 이루어져 있지 않습니다.

이런 이유로 저는 그것을 순수한 앎이라 부릅니다. 그것은 그 자신을 제외한 어떤 것으로도 이루어져 있지 않은 앎이며, 생각, 느낌, 감각, 지각 등 어떤 것과도 섞이지 않는 앎입니다.

그리고 이 앎에서, 겉으로 보이는 아는 자와 알려지는 대상(여기서는 생각)은 하나의 실체로 이루어집니다. 둘이 아닙니다. 아-드바이타(A-dvaita).

이런 이유로 윌리엄 블레이크는 "믿을 수 있는 모든 것은 진리의 형상이다."라고 했습니다. 진리(순수한, 생각 없는 앎, 색깔 없는 앎)는 긍정적인 생각이든 부정적인 생각이든, 이른바 참된 생각이든 거짓된 생각이든, 모든 생각의 실체 또는 실재입니다.

• • •

이제, 몸에 관한 경험으로 가 봅니다. 우리가 눈을 감는다면, 몸에 관한 우리의 경험은 지금 일어나는 감각뿐입니다. 손의 따끔거림 같은 특정한 감각에 주의를 두십시오. 이 경험에서 두 가지 요소(하나: 감각, 둘: 감각을 아는 것)를 발견합니까?

실제 경험에서 이 두 가지 요소(알려지는 대상과 그것을 아는 주체)를 발견합니까? 아니면, 단지 감각함만을 발견합니까? 감각되는 것과 감각하는 것, 느껴지는 것과 느끼는 것이 하나의 실체로 이루어진, 오직 그것을 아는 앎으로 이루어진, 오직 우리의 참된 자기로 이루어진……

감각함을 이루는 앎은 생각함을 이루는 것과 똑같은 앎이라는 것을 보십시오.

생각함과 감각함은 둘 다 그것을 아는 앎으로 이루어집니다. 앎은 거기에 현존하는 유일한 실체이며, 그 앎이 우리의 참된 자기입니다.

거기에서 우리가 발견하는 모든 것은 우리의 참된 자기입니다.

순수한 앎이 발견하거나 아는 모든 것은 자기 자신입니다.

• • •

이제, 지금 어떤 소리가 들리든 그 세계에 대한 지각으로 가 봅니다. 지금 당신의 경험에 나타나는 모든 소리를 주의 깊게 들어 보십시오.

생각은 이런 소리가 우리 자신과 떨어진 곳에서 일어난다고 말합니다. 그렇지만 모든 소리는 생각과 감각이 일어나는 곳과 정확히 똑같은 곳, 즉 똑같은 열림, 똑같은 텅 빔에서 일어난다는 것을 친밀한 경험으로 분명히 보십시오.

소리를 하나씩 분류한 뒤, 그 하나하나가 모두 똑같은 곳에서 일어나며, 그곳은 우리의 참된 자기, 앎이라는 '장소 없는 장소'임을 보십시오.

이제, 소리를 주의 깊게 들으면서, 주체(듣는 자)와 대상(들리는 소리)을 발견할 수 있는지 보십시오.

우리의 경험에서 이 두 가지 요소를 발견할 수 있습니까? 아니면, 그것은 단지 하나의 실체(들음)이며, 그 안에서 듣는 자와 들리는 것, 주체와 대상이 하나입니까?

이제 다시, 순수한 감성으로 이루어진 상상의 손을 내밀어서, 들음을 이루는 그것을 만져 보십시오.

들음의 경험에 있는 유일한 실체는 그것을 아는 앎임을 분명히 보십시오.

다시 말해, 들음은 감각과 생각을 이루는 것과 같은 실체로 이루어집니다.

생각함, 감각함, 들음 등 이 모든 것은 우리의 참된 자기, 즉 하나의 이음새 없는 친밀한 실체로 이루어지며, 그것은 경험의 모든 형태로 그 자신을 변형합니다.

・ ・ ・

그것은 우리의 참된 자기, 순수한 앎의 빛입니다. 그것은 자기를 생각함의 형태로 변형하여 마음이 되는 것처럼 보이고, 감각함의 형태로 변형하여 몸이 되는 것처럼 보이며, 봄, 들음, 만짐, 맛봄, 냄새 맡음의 형태로 변형하여 세계가 되는 것처럼 보입니다.

그러나 이 순수한 앎, 투명한 앎은 실제로는 몸, 마음, 세계가 되지 않습니다.

그것은 언제나 자기 자신으로 존재하고, 이음새 없는 친밀한 실체로 존재하며, 언제나 자기 자신만을 압니다. 그것은 오직 앎만을 아는 앎입니다. 오직 경험함만을 경험하는 경험함입니다. 자기만을 알고 자기만으로 존재하는 우리의 참된 자기입니다.

이제 우리는 모든 현상이 열린, 텅 빈, 빛나는 앎의 공간에서 일어난다고 이해하는 '깨달은 이원성'의 입장에서 '체화된 깨달음'의 입장으로 옮겨왔습니다. 후자의 입장은 우리의 본성을 모든 경험의 배경에 있는 앎의 지켜보는 현존으로서 이해하고 느낄 뿐 아니라, 모든 경험에 스며 있는, 모든 경험 자체인 순수한 앎의 빛으로서 알고 느낍니다.

다시 말해, 앎과 그것의 대상을 나누는 구분이 사라졌습니다. 사실, 구분은 사라진 것이 아니라, 애초부터 없었습니다.

• • •

당신의 참된 자기가 모든 경험의 배경에 있는 앎의 현존일 뿐만 아니라, 모든 경험을 이루는 이 순수한 앎임을 아십시오.

당신 자신을 경험의 배경에서만이 아니라 경험의 전면에서도(초월할 뿐 아니라 내재함을) 발견하십시오.

이 발견을 전문 용어로는 '비이원성'이라고 합니다. 그것은 경험이 본래 두 가지 본질 요소(앎, 느낌, 지각함의 행위를 통해 만나는 주체와 대상)로 나뉘어 있지 않다는 발견입니다.

이 경험적인 이해를 가리키는 공통의 이름은 사랑 또는 아름다움입니다.

사랑은 관계에서 분리된 '나'와 '너'가 없다는 이해입니다. 분리된 내부의 자아와 분리된 바깥의 다른 자아가 사라지는 것입니다.

아름다움은 정확히 똑같은 깨달음에 우리가 부여하는 이름이지만,

타인이 아닌 대상과의 관계에 붙이는 이름입니다.

아름다움은 우리의 경험이 내부의 자아와 바깥의 세계, 아는 자와 알려지는 것, 보는 자와 보이는 것, 듣는 자와 들리는 것으로 분리되어 있지 않음을 경험적으로 알아차리는 것입니다.

아름다움의 경험에서 이 두 가지, 겉으로 보이는 두 가지는 무너지며, 이 무너짐 또는 사라짐으로 인해 모든 경험의 이음새 없는 친밀함이 드러납니다.

사실은 내부의 자아와 바깥의 대상, 타자, 세계는 무너지거나 사라지는 것이 아닙니다. 그것들은 처음부터 없었습니다.

내부의 자아와 바깥의 대상, 타자, 세계는 생각이 모든 경험의 늘 현존하고 무한한 실재에 덧씌운 관념입니다.

이런 관념이 덧씌워지지 않으면, 모든 경험은 참으로 있는 그대로 드러나고 알려집니다. 무한히.

사랑 또는 아름다움의 경험은 영원하고 무한하게 드러나는 실재의 본성을 인간이 경험하는 방식입니다.

그래서 수피들은 이렇게 말합니다. "눈길이 닿는 곳마다 신의 얼굴이 있다."

· · ·

무지할 때(경험의 실재를 간과하거나 무시할 때) 우리는 자신이 하나의 대상이라고, '어떤 것'이라고, 몸과 마음이라고 생각하고 느낍니다.

분별의 과정을 통해, 우리는 자신이 그런 대상이나 어떤 것이 아님을 깨닫습니다. 자신이 아무것도 아니고, 어떤 것이 아니며, 텅 비어 있다는 것을 깨닫습니다.

'분별의 길'에서 우리는 "나는 어떤 것이다."라는 믿음에서 "나는 아무것도 아니다."라는 이해로 옮겨 갑니다. 관습적인 이원성에서 깨달은 이원성으로 옮겨 가는 것입니다.

그것은 '위대한 죽음'이며 십자가에 못 박히는 것입니다. 우리가 이전까지 자기 자신이라고 믿었던 자아의 죽음이며 사라짐입니다.

그런 다음, '사랑의 길'에서 우리는 "나는 아무것도 아니다."라는 이해로부터 "나는 모든 것이다."라는 경험으로 이동합니다.

우리는 우리 자신이 순수한 앎의 빛이며, 그것이 모든 경험의 실체 또는 실재임을 알게 됩니다.

제외의 길인 분별의 길(나는 이것이 아니다, 나는 이것이 아니다, 나는 이것이 아니다)과는 달리 '사랑의 길'은 포함의 길입니다(나는 이것이다, 나는 이것이다, 나는 이것이다).

새 소리나 차 소리는 들음으로만 이루어지며, 나는 그것입니다. 건물이나 하늘 풍경은 봄으로만 이루어지며, 나는 그것입니다. 사과의 맛은 맛봄으로만 이루어지며, 나는 그것입니다. 지금 앉아 있는 이 의자에 대한 경험은 봄과 감촉함으로만 이루어지며, 나는 그것입니다.

어디를 가든 우리는 경험을 아는 앎만을 발견하며, 나는 그것입니다.

이것이 '위대한 소생(蘇生)', 변형이며, 모든 경험이 순수한 앎의 빛으로 가득하다는 진실의 드러남입니다.

그것은 우리의 참된 본성인 텅 빔이 모든 경험으로 가득하다는 것을 경험으로 이해하는 것입니다.

경험을 아는 앎으로 이루어지지 않은 경험은 없으며, 내가 그 앎입니다.

. . .

"나는 어떤 것이다."는 경험의 실상을 무시하거나 간과하는 무지의 입장입니다.

"나는 아무것도 아니다."는 지혜나 이해의 입장이며, 우리의 참된 자기가 영원하고 무한한 앎임을(자기 자신이 그러함을) 깨닫는 중간 단계입니다.

"나는 모든 것이다."는 사랑 또는 아름다움의 입장이며, 우리는 나 자신인 이 '아무것도 아님(nothing)'이 모든 것의 궁극의 실재임을 깨닫습니다.

나는 그것입니다.

이것이 모든 위대한 종교와 영적 전통에서 말하는 궁극의 깨달음입니다.

"아트만은 브라흐만과 같다." 한정된 자아로 보이는 아트만은 우주의 궁극의 실재인 브라흐만과 같다.

"나와 아버지는 하나다." 앎인 '나'와 우주의 궁극의 실재인 '아버지'
는 하나다.

"삼사라가 니르바나다." 나 자신인 이 '어떤 것도 아님(no-thing)' 즉
니르바나(열반)는 모든 현상의 총합인 삼사라(세상)와 같다.

"색즉시공 공즉시색(색(色)이 공(空)이고, 공이 색이다)." 나의 본성
인 공(空)은 모든 가득한 경험을 이루는 실체다.

모든 위대한 종교와 영적 전통은 이런저런 방식으로 이 경험적 이
해를 가리키며, 각각은 우리에게 스스로 깨닫는 방법을 제공합니다.

이런 이해는 누구에게나 열려 있으며, 모든 경험의 한가운데에 있
으며, 어떤 상황에서든 언제나 주어져 있습니다.

우리에게 필요한 것은 정말로 그러함을 보고 알아차리는 것이 전
부입니다.

감사합니다.

16
하나의 춤꾼, 많은 춤

우리에게는 세 가지 가능성이 있습니다. 첫째, 알려지는 것일 가능성. 생각, 느낌, 감각, 지각의 무리, 즉 몸과 마음일 가능성. 둘째, 알려지는 것을 아는 자일 가능성. 이 모든 현상이 일어나는 바탕이자 그 모든 것을 아는, 열리고 텅 빈 빛나는 앎의 장일 가능성. 즉, 몸, 마음, 세계의 목격자일 가능성. 그리고 셋째, 순수한 앎일 가능성. 모든 경험의 목격자일 뿐 아니라 그 모든 경험을 이루는 실체일 가능성.

이 세 가지 가능성을 우리의 실제 경험에서 탐구해 봅시다. 처음에는 눈을 감기를 권합니다.

첫째 가능성을 떠올려 봅니다. 생각, 느낌, 이미지, 몸의 감각을 알아차리면서, 당신이 이런 현상의 무리라고 정말로 느껴 보십시오.

그리고 이제, 어떤 소리든 들리는 소리를 들으면서, 여기에 있는 우리 즉 몸/마음이 저기 밖에 있는 소리를 듣는다고 느낍니다. 이것이 일반적으로 경험하는 방식입니다. '여기'에 있는 주체(몸/마음), 그리고 '저기 밖'에 있는 대상, 타자, 세계.

이제 생각, 느낌, 감각이나 소리에 대해 아무것도 하지 않으면서, 우리의 경험에 다른 해석을 해 봅니다. 생각, 느낌, 감각, 지각(여기에서 지각은 소리를 가리킵니다)을 정확히 있는 그대로 두고, 당신의 참된 자기가 그 모든 것이 나타나는 열린, 텅 빈, 빛나는 앎의 장이라고 여깁니다.

이 말에 관해 생각하지 말고, 자신이 열린, 텅 빈, 빛나는 순수한 앎의 장임을 알면서 그렇게 존재하십시오.

앞에서 자기의 밖에 있고, 자기와 분리되어 있고, 자기가 아니라고 여겨졌던 소리가 이제 생각, 느낌, 감각과 정확히 같은 곳에서 경험된다는 것을 보십시오. 즉, 그것들은 모두 똑같은 열린, 텅 빈, 빛나는 순수한 앎의 공간에서 일어나는 것으로 경험됩니다.

이것이 둘째 가능성입니다. 나인 순수한 앎은 몸, 마음, 세계라는 모든 대상이 나타나는 바탕이자 그 모든 것을 알게 하는, 순수한 앎의 열린, 텅 빈, 빛나는 공간일 가능성.

이런 관점에서는 우리의 참된 자기인 순수한 앎이 몸, 마음, 세계라는 대상을 담는 무한한 그릇으로 여겨집니다.

• • •

이제, 감각을 알아보기 위해 얼굴의 따끔거리는 감각을 예로 들어 봅니다. 그리고 차 소리 같은 멀리 있는 듯한 소리나 어떤 소리든 지금 경험되는 소리를 알아봅니다.

먼저, 기억이나 생각을 참고하지 않는다면, 우리는 지금 일어나고 있는 소리가 차나 사람 등과 관련이 있는지 없는지를 전혀 알지 못한다는 것을 보십시오. 그것은 단지 날것의 소리입니다. 그 소리는 생각이 기억을 참고하여 덧씌우는 이름표가 없이는 아무것도 의미하지 않습니다

마찬가지로, 생각이나 기억을 참고하지 않는다면, 우리는 이 따끔거리는 감각이 얼굴인지 눈인지 코인지 알지 못합니다. 그것은 단지 날것의 이름 없는 감각입니다. '얼굴', '눈', '코'는 생각이 이미지와 기억을 참고하여 이 감각에 덧씌우는 추상적인 이름표입니다.

이 두 가지(이름 없는 날것의 소리와 이름 없는 날것의 감각)가 열린, 텅 빈 앎의 공간 또는 앎의 장에 나란히 떠 있게 합니다.

이제, 이것을 더 자세히 탐구합니다. 감각이나 소리의 분명한 테두리를 발견할 수 있습니까? 아니면, 그것들은 서로 스며 있습니까? 감각과 소리 사이를 천천히 왔다 갔다 하되, 경험에 관한 생각이 아니라 직접 경험만을 참고하십시오.

이 둘(실제 경험, 그 경험에 관한 생각)을 나누는 선은 꽤 분명할 때가 많습니다. 그렇지만 더 깊이 탐구할수록 이 선은 더 미묘해지는데, 이렇게 점점 더 미묘해지는 선을 시간을 들여 탐구해 봅시다.

우리는 소리로 가기 위해 자기 자신의 바깥으로 걸어 나가고, 감각으로 가기 위해 자기 자신 안으로 돌아옵니까? 아니면, 그것들은 둘 다 정확히 같은 곳에서, 말하자면, 하나씩 나란히 나타납니까?

이제, 하나에서 다른 하나로 이동하면서 자신에게 물어보십시오. "어떤 지점에서 나는 감각을 떠나 소리로 들어가는가?"

감각이 끝나는 지점과 소리가 시작되는 지점을 실제 경험에서 찾아보십시오.

이 둘(겉보기에 둘로 보이는 것)이 서로 스며 있다는 것을 경험에서 발견하십시오. 우리는 감각과 소리를 나누는 분명한 윤곽선을 그릴 수 없습니다.

더 탐구하여 경험의 본성을 꿰뚫어 볼수록 그런 구분선을 발견하기가 더 어려워집니다.

시간을 충분히 들여 탐구해 보십시오. 중요한 것은 이런 말이 아니라 우리의 경험입니다.

• • •

그러니 감각과 소리를 두 개의 분리된 대상으로 느끼지 마십시오. 그것들이 서로 어우러지게 허용하십시오. 더 정확히는, 그것들이 이미 서로 어우러져 있음을 보십시오.

사실, '그 둘'은 '어우러져 있지' 않습니다. '그 둘'도, '어우러짐'도 없었습니다. 언제나 하나의 경험만 일어날 뿐입니다. '그 둘이 어우러진다'고 말한 것은 '그 둘'을 두 가지 분리된 대상으로 믿기 때문에 마지못해서 하는 말입니다.

만약 우리가 이 하나의 대상에 이름을 붙여야 한다면, '감각-소리'라는 하나의 단어로 부를 수 있습니다.

이 감각소리는 우리 자신과 얼마나 먼 곳에서 일어납니까?

우리 자신(감각소리가 일어나는 열린, 텅 빈, 빛나는 앎의 장)과 감각소리 사이에 거리가 있습니까?

감각소리는 그것이 일어나고 알려지는 장과 어떤 식으로든 분리되어 있습니까?

감각소리의 테두리를 발견할 수 있습니까? 감각소리가 끝나고 열린, 텅 빈, 빛나는 앎의 장이 시작되는 지점을?

아니면, 감각소리는 순수한 앎의 장에 스며 있습니까?

우리는 둘째 가능성에서 셋째 가능성으로 옮겨 가기 시작합니다. 둘째 가능성은 우리의 참된 자기를 한계 없는 앎의 공간으로 여기며, 몸, 마음, 세계의 대상이 그 안에 나타나고 그 앎에 의해 알려진다고 여깁니다. 셋째 가능성은 그런 대상들의 실체가 바로 순수한 앎임을 깨닫게 됩니다.

· · ·

이제, 얼굴의 감각만이 아니라 몸 전체를 포함해 봅니다. 먼저, 실제 느껴지는 경험에서 몸은 감각의 무리라는 것을 보십시오. 이런 감각들을 탐구해 보면, 감각들을 나누는 분명한 경계선을 찾을 수 없다는 것을 발견하며, 그래서 몸을 하나의 감각으로서 경험합니다.

이제 이 따끔거리는, 일정한 모양이 없는, 구름 같은 감각이 소리에 스며들어 번지면서 어우러지는 것을 보십시오. 사실, 그것들은 이미 늘 하나임을 보십시오. 경험은 언제나 오직 하나의 '것'입니다: 감각소리.

감각소리가 일어나는 바탕이자 감각소리를 알게 해 주는 앎의 텅 빈 장(場)이 감각소리에 가득하며 스며 있음을 보십시오. 감각소리 가운데 앎의 텅 빈 장이 스며 있지 않고 가득하지 않은 부분은 없습니다.

경험의 친밀함과 함께하면서 감각소리와, 그것에 스며 있는 앎의 장을 나누는 구분선을 찾아보십시오.

감각소리와 그것을 아는 앎을 나누는 구분선을 발견할 수 있습니까?

그런 선은 찾을 수 없다는 것을 보십시오. 그것은 상상된 것입니다. 당신의 참된 자기가 열리고 텅 빈 앎의 장임을 알고, 그러므로 우리는 감각소리를 알 뿐만 아니라, 그것에 스며 있음을 보십시오. 느껴 보십시오. 그것은 마치 우리가 구름에 스며 있는 하늘 같다고 느끼는 것과 같습니다.

이제, 우리는 하늘로서 우리의 참된 자기에게 묻습니다. "구름과 나는 어떤 관계인가? 나 자신인 텅 빈 하늘과, 내 안에서 나타나는 이 구름을 나누는 구분선을 어디에서 찾을 수 있는가?"

이 앎의 텅 빈 장을 알면서 그 장으로 존재하십시오. 일정한 모양이 없는 이 감각소리에 친밀하게 가득한 것이 우리의 참된 자기임을 느껴 보십시오.

우리의 참된 자기인 순수한 앎과 감각소리를 나누는 구분선을 찾아보십시오. 어디에서 우리의 참된 자기가 끝나고 감각소리가 시작합니까?

• • •

이제 '감각소리'라는 이름표를 떼고, 그것을 다른 것으로, 우리의 실제 경험과 더 가까운 것, 즉 '감각함들음'으로 대체해 봅니다.

순수한 감성, 순수한 앎으로 이루어진 상상의 손을 뻗어서 감각함들음을 이루는 실체를 만져 보십시오.

무엇이 만져집니까? 무엇을 발견합니까?

그것을 아는 앎이 아닌, 그 앎과 분리된 다른 어떤 것을 발견합니까?

다시 말해, 우리의 참된 자기가 아닌 다른 어떤 것을 발견합니까?

우리의 참된 자기는 자기 자신을 제외한 다른 어떤 것을 발견합니까?

경험에 이름을 붙이려고 시도하면서 우리가 '몸'과 '세계'에서 '감각'과 '지각'으로, '감각'과 '지각'에서 '감각함'과 '지각함'으로, '감각함'과 '지각함'에서 '감각함지각함'으로, 그리고 '감각함지각함'에서 '앎'으로 왔다는 것을 보십시오.

이 단계들은 모두 타당합니다. 왜냐하면 우리의 실제 경험에서 이런 탐구를 제대로 하게 해 주기 때문입니다. 그렇지만 우리의 실제 경험에서는 아무것도 바뀌지 않았음을 보십시오. 우리의 경험이 '몸과 세계'에서 '감각과 지각'으로, '감각함과 지각함으로', '감각함지각함'으로, '앎'으로 실제 바뀐 것은 아닙니다.

경험은 어떤 것이기를 그치고 다른 것이 되지 않았습니다. 경험의 본질은 언제나 그대로입니다. 경험의 본성을 더 깊이 탐구할수록 우리가 경험에 붙이는 이름표는 점점 더 정밀해집니다. 마침내 경험에 이름 붙이려는 마음이 더는 일어날 수 없을 때까지. 그것은 이해를 통해 끝이 납니다.

그리고 이름표는 더 정밀해질수록 더 정확해지며(비록 완전히 정확해질 수는 없지만) 우리는 실제로 우리의 경험을 새로운 방식으로 경험하는 듯 보입니다.

흥미로운 점은, (진실을 알아차릴 때 가끔 웃음과 눈물이 터져 나올 수도 있는데) 우리가 경험의 한가운데(순수한 앎)에 '이를' 때 실제로는 그곳을 한 번도 떠난 적이 없음을 깨닫는다는 것입니다.

우리는 이 순수한 앎 말고는 아무것도 안 적이 없습니다.

그것은 언제나 오직 자기 자신만을 압니다.

이 앎의 장은 자기 안에서 진동하며, 자기를 생각함의 형태로 변형하면 마음이 되는 것처럼 보이고, 자기를 감각함의 형태로 변형시키면 몸이 되는 것처럼 보이고, 자기를 지각함(봄, 들음, 감촉함, 맛봄, 냄새 맡음)의 형태로 변형시키면 세계가 되는 것처럼 보입니다. 그러나 자기 자신 말고는 아무것도 아니며, 아무것도 되지 않으며, 아무것도 알지 못합니다.

빛나는 텅 빈 앎이 어떤 방식으로 춤을 추면 들음의 형태를 취하고, 다른 방식으로 춤을 추면 생각함, 느낌, 감각함, 봄 등의 형태를 취합니다. 춤추는 자는 하나지만, 춤은 많습니다!

이제, 이 앎의 장에서 드넓은 장(場) 같은, 공간 같은 성질을 빼 보십시오. 그것은 더이상 드넓은, 열린, 텅 빈, 빛나는 공간이 아니며, 그랬던 적도 없습니다. 그것은 그저 순수한, 차원 없는 앎으로 이루어져 있습니다.

시간과 공간의 전체 4차원 세계는 이 차원 없는 앎 안에서 나타나며, 이 앎에 의해 알려지며, 이 앎으로 이루어져 있습니다.

이것이 우리 참된 자기의 셋째 가능성입니다. 모든 경험의 실체이며 실재인 빛나는, 텅 빈, 차원 없는 앎일 가능성.

• • •

이제 눈을 아주 조금만, 1밀리 정도만 뜹니다. 이 텅 빈 앎이 봄의 경험으로서 춤추기 시작하는 것을 보십시오. 그것의 가장 매혹적이고 설득력 있는 춤을!

경험의 친밀함 가까이 머무르십시오. 보는 경험에는 그것을 아는 앎 말고는 어떤 실체도 존재하지 않습니다.

우리가 눈을 뜰 때 바깥의 세계가 존재하게 되는 것이 아닙니다. 앎이 봄의 형태로 춤을 출 뿐입니다.

자신이 이 텅 빈 앎이라는 것을 알아차리면서 이 앎으로 존재하십시오. 이 앎이 모든 경험의 실체입니다.

이제 조금 더, 2밀리 정도 눈을 뜨되, 앎의 친밀함에 머무르십시오. 생각함과 느낌의 오랜 습관이 당신을 설득하여 내부의 자아로 위축되고, 이 자아 수축의 불가피한 결과로 밖의 세계가 투사되도록 놓아두지 마십시오. 오직 봄이 있을 뿐입니다. 봄을 아는 앎으로만 이루어진, 오직 우리의 참된 자기로만 이루어진……. 참된 자기는 오직 자기 자신으로만 존재하고 자기 자신만을 알 뿐입니다.

생각은 우리가 바깥의 세계를 보고 듣고 만지고 맛보고 냄새 맡는 내부의 자아라고 설득할 기회를 노리고 있습니다.

생각에 귀 기울이지 마십시오. 경험에 귀 기울이십시오.

감각함들음이 감각함들음봄이 되고, 감각함들음봄생각함이 되고,

감각함들음봄생각함느낌 등등이 되도록 허용하고, 이것이 순수한 앎의 빛 안에서, 그 빛으로서, 그 빛과 함께 빛나도록 허용하십시오.

경험은 안과 밖이 없습니다. 단지 안의 자아에게만 밖의 세계가 있을 뿐입니다.

생각이라는 오래된 습관이 우리를 속이도록 놓아두지 말고, 경험의 친밀함을 직접 참고하십시오. 그것과 함께 머무르십시오. 경험의 친밀함이 우리가 생각하고 느끼는 방식을, 때가 되면 우리가 행동하고 지각하고 관계하는 방식도 본래의 상태로 되돌리도록 허용하십시오.

우리의 참된 자기와 분리된 자아로서 타인들과 관계하지 마십시오. 모든 사람을 우리의 참된 자기로 아십시오. 참된 자기와만 관계하십시오.

죽은 물질로 이루어진 밖의 세계와, 또는 '마음'이라 불리는 것으로 이루어진 경험의 세계와 관계하지 마십시오. 오직 우리의 참된 자기로 이루어진, 앎이라 불리는 완전히 살아 있는 실체로 이루어진 세계와만 관계하십시오.

세계를 진정 있는 그대로 대하십시오. 타인들을 진정 있는 그대로 대하십시오. 세계는 아름다움으로 반응할 것입니다. 타인들은 사랑으로 반응할 것입니다.

그것이 바로 우리가 우주를 있는 그대로 대할 때 우주에게서 받는 반응입니다.

그것은 우주가 자기 자신에게 주는 선물입니다.

우리는, 우리의 참된 자기는 평화와 행복으로 반응할 것입니다.

그것은 우리가 우리의 참된 자기에게 주는 선물입니다.

감사합니다.

17
나뉠 수 없는 하나의 실체

세 가지 가능한 경험 방식을 다시 살펴봅시다. 첫째, 분리되고 위치 지어진 자아의 입장에서, 그것과 떨어져 있는 모습과 소리의 형태로 바깥의 분리된 세계를 경험하는 것.

둘째, 모습과 소리를 정확히 똑같이 경험하되, 그것이 나타나는 바탕이자 그것을 알게 해 주는 열린, 텅 빈, 빛나는 앎의 공간으로서 경험하는 것. 셋째, 모습과 소리 그리고 앎이라는 이 두 가지(겉보기에 두 가지)의 구분이 사라지면서, 앎이 단지 목격자일 뿐만 아니라 모든 경험의 실체와 실재로 드러나도록 허용하는 것.

먼저, 우리가 의자에 앉아 있는 분리되고 고립된 조각이라고, 우리의 머릿속 어딘가에 경험을 알아차리고 소리를 듣는 앎 또는 의식의 중추가 있다고 생각하는, 더 중요하게는, 그렇게 느끼는 오래된 습관으로 돌아가 봅시다.

몸 안에 있고 몸인 내가 저 바깥에 있는, 나 자신에게서 얼마간 떨어진 저기에 있는 소리를 만나거나 듣기 위해 다가간다고 느껴 보십시오. 안에 있는 자아인 내가 내게서 떨어져 있는, 나 자신이 아닌 다른 것으로 이루어진 소리에 귀를 기울입니다. 나는 소리를 듣습니다.

그리고 이제, 아무것도 바꾸지 않은 채(소리는 이전과 정확히 똑같고) 우리는 우리의 참된 자기가 열린, 텅 빈, 빛나는 순수한 앎의 공간임을 압니다. 그것은 자기 자신을 그와 같이 압니다. 이번에 우리는 소리가 우리에게 오도록 허용합니다. 우리가 소리 쪽으로 가지 않습니다.

우리는 우리의 참된 자기 안에, 참된 자기로 존재합니다. 경험이 우리에게 옵니다. 경험이 우리에게 오지, 우리가 경험에게 가지 않습니다. 우리는 소리와 접촉하기 위해서 참된 자기를 떠나지 않습니다.

우리의 참된 자기는 자신이 아닌, 자신 밖에 있는 어떤 것(멀리서 들리는 소리 같은 것)을 만나거나 알기 위해 자기 자신을 떠나지 않습니다. 우리는 늘 있는 그대로(열린, 텅빈, 빛나는 감성으로) 있을 뿐이며, 소리가 우리에게 옵니다.

그리고 소리가 멈출 때도 우리는 정확히 있는 그대로 있습니다.

그 뒤 소리가 다시 시작되면, 소리가 우리에게 옵니다. 우리는 있는 그대로 있습니다.

그리고 이번에는 소리가 서서히 점점 더 조용해지면서 우리의 참된 자기 속으로 사라지는 것을 보십시오.

소리가 사라질 때 우리의 참된 자기 밖으로 사라지는 것이 아니라, 참된 자기 속으로 사라짐을 보십시오.

지금 흘러나오는 음악을 들어 보십시오.

이 음악은 정확히 같은 고요, 우리 자신의 고요, 아는 존재에서 나온다는 것을 보십시오. 그것은 비행기 소리와 정확히 같은 곳에서, 우리 자신의 '존재'라는 똑같은 장소 없는 장소에서 나옵니다.

그리고 소리는 사라질 때 우리의 참된 자기로 돌아갑니다.

음악이 다시 시작되면 소리는 우리의 참된 자기에서 나옵니다.

소리는 무엇으로 이루어져 있습니까?

우리의 참된 자기 안에 있는 모든 것은 우리의 참된 자기이며, 이 참된 자기에서 소리가 만들어질 수 있습니다. 이 열림, 이 허용, 이 감성, 이 텅 빈, 빛나는 앎이 참된 자기입니다.

소리는 참된 자기의 변형입니다.

그것은 음악에서 음악으로서 노래하는 당신, 나, 우리의 참된 자기, 이 빛나는 고요한 텅 빔입니다.

그것은 소리로서 노래하는 당신, 나, 우리의 참된 자기입니다.

그리고 소리가 사라지면, 우리는 우리 자신으로 남습니다.

실제로 사라지는 것은 아무것도 없습니다. 즉, 음악 소리가 나오는 동안에 존재하는 유일한 실체는 우리의 참된 자기(빛나는, 고요한, 텅 빈 앎)이며, 소리가 사라질 때도 그 실체는 사라지지 않습니다. 다시 말해, 실제로는 아무것도 사라지지 않습니다.

그리고 음악이 나타날 때 실제로는 아무것도 나타나지 않습니다. 모든 경험의 실재(빛나는, 고요한, 텅 빈 앎)는 늘 있습니다. 그것은 영원합니다.

"있는 것은 사라지지 않으며, 있지 않은 것은 생겨나지 않는다."[*]

음악이 끝나면, 끝이 없는 참된 자기의 일시적인 이름과 모습은 끝나지만, 소리의 전체 실체이며 실재인 우리 자신, 빛나는, 고요한, 텅 빈 앎은 끝나지 않습니다. 우리는 영원히 그대로 남습니다.

그 뒤 소리가 다시 시작되면, 시작이 없는 참된 자기의 새로운 일시적 이름과 모습이 나타납니다. 시작이 없는 참된 자기는 소리라는 이름과 모습을 띱니다.

소리가 커진다고 해서 우리와 더 가까워지는 것은 아닙니다. 그것은 참된 자기라는 똑같은 장소, 장소 없는 장소에 그대로 남습니다.

소리가 작아진다고 해서 우리와 더 멀어지는 것도 아닙니다. 그것은 본래 영원히 있는 곳에, 우리의 참된 자기 안에, 참된 자기로서 머무릅니다.

우리의 참된 자기(빛나는 텅 빈 앎인 진실하고 유일한 참된 자기)에게는 어떤 경험도 자기 자신으로부터 더 가깝거나 더 멀지 않습니다.

· · ·

_* 바가바드 기타 2장.

음악에 다시 귀를 기울여 보십시오. 이번에는 소리가 앎의 빛나는 텅 빈 공간에서 나타난다는 어떤 생각이나 이미지를 내려놓고, 이 순간에 알려지는 모든 것은 들음이라는 경험임을 보십시오.

심지어 '나'(순수한 앎의 빛나는 텅 빈 공간)라는 관념과, 소리가 내 안에서 나타난다는 관념도 경험 자체의 날것의 친밀함에 덧씌워진 관념이라는 것을 보십시오. 이 순간의 경험 자체는 단순히 '들음'이라고 할 수 있습니다. 하나의 이음새 없는, 친밀한, 나눌 수 없는 실체.

'여기'와 '저기', '나'와 '그것'이 둘 다 들음의 경험 안에서 하나로 담겨 있음을 보십시오.

'여기'와 '저기'는 없습니다. '나'와 '그것'도 없습니다.

'여기'가 있으면 '저기'가 있을 수밖에 없고, '저기'가 있으면 '여기'도 있을 수밖에 없습니다.

'나'가 있으면 '너' 또는 '그것'이 있을 수밖에 없고, '너' 또는 '그것'이 있으면 '나'가 있을 수밖에 없습니다.

그러나 들음이라는 날것의 경험에는 그런 것이 없습니다.

하나의 이음새 없는, 친밀한, 나뉠 수 없는 실체.

그것은 어떤 특정한 장소나 시간에 일어나지 않습니다. 그것은 이 차원 없는, 빛나는, 텅 빈 열림 안에 그저 현존할 뿐입니다.

나도 아니고 너나 그것도 아닌, 자아도 아니고 음악도 아닌, 대상이 아니고 타인이나 세상도 아닌, 하나의 이음새 없는 친밀한 실체. 우리가 그것을 무엇이라고 부르든 상관이 없습니다. 들음이라 하든, 경험이라 하든, 앎이라 하든······.

사실, 그것은 이름을 붙일 수 없는 것입니다. 사랑인 순수한 친밀함, 아름다움인 순수한 지각, 행복인 순수한 경험, 주체나 대상이 없는 순수한 앎. 하나의 이음새 없는, 친밀한, 이름 붙일 수 없는 실체. 존재하는 듯한 모든 것의 실재.

· · ·

이제 눈을 뜨고서, 그렇게 하기가 조금 꺼려지더라도, 몸 안으로 다시 수축되는 느낌을 일으켜 보십시오. 앎이 특정한 곳에 분리되어 있는 나라는 느낌을······.

지각의 장(場) 안에 있는 대상을 하나 골라서 바라보십시오. 내부의 자아로부터 바깥의 대상을 향해 나갑니다. 여기 안에서 저기 밖에 있는 대상을 보고 있는 나.

바라볼 때 일어나는 약간의 긴장을, 저기 밖에 있는 대상을 붙잡으려는 경향을 느껴 봅니다.

그리고 이제, 아무것도 바꾸지 않은 채 우리의 참된 자기가 완전히 이완된, 빛나는, 열린, 텅 빈 허용임을, 순수한 감성의 경계 없는 장임을 다시 알고 느끼면서, 대상이 우리에게 오도록 허용합니다.

붙잡으려는 힘이 미세하게 이완되는 것을 느껴 보십시오. 보이는 모습, 대상이 완전히 이완된 열림 안에서 일어남을 느껴 보십시오.

대상이 우리에게 옵니다. 우리가 그것으로 가지 않습니다.

봄은 들음만큼 쉽지 않습니다. 우리가 들음부터 시작한 것은 이 때문입니다.

이제, 우리의 경험 안에서 이 두 가지 경험 방식 사이를 왔다 갔다 해 봅니다. 우리 자신을 몸으로서, 몸 안에 있는, 분리된 '보는 자'로 위치 지으며, 보이는 것을 향해 밖으로 나가 봅니다.

그 뒤 바라보는 대상을 바꾸지 않은 채, 우리 자신을 순수한 열림, 순수한 감성, 텅 빈 앎으로 알면서, 대상이 우리에게 오도록 허용합니다.

이제, 대상이 그 안에서 나타나는 경계 없는, 열린, 텅 빈, 앎의 공간이라는 개념이나 이미지, 느낌을 내려놓고, 이 순간 우리가 대상에 관해 아는 것은 오직 봄이라는 경험뿐임을 분명히 이해하십시오. 더는 특정한 대상에 눈길을 고정할 필요가 없습니다. 지각의 전체 장(場)을 보십시오.

오직 봄만을 아십시오.

봄은 특정한 곳에서 일어나지 않음을 아십시오. 우리가 특정한 곳에 관해 아는 것은 오직 그 자체가 봄이라는 경험으로 이루어져 있다는 것뿐입니다.

당신의 경험에서 봄의 전체 장은 그것을 아는 앎으로 가득함을 이해하십시오.

가까이 있는 듯한 것을 바라본 뒤, 멀리 있는 듯한 것을 바라보십시오. 그것들은 모두 봄으로 이루어져 있으며, 봄은 그것을 아는 앎으로만 이루어져 있습니다.

우리가 그 앎입니다. 우리는 봄의 전체 장에 가득합니다.

보는 자가 되지 말고, 봄으로 존재하십시오.

보는 자가 된다는 것은 어떤 곳에 있는 어떤 사람이 된다는 것입니다. 봄으로 존재한다는 것은 모든 곳에 있는 '아무도 아닌 존재'로 있는 것입니다.

자신은 봄의 장(場) 속 한구석에 있는 하나의 대상, 하나의 몸이 아니라, 봄의 경험임을 아십시오. 봄의 전체 장은 우리의 참된 자기로 가득하며, 앎 또는 경험으로 가득합니다.

• • •

이제 서서히 들음과 봄을 연결합니다. 그것은 들음과 봄이 아닙니다. 들음봄입니다. 한 단어입니다. 들음봄은 그것을 아는 앎으로 가득하며, 사실은 앎으로 이루어져 있습니다. 들음봄에는 경험 또는 앎 말고는 어떤 실체도 없습니다.

그리고 이제는 생각함을 더해 들음봄생각함입니다. 한 단어이며, 모두 똑같은 장소 없는 장소에서 일어납니다. 사실, 그것은 어느 장소에서 일어나는 것이 아니며, 모든 장소는 봄생각함으로 이루어져 있습니다.

이제는 우리가 '몸'이라고 불렀던 감각함을 더해 봄들음생각함감각
함입니다. 모두 한 단어입니다. 텅 빈 앎으로 이루어진, 순수한 경험
함으로 이루어진······.

이제 상상함을 더해 봄들음생각함감각함상상함입니다. 모두 한 단
어입니다.

이제 더는 이런 단어를 덧붙일 필요가 없습니다. 그 모든 것을 그
냥 한 단어로 부릅시다. '경험함'이라고.

우리는 경험함이 아닌 어떤 것을 발견할 수 있습니까? 당신의 상
상 속에서, 생각 속에서, 지각 속에서 어디든 가고 싶은 곳으로 가 보
십시오. 경험함이 아닌 다른 것을 만나거나 접촉할 수 있습니까?

그리고 우리가 만약 경험함이 아닌 어떤 것을 만나거나 안다면, 그
'우리'는 누구입니까?

우리는 경험을 아는 '분리된 아는 자'가 아닙니다. 우리는 빛나는
텅 빈 앎이며, 경험될 수 있는 것은 그것이 전부입니다.

경험은 이름과 모양은 항상 변하지만 본질은 절대로 변하지 않는, 하나의 단일한, 이음새 없는, 친밀한 실체입니다. 그것을 아는 앎으로 가득한, 그것을 아는 앎으로 이루어진……

사실, 경험은 그것을 아는 앎으로 가득한 것이 아닙니다. 그것이 바로 그것을 아는 앎 자체입니다. 사실은 심지어 '그것을' 아는 앎조차 아닙니다. 우리는 결코 '그것'을 발견할 수 없습니다.

단지 경험함을 경험하는 경험함이 있을 뿐입니다. 앎을 아는 앎이 있을 뿐입니다.

우리의 참된 자기(유일한 참된 존재)는 자기 자신이고, 자기 자신만을 알고, 자기 자신만을 사랑합니다.

감사합니다.

18
참된 명상은 끝나지 않습니다

분리의 느낌은 두 가지 형태로 나타납니다. 하나는 마음의 믿음으로, 다른 하나는 몸의 느낌으로……

대다수 영적 가르침에서 주로 주목하는 것은 우리의 생각과 믿음 속에서 살고 있는 분리된 자아인데, 이것은 상대적으로 작은 부분입니다. 분리된 자아의 훨씬 큰 부분은 몸의 느낌으로 경험됩니다. 그러나 이런 느낌은 물에 잠긴 빙산의 일각처럼 보통은 보이지 않습니다.

우리의 본성인 순수한 앎은 일시적이지 않으며 한정되어 있지 않음을 머리로는 분명히 이해해도, 그 뒤로 오랫동안 자신이 여전히 분리되어 있다고 계속 느끼는 것은 그 때문입니다.

예를 들어, 만약 제가 여러분에게 우리가 늘 현존하며 한정되지 않은 앎임을 아느냐고 묻는다면, 우리 중 다수가 안다고 대답할 것입니다. 그렇지만 만일 제가 여러분 자신이 이 방에 걸어 들어와 의자에 앉아 있다고 느끼는지 물어보면, 우리 중 다수가 역시 그렇다고 대답할 것입니다.

우리는 자신이 늘 현존하며 한정되지 않은 앎임을 알지만, 자신이 몸이라고 느낍니다.

많은 사람이 혼란을 경험하는 이유는 우리가 아는 것과 느끼는 것이 일치하지 않기 때문입니다. "나는 이제 거의 모든 것을 이해하게 되었는데, 왜 아직도 뭔가 빠져 있는 것 같지?"

그것은 몸의 수준에서 분리감이라는 더 깊은 측면이 충분히 탐구되어 드러나지 않았고, 그로 인해 그 느낌이 배후에서 생각, 느낌, 행위, 관계에 계속 영향을 미치기 때문입니다.

그래서 우리는 이 명상에서 때때로 자신이 열린, 텅 빈, 빛나는 앎의 공간 또는 순수한 앎의 빛임을 알아차리면서 그렇게 머뭅니다. 그리고 어떤 때는 더 적극적으로 접근하면서 몸을 탐구하고, 몸에 숨어 있는 분리의 느낌을 드러내며, 그런 느낌이 우리의 이해와 일치하도록 재조정합니다.

우리의 이해가 우리가 살고 느끼는 경험에 정말로 자리 잡게 하는 것은 이러한 몸의 재조정이며, 그것은 우리의 행위와 관계에서 서서히 표현되기 시작합니다.

• • •

몸의 경험이 당신에게 알려지도록, 당신에게, 즉 열리고 텅 빈 빛나는 앎의 공간에게 자신을 보여 주도록 허용하십시오.

무엇보다도, 몸의 실제 경험이 지금 이 순간 무엇으로 이루어져 있는지 자신에게 물어보십시오.

생각, 이미지, 기억을 참고하지 말고, 몸의 실제 직접 경험을 참고하십시오.

눈을 감고 있다면, 몸에 대한 우리의 경험은 오직 지금 일어나는 감각뿐입니다. 사실, 생각이나 기억을 참고하지 않는다면, 우리는 지금 일어나는 감각이 '몸'이라고 불리는 것인지도 알지 못합니다.

막 태어난 갓난아기는 감각을 경험하지만, 생각이나 기억을 참고할 수 없으므로 그런 감각들이 '몸'이라고 불리는 것인지를 전혀 모릅니다. 그것은 단지 이름 붙일 수 없는 날것의 감각일 뿐입니다.

그러므로 생각과 이미지는 한쪽에 내려놓고, 갓난아기처럼 되십시오. 우리에게는 참고할 과거도, 지금 일어나는 경험과 비교할 이전의 경험도 없습니다.

지금 일어나는 감각에 분명하게 구분되는 일정한 형태가 있는지 자신에게 물어보십시오. 그것은 테두리나 경계, 윤곽이 있습니까? 실제로 보고 경험으로 판단하십시오. 이것에 대해 생각하지 마십시오.

감각이 끝나는 지점과, 감각이 나타나는 바탕인 앎의 공간이 시작되는 지점을 찾을 수 있습니까?

이 감각을 종이에 그린다면, 그림에는 어떤 선들이 있겠습니까? 아니면, 그것은 단지 점들의 작은 다발이겠습니까?

지금 일어나는 감각은 몇 살입니까? 30세, 50세, 70세?

생각을 참고하지 않는다면, 어떤 것의 나이를 어떻게 알 수 있을까요?

지금 일어나는 감각에 성별이나 국적이 있습니까?

과거나 미래, 운명이 있습니까?

그것은 나이가 듭니까? 감각이 어떻게 나이 들 수 있을까요?

지금 의자에 앉아 있는 것은 이 감각입니까? 갓난아기가 의자에 대해 무엇을 알거나 경험할 수 있을까요?

생각은 몸이 의자에 앉아 있다고 말하지만, '의자에 앉아 있는 것'에 관한 우리의 유일한 경험은 그 자체가 감각입니다. 이른바 몸이 이른바 의자와 만나는 경험으로 가 보십시오. 그것은 단지 감각입니다.

그것은 하나의 감각입니까, 아니면 두 개의 감각입니까? 이 경험에서 분명하게 구별되는 두 가지 대상을 발견할 수 있습니까? 그것은 분명히 단지 하나의 따끔거리는, 진동하는, 일정한 모양이 없는 감각입니다. 그렇다면 그것은 몸입니까, 아니면 의자입니까? '나'입니까, 아니면 '나 아닌 것'입니까? '몸'이라면 '나'이며, '의자'라면 '나 아닌 것'입니다. 하지만 그것은 오직 하나의 감각입니다. 그것은 어떤 것입니까?

이것에 대해 생각하지 마십시오. 단지 날것의 감각, 순수한 경험.

이 감각에 무게가 있습니까? 무게에 관한 우리의 유일한 경험은 그 자체로 감각입니다. 그 감각은 얼마나 무겁습니까?

그것에는 아무런 무게도 없다는 것을 보십시오. 감각에는 무게가 없습니다. 그것은 앎의 텅 빈 공간에 무게 없이 떠 있는, 단지 따끔거리는, 진동하는, 일정한 모양이 없는 감각입니다.

감각이 조밀하거나 단단합니까? 아니면, 그것은 텅 빈 백지에 떠 있는 작은 점들처럼 이 텅 빈, 아는 공간에 떠 있는 진동하는 에너지의 다발입니까?

우리는 몸에 새로운 해석을 더하는 것이 아닙니다. 오래된 해석이 떨어져 나가게 할 뿐입니다. 우리는 몸을 이전까지 믿었던 대로가 아니라, 있는 그대로 경험하고 있습니다. 열린, 텅 빈, 빛나는 순수한 앎의 공간에 무게 없이 떠 있는, 진동하는 감각의 부드럽게 흐르는, 떨리는, 일정한 모양이 없는 다발로…….

이런 일이 일어나게 하려 애쓰지 마십시오. 이미 그러함을 보십시오.

· · ·

이제, 호흡의 경험으로 가 봅시다.

길고 깊게 숨을 쉬십시오. 깊이 잠든 아기처럼 숨을 쉬십시오.

이제, 숨이 코로 들고 난다고 느끼는 대신, 숨이 온몸의 표면으로 들고 난다고 시각화하면서 느껴 봅니다.

그것은 마치 몸이 하나의 거대한 유기체이며, 숨은 온몸의 피부막 표면에 스며들고 나오는 것과 같습니다. 이것에 대해 생각하지 마십시오. 그저 온전히 느끼면서 시각화해 보십시오.

이제, 호흡이 이 감각에서 시작된다고 느끼는 대신, 감각 전체를 둘러싼 공간에서 시작된다고 느껴 보십시오.

숨 쉬는 것, 숨이 온몸의 표면에 스며들게 하는 것은 공간입니다.

앞에 있는 공간뿐만 아니라 몸의 뒤와 아래, 양옆과 위의 공간도 반드시 포함시키십시오.

숨은 이 공간에서 시작되고 이 공간으로부터 몸에 스며드는데, 이 공간은 죽은 공간이 아님을 느껴 보십시오. '죽은 공간'이라고 불리는 것과 접촉한 사람은 아무도 없습니다. '몸'이라 불리는 감각은 살아 있는, 아는 공간에서 나타납니다.

숨이 이 살아 있는, 텅 빈, 아는 공간으로 이루어져 있으며, 몸 전체의 표면으로 스며든다고 시각화하며 느껴 보십시오. 그리고 사실, 우리가 이 감각의 표면을 실제로 발견할 수는 없다는 것을 분명히 보십시오.

이 일정한 모양이 없는, 진동하는, 경계 없는 감각에 텅 빈 아는 공간으로 이루어진 숨이 가득 스며들어 있다고 느껴 보십시오. 구름에 스며들고 나오는 텅 빈 하늘처럼.

그리고 살아 있는, 텅 빈, 아는 공간으로 이루어진 호흡이 감각으로 흘러들 때마다, 몸의 밀도가 일부 없어진다고 느껴 보십시오. 그리고 호흡이 온몸의 표면 밖으로 흘러나가는 동안, 마치 구름이 하늘로 서서히 증발하듯이 몸의 밀도, 감각의 밀도가 사라지며 열린, 텅 빈, 아는 공간으로 사라진다고 느껴 보십시오.

숨을 들이쉴 때, 하늘이 구름의 표면 전체로 스며들듯이, 숨은 감각을 관통하며 밀도의 잔여물과 '나'라는 생각이 사라지게 합니다.

그리고 숨을 내쉴 때, 감각은 확장되고 아는 공간으로 사라집니다.

숨을 들이쉬고 내쉴 때마다 이 두 가지 실체(순수한, 열린, 텅 빈 앎으로 이루어진 숨, 그리고 일정한 모양이 없는, 진동하는, 경계 없는 감각으로 이루어진 몸)의 구별이 점점 더 모호해짐을 느껴 보십시오.

마치 이른 아침의 엷은 안개가 알아보지 못할 만큼 서서히 하늘의 빈 공간으로 사라지듯이, 숨을 들이쉴 때마다 공간이 감각으로 스며들고 숨을 내쉴 때마다 흘러나가면서 서서히 감각이 텅 빈, 아는 공간의 성질을 띠는 것을 시각화하고 느껴 보십시오.

무지할 때, 즉 경험의 실재를 간과하거나 무시할 때, 우리의 본성인 순수한 텅 빈 앎은 일시적이며 제한된 단단한 몸에 속하는 성질들을 띠는 것처럼 보이며, 그래서 나는 몸이 되는 것처럼 보입니다.

바르게 이해할 때, 몸은 참된 자기에 속하는 성질을 띠게 됩니다. 순수한 앎의 빛나는, 텅 빈, 열린, 무한한 공간이라는 참된 자기의 성질을……

무지할 때 나, 순수한 앎은 몸이 되는 것처럼 보입니다. 바르게 이해할 때는 몸이 내가 됩니다.

몸은 나인 것이 됩니다. 나는 그것이 되지 않습니다. 더 정확히 말하면, 몸은 영원히 나인 것이며, 늘 그랬다는 것을 깨닫게 됩니다. 나는 그래 보이는 것이 되지 않음을 깨닫게 됩니다.

• • •

점진적으로, 단단함, 밀도, 한계, 위치(몸으로서의 나를 이루는 것들)의 느낌이 퍼지면서 참된 '나'(순수한 앎의 빛나는, 텅 빈, 경계 없는 공간) 안에서 사라집니다.

몸이 빛나는 텅 빈 앎에 떠 있는 엷은 안개의 엷은 베일처럼 느껴질 때까지 깊이 잠든 아기처럼 계속 숨을 쉬십시오. 몸이 텅 빈 앎 속에 떠 있는, 그 앎이 가득 스며 있는, 진동하는 감각의 잔물결처럼 느껴질 때까지.

감각은 그것을 아는 앎으로 이루어져 있습니다. 앎은 감각으로 이루어져 있지 않습니다.

몸은 순수한 앎인 나로 이루어져 있습니다. 나는 몸으로 이루어져 있지 않습니다.

그리고 이 따끔거리는, 일정한 모양이 없는, 진동하는, 엷은 안개 같은 베일의 감각은 이 텅 빈, 아는 공간으로 퍼지고 이 공간으로 가득해지면서, 이 두 가지 실체(감각함과 그것을 아는 앎)의 구분이 점점 더 희미해진다는 것을 보십시오.

사실, 우리는 이 두 가지 실체(하나는 감각, 다른 하나는 그것을 아는 앎)를 발견할 수 있습니까? 아니면, 감각이라는 경험은 순수한 앎의 공간에서 나타나고 그것에 의해 알려질 뿐만 아니라, 실제 그것으로 이루어져 있지 않습니까? 마치 엷은 안개가 하늘에서 나타날 뿐만 아니라 하늘로 이루어져 있듯이?

감각이 이 빛나는, 텅 빈, 투명한 앎으로 이루어져 있음을 보십시오. 그것이 몸의 참된 실체입니다.

'몸'이라 불리는 감각 자체는 그것이 나타나는 바탕인 텅 빔으로 이루어져 있음을 느껴 보십시오.

텅 빔은 텅 빔 안에 떠 있습니다.

텅 빔은 텅 빔을 통해서 움직이고 흐릅니다.

• • •

이제, 감각에 대한 집중을 멈추고 경험의 전체 스펙트럼을 있는 그대로 두십시오. 지금 어떤 소리가 있든 그것을 포함하십시오. 이 소리들은 감각이 나타나는 것과 똑같은 순수한 앎의 공간에 나타나며, 감각과 똑같은 실체로 이루어져 있지 않습니까?

소리에 대한 우리의 유일한 경험은 듣는 경험입니다. 그리고 듣는 경험에 관해 우리가 아는 것은 오직 그것을 아는 앎뿐입니다.

이 앎을 아는 것은 무엇입니까? 그것은 자기 자신이 아닌 다른 것에 의해 알려집니까? 아닙니다! 그것이 자기 자신을 압니다.

'나의 몸'이라고 불리는 구름 같은 감각이 순수한 앎의 빛나는 텅 빈 공간에 나타나고 그것에 의해 알려질 뿐만 아니라 그것으로 이루어져 있음을 우리가 발견했듯이, 듣는 경험도 똑같은 빛나는 텅 빈 앎으로 이루어져 있습니다.

감각하고 듣는 경험은 둘 다 같은 실체로 이루어져 있습니다. 단지, 말하자면 다른 진동수로 진동할 뿐입니다.

그것들은 하나의 실체의 다른 변형입니다. 우리의 참된 자기인, 빛나는 텅 빈 앎의 다른 변형들.

생각과 느낌을 있는 그대로 두십시오.

생각에 대해 우리가 아는 것은 오직 생각함이라는 경험뿐이며, 생각함에 대해 우리가 아는 것은 오직 그것을 아는 앎뿐입니다.

그리고 이 앎을 아는 것은 앎입니다.

경험을 조작할 필요는 없습니다. 경험을 그대로 두십시오.

경험에 대해 우리가 아는 것은 오직 그것을 아는 앎뿐이며, 우리가 그 앎입니다.

우리가 알고 경험하고 감촉하는 모든 것은 참된 자기(순수한 앎의 빛나는, 텅 빈, 투명한 실체)의 변형입니다. 참된 자기가 생각하는 형태로 자신을 변형하면, 그것은 마음이 되는 것처럼 보입니다. 감각하는 형태로 자신을 변형하면, 그것은 몸이 되는 것처럼 보입니다. 보고 듣고 감촉하고 맛보고 냄새 맡는 형태로 자신을 변형하면, 그것은 세계가 되는 것처럼 보입니다. 그러나 실제로는 자기 자신 외의 다른 것이 아니며, 다른 것이 되지도, 다른 것을 알지도 못합니다.

이 빛나는 텅 빈 앎이 경험의 핵심입니다.

당신의 참된 자기가 자신을 온갖 형태의 경험(생각함, 느낌, 감각함, 지각함)으로 변형하는 것을 즐겁게 지켜보되, 자신을 어떤 특정한 형태로 여기지는 마십시오.

모든 이름과 모양은 참된 자기(빛나는 텅 빈 앎)의 변형입니다. 그러나 참된 자기는 어떤 이름도 모양도 없습니다.

어떤 경험도 우리를 터치하지 못합니다. 그러나 우리는 모든 경험을 친밀하게 터치합니다.

$$\bullet \ \bullet \ \bullet$$

이제, 눈을 뜨되 2밀리 정도만 뜨십시오.

밖의 세계가 존재한다고 믿도록 생각이 당신을 설득하도록 놓아두지 마십시오.

이 빛나는 텅 빈 앎이 이제 자기를 봄의 형태로 변형하는 것을 이해하고 느껴 보십시오. 여기에는 이 앎 말고는 어떤 실체도 존재하지 않습니다. 어떤 새로운 실체나 대상도 생겨나지 않습니다.

있는 것(빛나는 텅 빈 앎)은 절대로 사라지지 않습니다. 없는 것(바깥의 대상, 타자, 세계)은 절대로 생겨나지 않습니다.

오직 우리의 참된 자기, 투명한 텅 빈 앎이 있을 뿐이며, 그것은 봄의 형태로 자신을 변형하지만 자기 자신만을 알며 자기 자신일 뿐입니다.

만약 바깥의 세계가 생겨나는 것처럼 보인다면, 다시 눈을 감고,

우리가 알거나 접촉하는 모든 것은 순수한 앎이라는 것을 우리의 경험에서 확립해 보십시오.

이 앎과 함께 머무르십시오. 오직 이 앎으로 존재하십시오. 오직 이 앎을 아십시오.

이제, 다시 아주 조금만 눈을 뜹니다. 그리고 봄은 늘 현존하는 실체의 새로운 변형이며, 이름 없고 모양 없는 참된 자기의 새로운 이름과 모양일 뿐임을 이해하고 느껴 봅니다.

이제는 눈을 다 뜹니다. 앎은 그대로 남습니다. 우리가 동의하지 않으면, 어떤 것도 우리가 이 앎이 아닌 다른 것이 되도록 강요하지 않습니다.

우리는 이 앎을 얼마든지 자유롭게 간과할 수 있으며, 그렇게 되면 우리가 세계 안에서 움직이는 몸과 마음이라고 상상하게 됩니다. 이 앎은 아주 협조적이라서 저항하지 않습니다.

그러나 우리는 똑같이 자유롭게 이 앎으로 있을 수 있습니다. 아무것도 그것을 가리지 않습니다. 아무것도 참된 자기를 가리지 못합니다.

이 앎은 한 시간 전에 시작되지 않았고, 2분 후에 끝나지도 않을 것입니다. 카멜레온이 몸의 색깔을 바꾸지만 본질은 언제나 그대로이듯이, 앎은 단지 새로운 이름과 모양을 띨 뿐입니다.

자기 안에서 진동하는, 빛나는 텅 빈 앎은 새롭게 변형된 모습으로 나타납니다. 이름과 모양은 늘 변하지만, 본질은 전혀 변하지 않습니다.

그리고 이른바 몸이 움직이기 시작할 때, 이 진동하는 투명한 감각은 이제 막 새로운 방식으로 움직이고 흐르기 시작합니다.

나 자신인 투명한 텅 빈 앎은 일어나서 이 방을 걸어 나가지 않습니다. 나는 늘 있는 자리에, 나 자신의 영원하며 차원 없는 '존재' 안에 그대로 있을 것입니다. 생각함, 느낌, 감각함, 봄, 들음, 감촉함, 맛봄, 냄새 맡음이라는 이름과 모습으로 참된 자기를 변형하면서……. 그리고 생각은 거기에 '몸', '방', '사람들', '아침밥', '커피' 등등 이름표를 붙일 것입니다.

하지만 그 모든 것은 단지 나의 참된 자기일 뿐이며, 절대로 변하지 않는 내 참된 자기의 늘 변하는 모습일 뿐입니다. 이 빛나는 텅 빈 앎은 자기 안에서 춤을 추고 수없이 다양한 이름과 모습으로 나타나지만, 자기 자신 외의 다른 것이 아니고, 다른 것이 되지도 않으며, 다른 것을 알지도 못합니다.

참된 명상은 끝나지 않습니다.

감사합니다.

19
세계를 들이쉬고 내쉬십시오

경험 속에서 우리 자신을 잃어버릴 때마다(생각, 느낌, 감각과 지각 속에서 자신을 잃어버릴 때마다) 우리는 빛나는 텅 빈 앎이라는 경험의 한가운데로 돌아갈 수 있습니다. 모든 경험은 그 앎 안에서 일어나며, 그것에 의해 알려지며, 그것으로 이루어집니다.

우리는 간단한 두 단계로 경험의 한가운데로 돌아갈 수 있습니다. 알려지는 것에서 아는 자로, 그리고 아는 자에서 순수한 앎으로.

'알려지는 것'(생각, 느낌, 감각과 지각)에서 '아는 자'로. 아는 자는 이 것들을 아는 그것이며, 모든 경험의 배경에서 방해받지 않고 목격하는 앎의 현존입니다.

그다음에는 '아는 자'에서 '순수한 앎'으로. 알려지는 것과 아는 자의 구분은 순수한 앎 안에서 사라지며, 더 정확히 말하면, 그것이 존재하지 않음을 알게 됩니다.

이 앎이 우리가 알고 접촉하는 모든 것이며, 앎을 아는 것은 앎 자체라는 이해가 우리의 경험에서 확립되면, 우리는 앎이 생각함, 감각함, 지각함의 형태로 자기를 변형하고, 그로 인해 몸, 마음, 세계가 되는 것처럼 보이는 방식을 지켜봅니다.

그렇지만 이번에는 몸, 마음, 세계를 경험하면서도 순수한 앎과의 접촉을 잃어버리지 않습니다. 우리는 수없이 다양한 경험으로 자기를 변형하는 순수한 앎만을 압니다.

우리는 대상을 대상으로, 타인을 타인으로 알지 않습니다. 이 빛나는 텅 빈 앎만을 압니다. 앎은 자기 자신만을 알 뿐입니다.

그것은 숨을 들이쉬고 내쉬는 것과 같습니다. 숨을 들이쉬면서 우리는 '알려지는 것'에서 '아는 자'로 가고, '아는 자'에서 '순수한 앎'의 빛으로 가며, 그 안에서 세계가 접힙니다. 그리고 내쉬면서 순수한 앎의 빛은 세계를 다시 내보냅니다.

우리는 다시 숨을 들이쉬고, 세계는 우리의 '존재' 안으로 접힙니다. 숨을 내쉬면서 세계는 다시 모습을 갖춥니다.

이러한 과정은 우리가 밤에 깊이 잠들 때마다 그리고 아침에 깨어날 때마다 행해집니다. 밤에는 우리의 참된 자기 안으로 세계가 접히며, 아침에는 거미가 거미집을 짜듯이 참된 자기가 세계를 다시 내놓습니다.

그것은 또한 지각이 일어나고 사라질 때마다 행해집니다.

· · ·

눈을
뜰 때마다
나는 세계가
모습을 취하도록
초대하며
세계가
모습을 취할 때마다
나는
손을 내밀어
자기에게 들어오라고
나를 부르는
날것의
벌거벗은

세계를

눈 뜨고

보도록

초대받습니다

그 세계에서

나는

모든 것의 투명함 속으로

들어가

나 자신이 투명함을

발견하며

그 가장자리에 서서

어둡고 고요한 연못을

내려다보고

들여다보는데

그 안에 세계가

고이 안겨 있고

나는 모든 것과 함께

고이 안겨 있으며

나 자신 안에

모든 것을

품고 있습니다

나는 세상에 있는

어떤 것이 아니지만

이것

여기

봄이며

그 안에서

세계가

열리면서

초대하고

자기를 제공하며

그것은 보일 때마다

죽고

죽으면서

다시 손을 내밀어

받아들여 달라고 요청하며

내가 그것을 받아들일 때마다

나도 죽고

죽으면서

이것

여기

봄으로 알려집니다

눈을 뜰 때마다

• • •

당신의 삶이 이렇게 들이쉬고 내쉬는 숨의 흐름이 되게 하십시오. 수없이 다양한 이름과 모습으로부터 경험의 한가운데로 계속 돌아오고 돌아오면서.

숨을 들이쉬고(모든 경험이 담겨 있는 자기 '존재'의 친밀함으로 돌아가고), 거기에서 잠시 멈춘 뒤, 다시 몸, 마음, 세계를 내쉽니다.

첫 단계('알려지는 것'에서 '아는 자'로)에서 우리는 스크린과 이미지를 구별합니다. 우리는 대상의 많음, 다양성과 대비되는 열린, 텅 빈, 빛나는 앎의 공간을 압니다. 그리고 우리는 자신이 그 아는 자, 모든 경험의 목격자, 순수한 앎임을 압니다.

다음 단계에서는 앎과 대상의 외견상 구분이 사라지고, 우리는 오직 순수한 앎만을 압니다. 그것은 오직 자기 자신만을 압니다.

이 앎이 자기를 몸, 마음, 세계의 모습으로 내쉴 때, 당신의 마음이 이 모습들로 가도록 허용하되, 가슴은 순수한 앎과 함께 머무르도록 허용하십시오.

삶에서 유일하게 안전한 곳은 자신이 이 앎임을 아는 것입니다. 그

곳에서는 그 무엇도 우리를 터치하지 못하지만, 우리는 그곳에서 모든 것을 친밀하게 터치합니다.

모든 경험의 한가운데에서 사는 순수한 앎의 빛으로서, 모든 경험의 한가운데로서 우리는 완전히 민감하면서도, 동시에 해를 입을 수 없습니다.

우리는 완전히 텅 비어 있으면서, 동시에 가득한 경험을 이루는 실체입니다.

당신의 참된 자기(빛나는 텅 빈 앎)가 자신을 사랑의 형태로 변형하는 것을 지켜보되, 생각이 사랑을 사랑하는 자와 사랑받는 자로, 자기와 타인으로 나누도록 허용하지 마십시오.

당신의 참된 자기가 자신을 지각의 형태(봄, 들음, 만짐, 맛봄, 냄새 맡음)로 변형하는 것을 지켜보되, 생각이 지각을 지각하는 자와 지각되는 것으로, 안의 자아와 밖의 세계로 나누도록 허용하지 마십시오.

'존재'로만 있으십시오. 앎만을 아십시오. 사랑만을 사랑하십시오.

· · ·

존재, 앎, 느낌.

존재 – '있는' '나'가 아닌, 그저 순수한 '있음' – 삿(Sat).

앎 – 알려지는 것을 아는 '아는 자'가 아닌, 그저 순수한 앎 – 칫 (Chit).

느낌 – 어떤 다른 것을 좋아하거나 싫어하는 '느끼는 자'가 아닌, 그저 순수한 느낌 – 아난다(Ananda).

삿 칫 아난다.

오직 이 앎으로 존재하는 것이 행복입니다.

앎의 존재 또는 존재의 앎이 행복 자체입니다.

우리가 갈망해 온 모든 평화, 행복, 사랑은 우리 자신의 늘 현존하는 '존재'의 친밀함과 깊이에 있습니다.

그것은 경험의 배경에서 발견될 수 없습니다(처음에는 거기에 있는 것으로 인식될 수 있지만). 그보다는 모든 경험의 한가운데에 있습니다.

자신이 이 빛나는 텅 빈 앎임을 알고 그 앎으로 존재하면서, 모든 사람, 모든 것을 그것으로 알면서 관계하십시오.

감사합니다.

20
모든 호흡은 우주의 것입니다

호흡의 경험으로 가서, 지금 깊이 잠들어 있을 때처럼 숨을 쉽니다. 천천히 길고 깊고 자연스럽게 숨을 쉽니다.

당신은 깊이 잠들어 있으나 감각들은 활짝 깨어 있다고 느껴 봅니다.

내쉬는 숨이 끝나는 지점에 특별히 주의를 기울이십시오. 내쉬는 숨이 서서히 줄어 텅 빈 속으로 사라지게 하고, 다음번 숨을 들이쉬기 전에 몇 초간 멈춥니다. 그리고 다시, 들이쉬는 숨이 끝나면, 숨을 내쉬기 전에 잠시 멈춥니다.

숨이 죽어 침묵으로 돌아가고, 다시 그 침묵에서 나와 자라도록 허용하십시오. 숨이 죽어 돌아가고 다시 나오는 곳인 침묵이 모든 숨에 스며 있고 가득합니다.

숨이 단지 콧구멍을 통해서만이 아니라, 몸 전체 표면으로 흘러들고 흘러나감을 느껴 보십시오, 우리는 피부가 구멍이 숭숭 뚫린 모슬린 천과 같고, 들이쉬고 내쉬는 숨은 피부 전체의 표면을 통해 스며들고 나온다고 느낍니다.

그리고 몸에 들어온 숨은 몸의 모든 미세한 부분까지 스며듭니다. 몸의 모든 세포에 숨이 들어와서 가득 퍼지는 모습을 시각화하며 느껴 보십시오.

숨이 몸 밖의 공간에서 시작된다고 시각화하며 느껴 봅니다. 숨을 쉬는 것은 몸을 둘러싼 공간입니다.

당신이 우주 안에서 숨을 쉬는 것이 아니라, 우주가 당신 안에서 숨을 쉽니다.

몸 앞의 공간을 시각화하고, 숨이 그 공간에서 시작되어, 몸의 앞면 전체를 통해 몸으로 스며든다고 느껴 보십시오. 몸의 앞면 전체에 작은 구멍이 수없이 많아서 그 구멍으로 스며든다고 느껴 봅니다. 그것에 대해 생각하지 마십시오. 당신의 느낌-상상을 이용하십시오. 단지 들숨과 날숨이 몸 앞의 공간에서 일어나며, 앞면 전체에 걸쳐 몸에 스며드는 것을 시각화하고 느껴 봅니다.

천천히 길고 자연스럽게 호흡합니다.

만약 오랜 습관이 호흡의 기원을 몸 안으로 잡아당긴다면, 그것을 부드럽게 꺼내 다시 앞의 공간으로 데려오십시오.

이제 몸의 왼쪽 공간을 시각화하며 느껴 봅니다. 그리고 숨이 그 공간에서 시작하여, 작은 구멍이 수없이 많은 몸 왼쪽 전체를 통해 몸에 스며들고, 몸을 채우며, 다시 그 공간으로 흘러나온다고 느껴 보십시오.

이제는 오른쪽으로 그렇게 합니다.

그리고 이제 몸 뒤의 공간을 시각화하며 느껴 보십시오. 숨이 그 공간에서 시작하여, 몸 뒤쪽 표면 전체를 통해 몸에 스며들고, 침투하며, 몸을 가득 채운 뒤, 뒤쪽의 공간으로 흘러나간다고 느껴 봅니다.

몸의 모든 감각 기관이 앞쪽에 있어서 우리는 앞을 향하는 데 더 익숙합니다. 그래서 때로는 몸의 뒤쪽 공간을 느끼는 데 좀 더 저항감이 있을 수 있습니다. 그렇지만 부드럽게 자신의 뒤쪽 공간을 계속 느끼면서, 숨이 그 공간에서 일어난다고 느껴 봅니다.

그리고 이제는 머리 위, 몸 위의 공간을 느껴 봅니다. 숨은 그 공간에서 몸으로 내려와 흘러들고, 몸을 가득 채운 뒤, 몸 밖으로 나가 증발합니다.

이제 몸 아래의 공간을 느껴 봅니다. 때로는 몸 아래의 공간을 느끼기가 더 어려울 수 있습니다. 우리는 보통 단단하고 밀도 있는 땅의 이미지를 아래로 투사하기 때문입니다. 그러나 우리가 눈을 감으면 실제로는 단단하고 밀도 있는 땅을 경험하지 않습니다. 사실은 눈을 뜨고 있을 때도 그런 경험을 할 수 없습니다.

몸 아래의 광대하고 텅 빈 공간을 상상해 보십시오. 그리고 숨이 거기에서 시작해 몸으로 사라지며, 자신의 실체를 몸에 불어넣은 뒤, 다시 그 공간으로 흘러나온다고 시각화하며 느껴 봅니다.

이제는 공간을 나누지 말고, 숨이 마치 몸을 둘러싼 구체나 자궁처럼 몸의 모든 주위에서, 위와 아래에서 일어난다고 상상하십시오. 숨은 전체 표면을 통해 몸에 스며들어 가득 채우며 확산된 뒤, 주위 공간으로 흘러나옵니다.

· · ·

이제 들이쉴 때마다 숨이 몸에 스며들어 몸이 조금 확대된다고, 그리고 내쉴 때도 그대로 확대되어 있다고 시각화하고 느껴 봅니다. 몸은 원래의 모양이나 크기로 돌아가지 않고 있습니다. 그 뒤, 다음에 숨을 들이쉴 때 몸은 좀 더 확대됩니다.

당신의 몸이 사방으로 2미터쯤 확대된다고 시각화하며 느껴 봅니다. 뒤와 아래의 공간을 잊지 말고 꼭 포함하십시오.

생각할 것은 없습니다. 오직 시각화하며 느끼기만 하십시오.

천천히 길고 자연스럽게 숨을 쉬되, 들숨과 날숨이 끝날 때마다 침묵으로, 텅 빔으로 돌아가 하나 되십시오.

이제 몸은 부풀어 오른 풍선처럼 사방으로 4미터쯤 확대되며, 몸이 확대되면서 스며들 수 있는 피부의 막이 점점 더 얇아집니다.

몸이 이 방의 벽을 넘어서 사방으로, 모든 주위 공간으로 계속 확대되게 합니다. 숨이 몸을 사방으로, 텅 빈 공간으로 확대하는 것을 시각화하며 느껴 봅니다.

• • •

숨 쉬어지는 공기가 우주에 속한다고 느껴 보십시오. 공기는 특정한 몸에 속하지 않으며, 특정한 개인에게 속하는 것은 더더욱 아닙니다. 그것은 우주의 것입니다.

나무들은 우리가 숨 쉬도록 산소를 공급합니다. 나무들은 우리 허파의 분리할 수 없는 일부입니다. 나무들을 우리의 허파로 느껴 보십시오.

이 과정에서 숨을 소유하며 숨을 쉬는 개인적인 '나'를 발견할 수 있는지 보십시오. 그런 '나'는 생각에 의해 느슨하게 조합된 감각들의 다발입니다. 이런 감각들은 개인이 아니라 우주에 속합니다. 감각을 소유하거나 소유하지 않는 개별적인 존재는 없습니다.

천천히 길게 숨을 쉬십시오

드넓은 공간이 숨을 쉬고 있으며, 몸의 전체 표면을 통해 스며들며, 몸의 밀도를 공간의 텅 빔으로, 투명함으로 녹이고 있습니다.

이 숨이 완전히 살아 있으며 몸을 유지한다는 것을 느껴 봅니다. 몸에게 자양분을 주고 유지하는 것은 내부의 자아가 아닙니다.

이 완전히 살아 있고 몸을 유지해 주는 실체가 몸에 가득 스며 있으며, '나임(me-ness)'의 오래된 잔재('나는 몸이다. 내가 통제한다.'라는 느낌으로 생겨난 오랜 긴장과 위축)를 점점 씻어 내는 것을 느껴 봅니다. 우주가 통제합니다.

온 우주가, 뒤와 아래, 사방이 당신 안에 있음을 가끔 확인하십시오.

· · ·

이제, 물리적인 공간의 시각화를 그만둡니다. 왜냐하면 눈을 감고 있을 때 우리는 실제로는 공간을 경험하지 않기 때문입니다. 숨은 물리적인 공간이 아니라, 아는 공간에서 일어납니다.

호흡이 시작되며 일어나는 공간에 관해 우리가 아는 것은 오직 그것을 안다는 것뿐입니다. 이 아는 공간에서 공간 같은 성질을 제거해 보십시오. 그러면 순수한 앎만 남습니다. 여기에는 물리적인 것이 아무것도 없습니다.

몸에 대한 시각화도 멈춰 보십시오. 왜냐하면 눈을 감으면 실제로는 몸을 경험하지 않기 때문입니다. 이른바 몸이라는 것은 따끔거리는, 일정한 모양이 없는 진동으로 경험될 뿐입니다. 사실, 우리가 경험하는 호흡도 오직 형태 없는 진동일 뿐입니다.

그러니 몸의 감각과 호흡이 완전히 합쳐지게 합니다. 더이상 호흡이 몸 안에서 일어난다고 느껴지지 않을 때까지……. 그것은 단지 차원이 없는 앎 속에 떠 있는, 하나의 부드럽게 물결치는 진동일 뿐입니다. 모양도 없고 차원도 없는 감각. 안도 없고 밖도 없는. '나'도 없고 '나 아님'도 없는.

몸, 숨, 공기, 바람, 공간, 모두 하나의 실체입니다. '나'도 아니고 '나 아님'도 아닌. 안도 아니고 밖도 아닌.

얇고 섬세한 피부는 날숨이 사라진 그 텅 빈 속으로 사라집니다.

전체 풍경이 당신의 몸이 됩니다. 바람이 당신의 호흡이 됩니다.

호흡, 공기, 바람, 공간. 텅 빔 속에 흐르는, 하나의 실체를 가리키는 네 가지 이름.

숨소리, 강물 소리, 바람 소리, 자동차 소리, 히터나 에어컨 소리, 또는 지금 경험되는 어떤 소리든지 그 소리는 하나의 구분될 수 없는, 나뉠 수 없는, 이름 붙일 수 없는 친밀한 소리입니다. 단지 생각이 이것들을 분리된, 이름 붙일 수 있는 대상들로 나눌 뿐입니다.

• • •

지금 생각이 일어난다면 생각을 허용하십시오. 생각이 일어나게 하는 것은 온 우주입니다. 생각도 똑같은 경계 없는 공간에서 일어납니다. 머릿속에서 생각을 발견한 사람은 아무도 없습니다.

아직 몸에 남아 있는 감각이 있다면, 그 감각도 똑같은 공간, 똑같은 텅 빔에 나타나는 에너지의 일정한 모양이 없는, 따끔거리는 진동이라는 것을 보십시오.

호흡은 바람과 하나 되고, 바람은 감각과 하나 되고, 감각은 생각과 하나 되고, 생각은 텅 빈 공간과 하나 되며, 텅 빈 공간은 침묵과 하나 되고, 침묵은 그것을 아는 앎과 하나 됩니다.

하나의 친밀한, 투명한, 이름 붙일 수 없는 실체를 가리키는 수많은 이름. 우리의 참된 자기를 가리키는 수많은 이름.

우리의 경험에 지금 어떤 소리가 나타나든 그것은 에너지의 작은 진동이라는 것을 보십시오. 우리의 생각은 에너지의 진동입니다. 몸의 감각은 일정한 모양이 없는, 따끔거리는 진동입니다. 모두 똑같은 텅 빔에 나타나고 텅 빔으로 가득합니다.

이 모든 이름과 이름표, 정의(定義)가 떨어져 나가게 하십시오. 그것들을 어찌해 보려 하지 마십시오. 그것들이 군더더기임을 보고, 이런 경험적 이해의 결과로 그것들이 자연스럽게, 저절로, 애씀 없이 떨어져 나가도록 허용하십시오.

경험은 진동하는 에너지의 모음이며, 한계 없고 차원 없는 앎 속에서 나타나고, 앎으로 가득하며, 본래 앎으로 이루어져 있습니다. 분리된 자아나 대상, 존재, 또는 밖의 세계는 어디에서도 발견할 수 없습니다. 안도 없고 밖도 없으며, '나'라는 개인도 없고 타인도 없습니다.

지금 나타나는 경험(이 다채롭고 진동하는 에너지의 춤)에 이름을 붙이기 위해 일어나는 모든 생각은 알맞지 않음을 보십시오. 비록 그 생각 자체는 똑같은 춤의 일부지만……. 이런 이해로 생각이 쉬게 하십시오.

마치 깊이 잠든 채로 활짝 깨어 있듯이, 다른 것은 아무것도 알지 못하고, 당신의 참된 자기만을 아십시오. 당신의 참된 자기가 모든 경험의 가득함과 풍요로움으로서 그 안에서 진동하는 순수한 감성임을 아십시오.

· · ·

모든 것은 모든 것에 속합니다. 모든 사람은 모든 사람에 속합니다.

모든 생각, 느낌, 감각, 지각이나 행위는 우주에 속하며 전체에 속합니다. 하나의 분리된 중심, 경험을 아는 자 또는 통제하는 자가 실제로 있다고 주장하는 것은 생각의 오만함일 뿐입니다.

자신을 하나의 분리된 자아로 여기는 것이야말로 궁극의 신성모독입니다. 일반적으로는 "나는 신이다."라고 말하는 것이 신성모독으로 여겨집니다. 그렇지만 진짜 신성모독은 "나는 하나의 분리된 자아다."라고 말하는 것입니다.

"나는 내 경험의 전체다."라고 느끼고 말하는 것은 신성모독이 아닙니다. 그것은 모든 것과 모든 사람을 포함하는 사랑의 태도입니다.

호흡이 일어나게 하는 것이 생각, 감각, 느낌, 지각도 일어나게 합니다.

경험은 언제나 하나이고, 하나의 이음새 없는 태피스트리이며, 오직 그것을 아는 앎으로만 이루어집니다. 그 무엇도 그것에서 떨어져 있지 않고, 아무것도 그것과 분리되어 있지 않으며, 그것 말고는 아무것도 없습니다.

오케스트라가 연주하는 음악을 듣고 있다고 상상해 보십시오. 그것은 하나의 음악입니다. 우리는 많은 소리가 아닌 하나의 소리를 들습니다. 어느 순간에든 우리는 하나만을 듣습니다. 생각만이 소리의 많음과 다양성이라는 관념을 끄집어내 하나의 경험에 덧씌웁니다.

경험은 그와 같습니다. 생각함, 감각함, 느낌, 들음, 봄, 맛봄, 만짐, 냄새 맡음은 서로 다른 악기와 같습니다. 그렇지만 어느 순간에든 하나의 경험만이 일어나고 있습니다.

더 정확히 말하면, 오직 경험함만이 있으며, 모든 경험은 순수한 앎이라는 하나의 실체로 이루어진다고 말할 수 있습니다. 오직 생각만이 이 경험의 이음새 없는 친밀함을 조각조각 나누며, 이 경험으로부터 대상과 자아의 많음과 다양성이라는 관념을 끄집어내 경험에 덧씌웁니다.

우리는 하나만을 듣습니다. 하나만을 경험합니다. 하나만을 압니다.

우리는 경험만을 경험합니다. 경험은 자기만을 경험합니다.

만약 우리가 경험을 이루는 그 실체를 느낌-상상으로 만지려 한다면, 우리는 그것을 아는 앎을 발견할 뿐입니다.

모든 경험은 빛나는 텅 빈 앎으로 이루어집니다.

그리고 이 앎을 아는 것은 앎입니다.

경험만을 경험하십시오.

앎만을 아십시오.

우리가 이런 일이 일어나도록 만들 필요는 없습니다. 그것은 이미 늘 그러하다는 것을 알아차리기만 하면 됩니다.

감사합니다.

21
경험의 한가운데

우리가 아는 것은 경험뿐입니다. 이것이 당신의 경험에서 사실인지 지금 확인해 보십시오. 몸, 마음, 세계에 관한 경험(기억되거나 상상된 경험뿐만 아니라 현재의 경험까지)을 확인해 본 뒤, 거기에서 경험 외의 다른 것을 발견할 수 있는지 보십시오.

생각은 우리가 몸, 마음, 세계를 경험한다고 말하지만, 사실, 우리는 그것들을 일반적인 상식대로 경험하지 않습니다. 우리는 '경험'을 경험할 뿐입니다.

생각은 우리가 몸, 마음, 세계를 경험한다고 말하는데, 여기에는 몸, 마음, 세계가 그것들의 알려짐과 별개로 존재하며, 독립적인 자아인 우리가 아는 행위를 통해 그것들과 접촉한다는 의미가 담겨 있습니다.

이러한 믿음이 우리가 사는 세계의 기반이 되는 원리 중 하나이지만, 순수한 앎과 별개로 존재하는 그러한 몸, 마음, 세계 같은 것은 실제로는 발견된 적이 없습니다.

그러므로 우리가 몸, 마음, 세계를 안다고 말하는 것은 타당하지 않습니다. 우리는 '경험'을 안다고 말할 수 있을 뿐입니다.

그렇다면 경험을 아는 그것은 무엇입니까? 경험을 아는 그것이 무엇이든 우리는 그것을 '나'라고 부릅니다. 마치 햇빛이 모든 대상을 비추어 보이게 해 주듯이, '나'는 모든 경험을 비추어 알 수 있게 해 주는 '아는 요소'입니다. 그와 같이 '나'는 순수한 앎의 빛이며, 모든 경험은 이 빛에 의해 알려집니다.

빛이 색을 보이게 하듯이, 순수한 앎의 빛인 '나'는 경험을 알게 합니다.

순수한 앎의 빛인 '나'와 모든 경험은 어떤 관계가 있습니까? 그것을 아는 앎에 친밀하게 스며 있지 않은 경험의 어떤 부분을 발견할 수 있습니까?

생각이나 느낌 등 친밀하고 가깝게 여겨지는 경험을 살펴보고, 생각이나 느낌이란 그것을 아는 앎이 전부임을 보십시오. 거기에는 '생각'이나 '느낌'이라고 불리는, 스스로 존재하는 독립적인 것이 전혀 없습니다. 생각이나 느낌에서 우리가 경험하는 모든 것은 그것을 아는 앎뿐입니다. 사실은 '그것을' 아는 앎도 아닙니다. 실제로는 '그것'을 발견할 수 없기 때문입니다. '그것'은 생각으로 상상되거나 추정된 것입니다. 우리는 오직 앎만을 발견합니다.

그리고 바깥 세계의 대상처럼 우리가 흔히 자신과 떨어져 있다고 여기는 것은 어떻습니까? 예를 들어, 지금 나타나는 어떤 소리, 즉 생각이나 느낌보다 우리에게서 더 멀리 떨어진 곳에서 일어난다고 여겨지는 자동차 소리를 한번 살펴봅시다.

그 소리에 관해 우리가 아는 것은 들음이라는 경험뿐이며, 들음이라는 경험에 관해 우리가 아는 것은 그것을 아는 앎뿐입니다. 사실은 앞에서 말했듯이, '그것을' 아는 앎도 아닙니다. 분리되어 존재하는 대상이나 경험은 생각으로 상상되거나 추정된 것입니다. 우리는 앎을 알 뿐이며, 앎은 들음이라는 형태를 취하지만, 앎 외의 다른 것은 되지도 않으며 알지도 못합니다.

앎은 오직 앎만을 압니다.

소리를 알게 하는 앎은 생각과 느낌을 알게 하는 앎과 똑같은 앎이라는 것을 분명히 보십시오. 그것은 우리의 참된 자기입니다. 이 두 경험에 있는, 사실은 모든 경험에 있는 유일한 실체는 순수한 앎입니다.

• • •

생각은 우리가 앉아 있는 의자가 단단하고 밀도 높고 죽어 있는 것으로 만들어졌다고, 나 자신이 아닌 것으로, '대상'이나 '세계'라고 불리는 것으로, '물질'이라 불리는 것으로 만들어졌다고 말합니다. 그러나 우리는 '물질'이라고 불리는 재료로 만들어진, '의자'라고 불리는 독립적으로 존재하는 대상을 증명하는 증거를 가지고 있지 않습니다. 우리는 의자를 아는 앎을 알 뿐입니다. 사실은 '의자를 아는' 앎도 아닙니다. 우리는 앎을 알 뿐입니다. 앎이 자기 자신을 압니다.

생각은 나눌 수 없고 이름 붙일 수 없는 경험의 친밀함에서 겉모습의 대상이라는 관념을 끄집어낸 뒤, 영화에 자막을 붙이듯이 순수한 앎에 '의자'라는 이름표를 붙입니다.

자막은 스크린으로 이루어져 있지만, 스크린을 알지 못합니다. 자막은 자막의 관점에서만 존재하는 대상과 자아를 묘사합니다. 똑같은 방법으로, 생각은 나눌 수 없고 이름 붙일 수 없는 경험의 친밀함에서 '의자'라 불리는 대상이라는 관념을 끄집어낸 뒤, 그것에 독립적인 존재성을 부여합니다. 그렇지만 사실, 생각과 의자는 둘 다 똑같이 순수한 앎의 이음새 없는, 나뉠 수 없는 친밀함입니다.

마찬가지로, 생각은 먼저 이음새 없는, 나눌 수 없는, 이름 붙일 수 없는 경험의 친밀함에서 대상이라는 관념을 끄집어낸 뒤, 막 창조된 그 대상의 분리된, 독립적으로 존재하는 실재성을 믿습니다. 다시 말해, 분리된 대상, 그리고 (그것의 피할 수 없는 결과로 생겨난) 그것을 아는 분리된 주체는 생각의 환영적인 관점에서만 존재할 뿐입니다.

실제로는 알고 느끼고 지각하는 분리된 경험의 주체가 없으며, 알려지고 느껴지고 지각되는 분리된 대상, 타자, 세계도 없습니다.

생각함, 느낌, 봄, 들음, 만짐, 맛봄, 냄새 맡음은 모두 앎의 변형, 참된 자기의 변형입니다.

우리의 참된 자기, 순수한 앎은 물이 스펀지에 스며 있는 것처럼 경험에 스며 있지 않습니다. 그것은 그보다 더 가깝습니다. 그것은 스크린과 이미지의 관계에 가깝습니다. 스크린은 이미지에 스며 있지 않습니다. 스크린이 이미지입니다. 이미지는 스크린의 일시적인 이름과 모양입니다.

우리가 아는 모든 것은 앎의 변형이며, 앎을 아는 것은 앎 자체입니다.

• • •

세계 지도를 상상하되, 나라들이 아니라 경험들의 지도를 상상해 보십시오. 그것은 생각, 느낌, 감각, 보이는 모습, 소리, 맛, 감촉, 냄새 등 경험의 지도이며, 어느 순간이든 우리의 이런 경험 중에서 가장 두드러진 것이 지도에서 가장 큰 나라입니다.

이 지도는 항상 바뀝니다. 어떤 때는 현재 일어나는 생각이 지도 가운데의 가장 큰 나라이며, 발바닥이나 얼굴, 손의 따끔거리는 감각은 왼쪽 밑 구석에 있는 작은 섬에 불과합니다. 어떤 때는 가슴 부위의 느낌이 가장 큰 나라이며, 생각, 소리, 맛, 감촉과 냄새는 가장자리 부근에 떠 있는 작은 섬들입니다.

이 유동적인 경험의 지도가 순간순간 즉시 모양을 바꾸도록 허용하십시오. 사실, 우리는 그것을 허용할 필요가 없습니다. 그런 일이 이미 일어나고 있기 때문입니다.

어떤 특정한 대상을 더 좋아하지 마십시오. 다만 전체 풍경이 드러나게 하십시오.

이 비유에서, 순수한 앎의 빛인 우리는 '나라들'이 나타나는 종이입니다. 종이는 지도에 스며 있지 않습니다. 종이가 바로 지도입니다. 어떤 것도 나머지 다른 것보다 지도와 더 가깝거나 더 멀지 않습니다. 사실, 종이의 관점에서는 더 '가깝다'거나 더 '멀다'는 것이 없습니다. '더 가까움'이나 '더 멈'은 추상적인 관념일 뿐입니다.

종이의 관점에서는 종이만 있을 뿐이며, 모든 나라는 그 자신의 변형입니다. 거기에는 실제로, 독립적으로 존재하는 나라가 없습니다. 나라들의 실재성은 종이입니다. 나라들은 겉보기에 독립적으로 있는 듯한 실재성을 종이의 참된 실재성에서 빌려 옵니다.

마찬가지로, 생각은 경험에서 더 가깝거나 더 먼 대상과 사람을 아는 것처럼 보입니다. 그러나 진실을 아는 우리의 참된 자기에게는 그런 경험이 없습니다. 겉으로 보이는 모든 것은 가까운 것보다 더 가깝습니다.

이제, 이 지도는 매우 한정된 비유이니 그것을 3차원의 홀로그램 형태로 바꾸어 봅시다. 지도는 이제 텅 빈 공간으로 이루어져 있으며, 나라들(경험들)은 이 공간에 떠 있습니다.

아무것도 나머지 다른 것보다 이 공간과 더 가깝거나 멀지 않습니다. 공간은 '더 가까움'도 '더 멈'도 알지 못합니다. 그것은 오직 그 자신만을 압니다.

모든 경험이 일어나는 이 텅 빈 공간은 죽어 있는 공간이 아닙니다. 그것은 아는 공간입니다. 경험에 아는 공간이 스며 있지 않음을 보십시오. 경험이 바로 이 얇의 공간입니다. 겉으로 보이는 모든 것, 모든 경험은 텅 빈, 아는 공간의 변형입니다.

홀로그램에는 텅 빈 공간만이 있습니다. 텅 빈, 아는 공간. 거기에는 자기 자신 말고는 알 것도, 될 것도 전혀 없습니다.

그러나 이 3차원 공간 같은 홀로그램 비유도 2차원 지도보다는 더 정확하지만 모든 비유처럼 한계가 있습니다. 그러니 우리의 경험에 더 가까이 다가가, 홀로그램에서 공간 같은 3차원의 성질을 빼 보십시오. 홀로그램은 이제 차원이 없습니다. 우리는 이 아는 공간에서 공간 같은 성질을 제거했습니다. 이제 그것은 차원 없는 순수한 얇으로 이루어져 있습니다.

이 차원 없는 얇은 경험에 스며 있지 않습니다. 그것이 경험에 있는 모든 것입니다.

시간과 공간의 전체 4차원 경험이 차원 없는 순수한 얇 안에서 나타나고, 얇에 의해 알려지며, 얇으로 이루어져 있음을 보십시오.

• • •

생각은 경험이 두 부분(아는 부분과 알려지는 부분)으로 나뉘어 있다고 상상하지만, 경험은 그런 것을 말하지 않습니다.

알려지는 모든 것은 경험을 아는 앎입니다. 알려지는 모든 것은 앎입니다.

그러면 앎을 아는 것은 무엇입니까? 오직 앎입니다!

앎을 아는 앎.

실제로는 몸, 마음, 세계가 보통 그렇다고 여겨지는 대로는 경험되지 않음을 보십시오. 경험이 실제가 아니라는 의미는 아닙니다. 경험은 매우 실제적입니다! 하지만 그것의 실재성은 순수한 앎이지 마음이나 물질이 아닙니다.

생각, 감각, 지각조차 보통 그렇다고 여겨지는 대로, 즉 분리되어 존재하는 독립적인 대상으로 경험되지 않습니다. 마찬가지로, 경험에 '생각함, 감각함, 지각함'이라고 이름표를 붙이는 것조차 정확하지 않습니다.

경험의 한가운데에 더 가까이 다가갈수록, 점점 더 경험에 이름을 붙일 수 없게 됩니다. 우리는 그것에 순수한 앎이라고, '나'라고 이름 붙일 수 있습니다.

하지만 그조차도 경험에 대상성이나 '어떤 것'이라는 미묘한 층을 더하는 것입니다. 만약 우리가 경험의 한가운데에 진정으로 다가간다면, 우리는 그것을 묘사할 단 하나의 낱말도 찾을 수 없습니다. 모든 낱말은 의미를 끌어내기 위해서 반대되는 것을 참고합니다. '나'라는 말조차 '나' 아닌 것에 대한 미묘한 가능성을 내포하고 있습니다.

경험의 한가운데로 정말 들어가면, 우리는 침묵에 빠집니다.

• • •

생각하고 느끼고 행동하고 관계하는 오랜 습관은 여전히 나타날 수 있지만, 그것들의 기반은 제거되었습니다. 그것들의 기반은 경험이 분리된 내부의 자아, 그리고 그 자아에 대응하는 분리된 외부의 대상, 타자, 세계로 이루어진다는 믿음입니다.

경험의 한가운데로 깊이 들어가면, 우리는 어떤 세계, 몸, 생각, 대상, 자아, 개인도 발견하지 못합니다. 우리는 이름 없는, 모양 없는, 나눌 수 없는, 이름 붙일 수 없는 경험의 실재를 발견합니다. 그것이 그 자신을 발견합니다. 그것이 그 자신을 맛봅니다.

그것이 자기 자신을 맛보는 것은 사랑이나 아름다움의 경험입니다. 대상, 타인, 자아가 없다는 경험적인 깨달음입니다. 날것의, 이름 붙일 수 없는 경험의 친밀함만 있을 뿐입니다.

마음은 그것을 발견할 수 없지만, 그래도 동시에 그것은 언제나 참으로 알려지는 모든 것입니다.

• • •

이제 눈을 아주 조금만, 1밀리만 뜨고서, 생각이 내부의 자아와 외부의 대상, 타인이나 세계로 관념화하기 위해 얼마나 빨리 일어나는지 보십시오.

2차원 지도로 돌아가 봅니다. 먼저, 보이는 것은 무엇이든 지도 위의 나라이며, 그것은 종이로 가득함을 이해하십시오. 경험에서 보이는 것은 무엇이든 '봄(seeing)'으로 가득합니다. '봄'은 빛나는, 텅 빈, 아는 공간에 떠 있음을 이해하고 느껴 보십시오.

이제 이 '봄'에서 공간 같은 성질을 제거한 뒤, '봄'이 공간에서 일어나지 않음을 이해하십시오. 그것은 시간 속에서 일어납니다.

이제 '봄'에서 마지막 대상의 성질인 시간을 제거하십시오. '봄'은 시간에서도 일어나지 않습니다. 그것은 '지금'입니다.

'지금'은 순수한, 차원 없는 앎입니다. 그것은 우리의 참된 자기입니다. 유일한 참된 자기. 진실로 있는 모든 것.

모든 경험이 일어나는 '지금'과 '여기'가 우리의 참된 자기, 순수한 앎의 빛입니다.

오직 앎만 있습니다. 분리된 내부의 아는 자아는 없으며, 분리된 외부의 알려지는 대상, 타자, 세계도 없습니다. 참되고 유일한 자기인 순수한 앎만 있으며, 이 앎은 자기를 모든 형태의 경험으로 변형하지만, 언제나 자기 자신일 뿐이고, 자기 자신만을 알며, 다름이나 분리, 거리가 전혀 없으므로 오직 자기 자신만을 사랑합니다.

분리된 대상, 자아, 타자, 세계가 존재하는 것처럼 보이는 것은 오직 우리가 경험의 한가운데를 벗어나는 것처럼 보일 때뿐임을 분명히 보십시오. 그렇지만 이런 대상, 자아, 타자는 그런 자아의 환영적인 관점에서만 스스로 실재합니다.

안의 자아와 밖의 대상, 타자나 세계는 추상적 관념입니다. 이런 추상적 관념을 실재하는 것으로 착각하는 것은 대다수 인류가 고통받는 집단적인 병이며, 오늘날 세계 문화가 처한 상황은 이 만성적인 병의 증상을 보여 줍니다.

물론, 영화의 인물이 스크린을 떠날 수 없는 것처럼, 경험의 한가운데를 떠나는 것도 실제로는 불가능합니다. 자아가 경험에서 분리되고, 그로 인해 하나의 독립적인 아는 자, 느끼는 자, 지각하는 자로서 몸 안에 수축되며, 이러한 믿음의 피할 수 없는 결과로 대상, 타자, 세계가 밖으로 투사되며 존재하게 되는 것처럼 보이는 것은 오직 생각과 느낌 속의 일일 뿐입니다.

이와 같이 경험의 한가운데에서 분리될 수 있는 것은 오로지 가상의 자아뿐입니다. 하지만 그런 자아는 오직 그 자신의 환영적인 관점에서만 모든 대상, 타자, 세계와 분리될 뿐입니다.

경험의 한가운데는 오직 경험의 한가운데만을 압니다.

가상의 자아가 경험의 한가운데를 떠나는 것처럼 보이는 순간(그런데 그 순간은 언제나 이 순간, 영원한 '지금'입니다), 가상의 내부 자아는 언제나 가상의 외부 대상, 타자, 세계를 다루려 하는데, 그것에 저항함으로써 자신의 환영적인 정체성을 보호하거나, 그것들을 독점하는 관계로 들어감으로써 자신을 확대하려 합니다.

그러므로 가상의 내부 자아의 삶은 언제나 저항과 추구 중 하나입니다. 그렇지만 이 겉보기에 분리된 자아의 모든 모험은 상상 속에서만 일어나는 반면, 진실로 있는 것(유일한 참된 자기)은 언제나 영원히

'지금' 모든 경험의 한가운데에서 빛나며, 오직 자기만을 알고 사랑하며 오직 자기 자신일 뿐입니다.

만약 조금이라도 필요한 것이 있다면, 우리에게 필요한 것은 경험의 한가운데에 친밀하게 머무르는 것이 전부이며, 환영적인 자아를 대신하여 생각하고 느끼고 행동하고 관계하는 체계 전체가 점차 무너지도록 허용하는 것입니다.

우리가 눈을 다 뜨고 이 방을 나가서 대상, 타자, 세계와 다시 관계하기 시작한다고 해도 실제로 바뀌는 것은 아무것도 없음을 분명히 보십시오. 여기에서 우리가 얘기한 모든 것은 진실로 남아 있습니다.

우리는 경험의 한가운데를 떠나지 않습니다. 그것은 실제로 그 자신을 떠나지 않습니다.

오직 생각과 느낌으로 이루어진 가상의 자아만이 집을 떠나 '먼 나라'로 모험을 떠납니다. 그러나 유일한 참된 자기는 결코 여행을 떠나지 않습니다.

그것은 실제로 집을 떠나지 않습니다.

감사합니다.

22
모든 경험은 본질적으로 하나입니다

감정의 전체 스펙트럼을 스캔하되, 몸, 마음, 세계를 균등하게 포함해 보십시오. 마음에 관해 우리가 유일하게 아는 것은 생각과 이미지입니다. 눈을 감고 있다면, 몸에 관한 우리의 유일한 경험은 감각입니다. 그리고 세계에 관해 우리가 아는 모든 것은 지각(보이는 모습, 소리, 맛, 감촉, 냄새)입니다.

어떤 특정한 현상에 관심을 두지 마십시오. 무엇이 나타나든 그것에 똑같은 주의를 두십시오. 무심한, 활짝 열린, 모든 것을 포함하는 주의를 두십시오.

하나의 현상에서 다른 현상으로 자유롭게 되는 대로 움직여 봅니다. 생각에서 감각으로, 감각에서 소리로, 소리에서 감촉으로, 감촉에서 이미지로, 이미지에서 느낌으로 등등.

우리는 실제로 분명한 윤곽으로 구분된 세 가지 다른 범주의 경험(몸, 마음, 세계)을 만납니까? 생각에서 감각으로 움직일 때 실제로 어떤 문턱을 지납니까? '마음'이라 불리는 것을 떠나서 '몸'이라 불리는 것으로 들어갑니까? 그리고 감각에서 소리로 갈 때, '몸'이라 불리는 것을 떠나서 '세계'라 불리는 것으로 들어갑니까?

이 세 가지 것(몸, 마음, 세계)을 단 한 번이라도 실제로 만납니까? 아니면, 단지 생각, 감각, 지각만을 만납니까? '마음속'의 생각이 아니라, '몸속'의 감각이 아니라, '세계에 대한' 지각이 아니라, 경계 없는 똑같은 경험의 장(場)에 나타나는 생각, 감각, 지각을 만납니까?

'마음'은 우리가 모든 생각과 이미지를 담는 가상의 그릇에 부여한 이름이지만, 우리는 다수의 생각과 이미지를 동시에 경험하지 않습니다. 그런 그릇은 단지 생각으로 상상된 것일 뿐입니다. 마음은 단지 지금 일어나는 생각이나 이미지일 뿐입니다.

마찬가지로, 몸은 수많은 감각을 담는 그릇이 아닙니다. 우리의 실제 경험에서 몸은 지금 일어나는 감각입니다. 그리고 마찬가지로, 세계에 대한 우리의 실제 경험도 지금 일어나는 지각일 뿐입니다.

• • •

지금 들리는 소리 중 하나를 살펴보십시오. 그 소리에 분명하게 구분된 경계가 있습니까? 그 소리가 끝나는 지점을 찾을 수 있습니까? 그리고 '나의 얼굴'이라 불리는 따끔거리는 감각은 어떻습니까? 그 감각에서 끝나는 지점, 분명하게 구분된 윤곽을 찾을 수 있습니까? 아니면, 소리와 감각이 둘 다 그것들이 일어나는 경험의 장에서 번지며 스미고 있습니까?

그 소리와 감각으로 가십시오. 하나가 끝나고 다른 것이 시작되는 지점을 찾아보십시오. 그것들을 구분하는 선을 찾아보십시오. 아니면, 그것들은 둘을 나누는 분명한 구분이 없이 서로 번지며 스미는, 일정한 모양이 없는, 진동하는 덩어리 같은 것입니까?

우리는 '소리'나 '감각'이라 불리는, 뚜렷이 구분되는 대상을 발견할 수 없음을 분명히 보십시오. 이러한 이름표들은 우리의 경험과 비슷할 뿐, 경험을 정확히 나타내지 못합니다.

그래서 '세계'나 '몸'이라는 이름표를 떼 냈으니, 이제는 '소리'와 '감각'이라는 이름표도 떼 내 봅시다. 우리의 실제 경험은 들음과 감각함 중 하나입니다.

들음과 감각함의 경험으로 가서, 둘을 구분하는 것은 소리와 감각을 구분하기보다 어렵다는 것을 분명히 보십시오. 둘 사이의 구분은 모호합니다. 사실, 그것은 들음과 감각함이 아니라 하나의 낱말인 들음감각함에 더 가깝습니다.

이제, 여기에 생각을 더해 봅니다. 우리는 들음감각함에서 생각을 분리하고 구분하는 분명한 테두리를 찾을 수 있습니까? 아니요, 우리는 '생각'이라 불리는 분리된 대상을 찾을 수 없습니다. 단지 생각하는 과정만 발견할 뿐입니다.

그리고 생각하는 경험이 들음감각함의 경험에 번지며 스미는 것을 보십시오. 우리는 그것들 사이에 분명하게 구분된 경계나 구획을 찾을 수 없습니다. 오직 생각에만 들음, 감각함, 생각함이라는 이 세 가지가 분리되어 있습니다. 경험의 수준에서는 하나의 낱말인 들음감각함생각함뿐이며, 그 모든 것은 똑같은 경계 없는 투명한 경험의 장에 나타납니다. 그리고 이 장에 나타날 뿐 아니라, 이 앎 또는 경험의 장으로 가득합니다.

그래서 우리는 몸, 마음, 세계를 생각, 감각, 지각으로 줄이고, 나아가 생각, 감각, 지각을 생각함, 감각함, 지각함으로 더 줄입니다. 우리가 이런 겉보기에 분리된 대상들을 줄일 때마다 그것들 사이의 구분, 그것들 사이의 분리가 희미해집니다.

실제 경험으로 더욱더 깊이 들어갈수록 우리는 생각의 관점에서만 실재하는 것으로 보이는 대상과 자아의 많음과 다양성이 점점 줄어드는 것을 봅니다.

• • •

이제, 우리에게는 들음감각함생각함이라 불리는 이 일정한 모양이 없는, 진동하는 덩어리만 남았습니다. 그것은 어떤 분명한 이름이나 형태가 없습니다. 그것은 앎 또는 경험의 장 안에 나타나고, 그 장에 의해 알려지며, 그 장으로 가득합니다.

그것은 마치 하늘에 떠 있는 세 개의 큰 구름이 하나의 큰 구름으로 합쳐진 뒤, 이 구름이 내려와서 하늘 전체에 가득 퍼지는 엷은 안개가 되는 것과 같습니다. 우리는 더이상 하늘과 안개를 분간할 수 없습니다.

마찬가지로, 들음감각함생각함이라 불리는 이 일정한 모양이 없는, 진동하는 덩어리는 앎의 장 전체를 채우며, 앎의 장은 들음감각함생각함 전체에 가득 퍼집니다. 그 뒤 우리가 안개와 하늘, 들음감각함생각함과 앎 또는 경험의 장이라는 이 둘(겉보기에 둘)을 구별하려 해 보면, 마치 공간과 안개를 분리할 수 없듯이 이 두 가지 분리된 요소(들음감각함생각함과 순수한 앎 또는 경험)를 실제로 찾을 수 없다는 것을 알게 됩니다.

들음감각함생각함은 순수한 앎의 결코 변하지 않는 장(場)의 늘 변하는 변형입니다. 하지만 그것은 이런 식으로 자기를 변형하지만, 자기 자신 말고는 아무것도 되지 않고 알지 못합니다.

순수한 앎은 봄, 들음, 맛봄, 감촉함, 냄새 맡음의 형태를 취하고, 그로 인해 세계가 되는 것처럼 보이지만, 실제로는 그 자신 말고는 다른 것이 되거나 다른 것을 알지 못합니다. 그것은 감각함의 형태로 자신을 변형시켜 몸이 되는 것처럼 보이지만, 그 자신이기를 멈추지는 않습니다.

그것은 자신을 생각함과 상상함의 형태로 변형하여 마음이 되는 것처럼 보이지만, 늘 자신으로 있습니다. 밖에서 보면 늘 변하는 것처럼 보이지만, 안에서 보면 전혀 변하지 않습니다. 생각의 관점에서 보면 늘 변하지만, 자신의 관점에서 보면 전혀 변하지 않습니다.

• • •

몸, 마음, 세계는 보이거나 알려지는 세 가지 다른 대상이 아닙니다. 더 정확히 말하면, 그것들은 보거나 아는 방식입니다. 그것들은 생각의 관점에서 앎이 간과되거나 잊힐 때, 순수한 앎의 늘 현존하는 투명한 실재에 생각이 부여하는 이름입니다.

세계를 보는 것은 거기에 실제로 있는 것을 보는 것이 아닙니다. 그것은 특정한 방식으로 보는 것입니다. 그것은 모든 경험의 실재를 무시하는 방식으로 보는 것입니다.

이처럼 우리가 스크린의 실재를 무시하면, 스크린에 나타나는 이미지가 독립적으로 존재하는 실재로 보이며, 그로 인해 그 자체로 '풍경'이나 '거리'가 되는 것처럼 보입니다. 그러나 '풍경'이나 '거리'는 스크린의 일시적인 이름과 모양일 뿐입니다.

마찬가지로, '대상', '타자', '세계'는 순수한 앎의 변함 없고 차원 없는 장(場)의 일시적인 이름과 형태입니다. 우리가 잊어버릴 때, 더 정확히는, 생각이 이 순수한 앎의 차원 없는 장을 무시하거나 간과할 때, 세계는 스스로 실재하는 것처럼 보입니다. 몸과 마음도 마찬가지입니다.

물질과 마음은 보거나 아는 방식이지, 실제로 보이거나 알려지는 대상이 아닙니다.

• • •

세 사람이 소파에 앉아서 영화를 보는데 다른 친구가 와서 무엇을 보느냐고 묻는 장면을 상상해 보십시오. 첫 번째 사람은 "풍경을 보고 있어."라고 말하고, 두 번째 사람은 "영화를 보고 있어."라고 말하고, 세 번째 사람은 "스크린을 보고 있어."라고 말합니다. '풍경', '영화', '스크린'은 세 가지 분리된 실재가 아닙니다. 그것들은 하나의 실재를 가리키는 세 가지 다른 이름입니다. 각각의 이름은 그것을 보는 관점에 따라 달라집니다. 우리가 보는 것은 우리가 보는 방식에 따라 달라집니다.

마찬가지로, '물질', '마음' 그리고 '앎'은 세 가지 분리된 실재가 아닙니다. 그것들은 똑같은 실재를 보는 세 가지 다른 방식입니다. 경험 (우리가 보는 것, 아는 것)은 우리가 보는 방식에 맞추어 나타납니다.

경험 자체는 우리에게 아무것도 강요하지 않습니다. 그것은 매우 순응적입니다. 그것은 우리가 보는 방식을 따르며 확인해 줍니다. 만약 우리가 자신을 몸, 대상이라고 여기면, 경험은 그 믿음에 따라서 대상들과 자아들로 나타나며, 그리하여 우리의 관점이 진실함을 확인해 주는 것처럼 보입니다. 만약 우리가 자신을 마음이라고 여기면, 경험은 그 믿음에 따라서 생각함, 감각함, 지각함으로 나타납니다. 그리고 만약 우리가 자신을 순수한 앎으로, 순수한 앎의 빛으로 알면, 경험은 자신을 오직 그것으로만 드러낼 것입니다.

지금 우리에게 보이는 이 방을 예로 들어 봅시다. 우리는 그것을 '방'이라고 부를 수 있고, '보는 경험'이라고 부를 수도 있으며, 또는 '그것을 아는 앎'만을 안다고 이해할 수도 있습니다. '방', '지각', '순수한 앎'—물질, 마음, 앎.

우리는 원하는 방식으로 보거나 알 자유가 있으며, 경험은 우리의 선택에 맞추어 나타날 것입니다.

모든 경험을 당신의 참된 자기로 환원한 뒤, 몸, 마음, 세계의 겉으로 보이는 많음과 다양성으로 돌아가서 그것과 온전히 관계하되, 그 본질적인 단일성과의 접촉은 잃지 마십시오.

선불교 전통에서는 모든 것을 경험의 한가운데로 환원하는 것을 '위대한 죽음'이라고 부릅니다.

우리가 몸, 마음, 세계를 향해 밖으로 다시 돌아갈 때 그것은 '위대한 소생'입니다. 우리는 다시 이름과 모양의 겉으로 보이는 많음과 다양성을 경험하지만, 모든 사람과 모든 것이 본질적으로 하나라는 경험적 이해를 지니며, 그것은 우리가 대상, 타자, 세계와 관계하는 방식에 깊은 영향을 미칩니다.

세계에서 우리의 경험(우리가 생각하고 느끼고 행동하고 지각하고 관계하는 방식)은 모든 것과 모든 자아가 본질적으로 하나라는 느낌-이해로 가득합니다.

그것은 사람, 동물과의 관계에서는 사랑이라 하고, 대상, 세계와의 관계에서는 아름다움이라 합니다.

감사합니다.

23
열린, 텅 빈, 투명한 몸

만약 누가 우리에게 "당신은 자신이 늘 존재하며 한계 없는 앎이라는 것을 압니까?" 하고 묻는다면, 우리 중 다수는 '예'라고 답할 것입니다. 만약 같은 사람이 "당신은 자신이 늘 존재하며 한계 없는 앎이라고 '느낍'니까?"라고 묻는다면, 그렇다고 대답할 사람은 그다지 많지 않을 것입니다.

다시 말해, 많은 사람에게는 아는 것과 느끼는 것이 일치하지 않습니다. "나는 내가 늘 존재하며, 열린, 텅 빈, 한계 없는 앎이라는 것을 안다. 하지만 여전히 나는 내가 이 방의 의자에 앉아 있는 몸이라고 느낀다."

오랫동안 영적인 길을 걸어온 많은 사람이 이런 문제를 10년, 20년, 30년 동안 탐구해서 모든 것을 분명히 이해한 것 같은데도 여전히 뭔가 빠져 있는 것처럼 보일 때가 많은 이유는 우리가 아는 것과 느끼는 것이 일치하지 않기 때문입니다.

그리고 이렇게 뭔가 빠진 것처럼 느껴지는 이유는 우리의 이해가 아직 몸에 깊이 체화되지 않았기 때문입니다. 아직 지적인 수준에 머물러 있는 것입니다.

지적인 이해를 폄하하는 것은 아닙니다. 지적인 이해를 제대로 한다면, 그것은 작은 일이 아닙니다. 그렇지만 우리 중 대다수는 먼저 그런 이해를 한 뒤, 몸의 수준에서 분리의 느낌을 더 깊이 탐구하게 되며, 그리하여 우리의 느낌과 지각이 우리가 지적인 수준에서 이미 이해한 것과 들어맞게 됩니다.

사실, 자신이 분리된 자아라는 믿음을 조사하는 것은, 몸에 있으며 몸으로 이루어진 '분리된 자아라는 느낌'을 훨씬 깊이 탐구하기 위한 서곡에 불과하다고 말할 수 있습니다.

• • •

이제 몸에 관한 경험으로 가 봅니다. 적어도 처음에는 눈을 감고 하기를 권합니다. 꼭 그래야 하는 것은 아니지만 적어도 처음에는 그렇게 하는 것이 좋습니다.

먼저 할 일은 몸에 대한 경험이 무엇을 뜻하는지 이해하는 것입니다. '몸에 대한 경험'이란 몸에 대한 관념이나 기억, 이미지를 말하는 게 아닙니다. 지금 실제로 친밀하게 직접 하는 몸의 경험을 말합니다.

눈을 감고 있다면, 몸에 대한 경험은 지금 일어나는 감각뿐입니다. 이 맥락에서 '감각'이 정확히 무엇을 의미하는지 다시 확인해 봅시다. 두통은 감각이고, 바닥에 닿아 있는 발의 느낌도 감각이고, 무릎이나 의자에 올려져 있는 손의 느낌도 감각이며, 눈 뒤쪽의 따끔거림도 감각입니다. 이것들은 생각이나 이미지, 관념이나 기억이 아닌 감각입니다.

이해를 확실히 하기 위해, 몸에 대한 관념 또는 일련의 관념을 봅시다. 그것들은 모두 생각의 형태로 나타납니다.

이제, 이런 생각들을 한쪽에 제쳐 두고서, 몸에 대한 이미지를 봅시다. 거울이나 사진에서 보는 자신의 이미지가 그런 이미지입니다.

이제, 그 이미지도 한쪽에 제쳐 두고서, 몸에 대한 경험 가운데 남아 있는 것, 즉 날것의 감각으로 직접 가 봅니다. 생각과 이미지를 없앨 필요는 없습니다. 그저 그것들을 한쪽에 제쳐 두고 참고하지만 않으면 됩니다.

이런 시각화를 돕는 하나의 방법은 자신이 갓 태어난 아기라고 상상하는 것입니다. 다시 말해, 우리는 참고할 과거가 없는 순수한 앎, 순수한 감성입니다. 우리는 몸에 관한 생각이나 이미지를 가진 적이 전혀 없습니다. 사실, 우리는 몸이라는 것에 대해 아무것도 알지 못합니다. 우리가 이른바 몸이라는 것에 관해 아는 것은 지금 일어나는 감각이 전부입니다.

생각이나 기억을 참고하지 않는다면, 우리는 지금 일어나는 감각이 '몸'이라 불리는 것인지를 전혀 알지 못합니다. 그것은 단지 날것의 감각일 뿐입니다.

• • •

직접 경험만을 참고하기 위한 또 하나의 방법은 지금 일어나는 감각을 종이에 그린다고 상상하는 것입니다. 상상으로 종이와 연필을 가지고 자신의 실제 경험과 일치하도록 종이에 표시해 보십시오.

우리가 경험하는 것을 한 번도 경험해 보지 못한 사람을 위해 지금 일어나는 몸의 경험을 그려 보는 것입니다. 지금 일어나는 몸의 경험 (감각 또는 일련의 감각)을 최대한 정확하게 전달하려 해 보십시오.

감각만을 직접 자세히 참고하면서 그렇게 해 보십시오. 그 감각을 나타내는 표시를 해 보십시오.

맨 먼저 알아차리는 것은 우리의 그림에 선이 없다는 것입니다. 우리의 그림에는 정확히 구분되는 윤곽이나 테두리가 없습니다. 우리의 그림은 흰 종이에 떠 있는, 일정한 모양이 없는 점들의 무리와 같고, 어떤 무리는 다른 무리보다 밀도가 높습니다.

사실, 우리의 그림은 대개 흰 종이, 텅 빈 공간에 일정한 모양과 경계가 없는 점들이 다양한 밀도로 흩어져 있습니다.

이제, 이 그림을 흰 종이에서 벗겨 내어 점들의 무리를 텅 빈 공간에 띄운다고 상상해 보십시오.

그렇지만 우리의 실제 경험에서는 점들이 물리적 공간에 떠 있지 않으며, 우리의 '존재'인 아는 공간에 떠 있습니다.

몸에 대한 우리의 실제 경험은 열린, 텅 빈, 빛나는 앎의 공간에 떠 있는, 일정한 모양이 없는, 따끔거리는, 진동하는 감각의 무리라는 것을 분명하게 보십시오.

몸을 어찌하거나 어떤 식으로든 바꾸려는 것이 아님을 알아차리십시오. 단지 우리에게 실제 나타나는 대로 몸을 경험할 뿐입니다.

우리는 몸에 대한 경험에서 과거의 모든 믿음, 기억, 이미지, 느낌, 연관을 벗겨 내고, 날것의 순수한 감각을 있는 그대로 경험하고자 합니다.

이렇게 몸을 상상으로 그리는 것은 하나의 보조 수단일 뿐이며, 그 자체로는 중요하지 않습니다. 그것은 우리가 날것의 친밀한 경험만을 직접 참고하기 위한 수단입니다.

몸에 대한 새로운 경험을 만들어 내려는 것이 아닙니다. 우리는 단지 몸에 관해 덧붙여진 모든 믿음과 관념을 벗겨 내고, 몸을 실제로 경험하는 단순하고 순진한 아이 같은 방법으로 가고 있습니다.

사실, 우리는 그것들을 벗겨 내는 게 아닙니다. 그것들이 우리의 실제 경험을 참고한 것이 아니라는 사실이 드러나서 저절로 떨어져 나가도록 허용하는 것입니다.

• • •

이제, 이 진동하는 감각의 구름 같은, 부드럽게 물결치는, 일정한 모양이 없는 무리가 열린, 텅 빈, 빛나는, 경계 없는 순수한 앎의 장에 떠 있음을 보십시오.

이 감각의 테두리, 이 감각이 시작되거나 끝나는 지점을 찾을 수 있는지 자신에게 물어보십시오. 생각을 참고하지 마십시오. 생각이 당신에게 윤곽선이 분명한 몸에 관한 이야기, 몸이 피부로 사방의 공간과 분리되어 있다는 이야기를 하도록 놓아두지 마십시오.

눈을 감고 있다면, 우리가 피부에 대해 경험하는 것은 지금 일어나는 감각뿐입니다. 그 감각 자체에 경계나 테두리가 있습니까? 오직 친밀한 직접 경험만을 참고하십시오.

구름이 하늘에 퍼지듯이 이 감각이 주변 공간으로 번지며 스며들고, 공간이 감각으로 스며드는 것을 분명히 보십시오.

하나가 끝나고 다른 하나가 시작되는 지점을 찾을 수 없음을 분명히 보십시오. 우리는 둘을 나누는 분명한 선을 찾을 수 없습니다.

지금 일어나는 감각에 나이가 있습니까? 다시 말하지만, 생각은 참고하지 마십시오. 생각은 지금 일어나는 감각이 30세, 50세, 70세라고 말할 것입니다. 친밀하고 즉각적인 직접 경험만 참고하십시오. 지금 일어나는 감각이 30세, 50세, 70세입니까? 아니면, 그것은 그저 지금 있는 것입니까?

지금 일어나는 감각에 역사가 있습니까? 그것은 과거에서 일어납니까, 아니면 그저 이 열린, 텅 빈, 아는 공간에서 일어납니까?

사실, 생각을 참고하지 않는다면, 우리가 과거에 관해 무엇을 압니까?

지금 일어나는 감각에 운명이 있습니까?
그것은 나이 들어 갑니까?
그것에 성별이 있습니까?

지금 일어나는 감각에 무게가 있습니까? 무게에 대한 우리의 유일한 경험은 감각이라는 것을 분명히 보십시오. 생각을 참고하지 않는다면, 우리는 그 감각이 '무게'라 불리는 것인지를 알지 못합니다. 감각 자체는 아무 무게가 없습니다. 그것은 순수한 앎의 빛나는, 열린, 텅 빈 장에 떠 있는 따끔거리는, 진동하는, 이름 붙일 수 없는, 일정한 모양이 없는 감각일 뿐입니다.

이 감각에 밀도가 있습니까? 그것은 단단하고 밀도 높은 것으로 이루어져 있습니까? 아니면, 마치 구름이 하늘에 완전히 스며 있듯이 감각에 (감각이 나타나는 바탕이자, 감각을 알게 하는) 순수한 앎의 장이 완전히 스며 있습니까?

· · ·

사실, '감각'이라 불리는 대상을 실제로 발견할 수 있습니까?

'감각'이라 불리는 분명하게 구분된 대상을 당신의 실제 경험에서 떼 낼 수 있는지 제대로 알아보십시오. 경험이란 감각되는 물리적 대상이 아니라 감각하는 과정이 아닙니까?

눈을 감고 있다면, 몸에 대한 우리의 유일한 경험은 감각의 형태이며, 감각에 대한 우리의 유일한 경험은 감각하는 경험이라는 것을 분명히 보십시오.

그러니 견고하고 분명하게 구분된 몸이라는 관념, '감각'이라 불리는 대상조차 뒤로하십시오. 실제 경험 자체로 더 가까이 더 친밀하게 다가가서, 우리가 거기에서 발견하는 것은 감각하는 경험이 전부임을 보십시오.

감각으로서 몸은 마치 공중에 떠 있는 물체처럼, 그것이 나타나는 앎의 공간과 분명히 구분되고 분리된 것처럼 보입니다. 그렇지만 순수한 감각함으로서 몸과 (몸이 나타나는 바탕이자, 감각을 알게 하는) 열린, 텅 빈, 빛나는 앎의 공간 또는 순수한 앎의 장을 나누는 구분은 더 모호해집니다.

감각하는 경험과 순수한 앎의 장(열린, 텅 빈, 빛나는 앎의 공간)을 나누는 명확한 구분을 발견할 수 있는지 제대로 알아보십시오.

감각함이 끝나고 그것을 아는 앎이 시작되는 지점을 찾을 수 있습니까?

이 둘(겉으로 보이는 둘) 사이의 구분을 찾을 수 있는지 알아보십시오.

그것은 이미지가 끝나고 스크린이 시작되는 지점을 찾으려는 것과 조금 비슷합니다. 그것은 불가능합니다.

• • •

감각하는 경험은 단지 순수한 앎의 장에 나타나는 것만이 아님을 분명히 보십시오. 감각하는 경험은 그것이 나타나는 바탕이자 그것을 알게 해 주는 앎의 장으로 이루어집니다.

사실, 이미지에 있는 것은 스크린이 전부이듯이, 감각하는 경험에서 우리가 아는 것은 그것을 아는 앎이 전부입니다.

이미지가 스크린의 변형이듯이, 감각하는 경험은 순수한 앎의 장의 변형이라는 것을 분명히 보십시오.

감각하는 경험에는 순수한 앎 말고는 아무런 실체도 없습니다.

다시 말해, 순수한 앎은 감각하는 형태로 그 자신을 변형하며, 자기 안에서 진동합니다.

순수한 감각함의 이음새 없는 친밀함에서 ('앎'이라 불리는 주체에 의해 알려지는) '감각'이라는 대상을 관념화해 끄집어내는 것은 오직 생각입니다.

다시 말해, 순수한 경험의 이음새 없는 친밀함에서 주체와 대상이라는 관념을 끄집어내는 것은 오직 생각일 뿐입니다.

그렇지만 우리가 경험 가까이 머무르면, 이 두 존재(알려지는 대상과 아는 주체)를 전혀 발견하지 못합니다. 우리는 '몸' 또는 '감각'이라 불리는 독립적으로 존재하는 단단한 대상을 전혀 발견하지 못합니다. 심지어 '감각함'이라는 마음 같은 것도 발견하지 못하며, 분리된, 지켜보는 앎도 발견하지 못합니다.

우리는 단지 대상과 주체처럼 보이는 것이 하나로 담긴 순수한 앎을 발견할 뿐입니다.

그러면 이제, 이 순수한 앎을 발견하거나 아는 것은 누구 또는 무엇입니까?

이 앎은 자기 자신이 아닌 것에 의해서는, 자기 밖에서는 알려지지 않습니다. 자기 자신을 아는 것은 앎입니다.

자기 자신을 아는 것은 앎입니다.

무지할 때, 즉 경험의 실재를 무시할 때, 우리의 본성인 순수한 앎이 몸의 성질을 띠게 되어 단단하고 밀도 높고 제한되는 것처럼 보인다는 것을 분명히 보십시오.

그러나 우리가 경험의 친밀함에 가까이 머무른다면, 몸은 이런 덧씌워진 한계들을 벗어나며 점차 순수한 앎에 속하는 성질들로 가득해집니다.

몸은 그 본래 상태에 있는 것으로, 즉 열리고 텅 비고 드넓고 투명하며, 그것이 나타나는 공간과 친밀하게 하나인 것으로 다시 느껴집니다.

• • •

그래서 우리는 몸을 다양한 방식의 이름으로 부를 수 있습니다.

몸, 감각, 감각함 또는 순수한 앎으로.

몸을 다양한 방식의 다른 이름으로 부르더라도 똑같은 경험을 가리킨다는 것을 분명히 보십시오.

그리고 우리의 경험은 우리가 선택하는 이름에 맞추어 나타난다는 것을 알아차리십시오. 우리가 '몸'이라고 부르면 그것은 몸으로 나타나고, '감각'이라고 부르면 감각으로 나타나고, '감각함'이라고 부르면 감각함으로 나타나며, '순수한 앎'이라 부르면 그렇게 경험될 것입니다.

다시 말해, 경험은 매우 순응적이며, 우리에게 아무것도 강요하지 않습니다. 경험은 늘 우리가 경험을 보는 방식에 맞추어 나타납니다.

우리는 몸을 건드리지 않았음을 알아차리십시오. 우리는 몸을 바꾸려 하지도 않았고, 어떤 식으로도 조작하려 하지 않았습니다.

우리가 지금 하는 것은 오로지 우리의 경험에 실제로 있는 것이 무엇인지를 살펴보는 것뿐이며, 그 결과 몸을 우리의 이해와 일치하는 방식으로 느끼는 것입니다.

그것은 윌리엄 블레이크가 "사람은 저마다 마음 상태에 따라 달리 본다."라고 한 말의 의미입니다.

만약 우리가 자신을 몸이라고 여기면, 우리는 몸, 대상, 바깥 세계를 보게 될 것입니다. 마음이라고 여기면, 경험은 모든 것이 마음(즉 생각함, 느낌, 감각함, 봄, 들음, 감촉함, 맛봄, 냄새 맡음)처럼 보일 것입니다.

그리고 만약 우리가 자신을 순수한 앎의 빛이라고 여기면, 우리가 알게 될 모든 것은 순수한 앎의 빛일 것입니다. 우리의 참된 자기인 그 앎의 빛은 자기를 모든 형태의 경험으로 변형하면서도 늘 자기 자신일 것이며, 자기 자신 말고는 아무것도 알지 못하며, 아무것도 되지 않을 것입니다.

• • •

이제 눈을 뜨면서, 분리되고 단단한 몸으로 수축되어 돌아가려는 경향, 이제 명상이 끝났다고, 일상생활로 돌아갈 수 있다고 생각하는 경향을 알아차리십시오.

참된 명상은 결코 끝나지 않습니다.

우리는 눈을 감고 의자나 방석에 앉아 침묵하면서 명상할 수 있지만, 참된 명상은 우리가 산책을 하거나 친구들과 만나거나 활동을 할 때도 줄어들지 않고 계속됩니다.

몸을 경험할 때뿐 아니라 세계를 경험할 때도 이 명상의 성질이 스며들게 하십시오.

이 순수한 앎의 성질이 모든 생각함, 느낌, 감각함, 지각함에 스며들게 하십시오. 경험은 아주 순응적입니다. 그것은 곧바로 반응할 것입니다.

모든 경험에서 오직 당신의 참된 자기, 순수한 앎의 빛만을 아십시오. 대상을 대상으로 알지 않고, 타인을 타인으로 알지 않는 것이 사랑을 경험하는 것입니다.

모든 경험에서, 당신의 참된 자기만을 알고, 오직 당신의 참된 자기로 존재하며, 오직 당신의 참된 자기만을 사랑하십시오.

감사합니다.

24
순수한 앎의 무한한 장

자신이 열린, 텅 빈, 빛나는 앎의 현존임을 알아차리면서 그렇게 존재하십시오. 모든 생각, 감각, 지각은 그 안에서 나타나고, 그것에 의해 알려지고, 그것으로 이루어집니다.

열려 있다고 하는 까닭은 우리 '존재'의 핵심인 이 앎의 현존은 활짝 열린 공간과 같고, 순간순간 어떤 저항도 없이 몸, 마음, 세계가 있는 그대로 나타나도록 허용하기 때문입니다.

텅 비어 있다고 하는 까닭은 이 공간이 그 안에 나타나는 어떤 대상(생각, 느낌, 감각, 지각)으로 이루어져 있지 않기 때문입니다.

빛난다고 하는 까닭은 마치 해가 모든 대상을 비추어 보이게 하듯이 그것이 모든 경험을 비추어 알게 해 주기 때문입니다.

자신이 열린, 텅 빈, 빛나는 앎의 공간임을 알아차리면서 그 공간으로 존재하십시오. 모든 경험은 그 안에서 나타나며, 그것에 의해 알려지며, 그것으로 이루어져 있습니다.

제가 '알아차리면서'라고 말하는 이유는, 우리는 사실 언제나 이 앎의 현존이지만 늘 그것을 알아차리는 것은 아니기 때문입니다. 저의 이런 제안으로 우리가 갑자기 아는 존재가 되는 것은 아닙니다. 우리는 그저 우리가 이미 그것임을 알아차리며, 우리 자신을 생각, 느낌, 감각, 지각의 무리라고 여기는 대신에 우리 자신이 그것임을 알 뿐입니다.

아는 것은 오직 앎뿐이라는 것을 분명히 보십시오. 아는 것은 몸/마음이 아닙니다. 세계를 아는 것은 몸/마음이 아닙니다. 몸/마음/세계를 아는 것은 나 자신인 앎입니다.

분리된 자아는 앎인 나 자신이 몸/마음과 같다는 믿음과 느낌으로 이루어집니다. 나 자신인 앎은 자기 자신 말고는 어떤 것과도 같지 않습니다.

지금 일어나는 생각과 들리는 소리는 정확히 똑같은 '아는 공간'에서 일어남을 분명히 보십시오. 생각과 소리는 앎 안에서 나타나고 흐르며, 앎으로 사라집니다.

경험은 단 한 번도 앎의 바깥에서 일어난 적이 없음을 분명히 보십시오. 앎 바깥의 공간이 있는지 찾아보십시오. 앎 바깥에 무엇이라도 있는지 찾아보십시오.

생각은 말하기를, 생각은 안에 있고 소리는 밖에 있다고 하지만, 경험은 그렇게 말하지 않습니다. 경험은 모든 것이 내 안에서, 앎 안에서 나타난다고 말합니다. 우리의 생각이 소리보다 더 가까이 있는 것은 아니며, 소리가 사라질 때는 앎의 밖으로 사라지는 것이 아닙니다. 그것은 앎 속으로 사라집니다.

생각은 말하기를, 소리가 앎의 밖에서 시작되어, 앎 안에 잠시 나타나고 앎을 통해 흐른 다음 그 바깥 공간으로 사라진다고 말합니다. 그러나 소리가 일어난다고 여겨지고 소리가 돌아간다고 여겨지는 그런 공간을 발견한 사람은 아무도 없습니다. 모든 경험은 앎 안에서 나타나고 흐르며, 앎으로 사라집니다.

• • •

그리고 어떤 생각, 감각과 지각이 일어나기 이전에 앎에 있는 것은 무엇입니까? 일어나는 생각, 감각, 지각을 이루는 것은 무엇입니까? 오직 앎입니다!

자동차 소리가 나타날 때, 어떤 새로운 실체가 바깥에서 앎에 들어가는 것이 아닙니다. 소리는 앎에서 일어나며, 거기에 있는 유일한 실체는, 일어나는 소리를 이룰 수 있는 것은 앎 자체입니다. 마치 스크린에 존재하는 유일한 실체는, 나타나는 이미지를 이룰 수 있는 것은 스크린 자체인 것처럼.

생각, 이미지, 느낌, 감각, 보이는 모습, 소리, 맛, 감촉, 냄새 등 경험의 전체 스펙트럼을 조사해 보십시오. 이 모든 것은 당신 안에서, 이 경계 없는, 텅 빈, 빛나는 순수한 앎의 장(場)에서 일어난다는 것을 분명히 보십시오. 그것들은 그 장에서 일어나고, 장을 통해 흐르며, 그 장으로 돌아가 사라집니다. 그것들은 오직 그 장으로 이루어져 있습니다.

그것은 몹시 추운 밤에 물 한 양동이를 밖에 내놓는 것과 같습니다. 물에서 얼음이 얼기 시작하며, 아침에 해가 뜨면 얼음은 녹습니다.

얼음 조각들은 저마다 모양이 다르고, 각각의 모양은 이름이 다르지만, 이 모든 변하는 이름과 모양은 늘 있는 물의 일시적인 변형이며, 물 자체는 이름도 모양도 없습니다. 얼음이 나타날 때 '얼음'이라는 새로운 실체가 생기는 것이 아니며, 얼음이 녹을 때 아무것도 사라지지 않습니다.

물은 투명하고 유동적이며, 얼음은 불투명하고 단단합니다. 그 둘은 서로 다르고 분리된 두 가지 실체인 것처럼, 하나가 다른 하나 안에서 나타나는 것처럼 보입니다. 하지만 오직 이 둘의 본질을 잊거나 간과했을 때만 정말 그런 것처럼 보입니다.

얼음을 물이 아니며 물과 다른 대상이라고 여기려면, 먼저 그것의 본질을 잊거나 간과해야 합니다. 즉, 얼음이 실제로는 물 자체임을 잊거나 간과해야 하는 것입니다.

그럴 때만 우리는 얼음 조각마다 독립적으로 존재하는 고유의 실재성이 있다고 상상할 수 있습니다. 그렇지만 독립적으로 존재하는 실재성은 오직 얼음 한 조각의 관점에서만 사실로 보입니다.

다시 말해, 얼음 한 조각의 관점에서 보면, 개별적인 얼음 조각들이 있으며 그것들은 저마다 독립적으로 존재합니다. 그러나 물의 관점에서는 물만 있습니다.

마찬가지로, 몸, 마음, 세계라는 각 현상은 늘 현존하는 본질인 순수한 앎의 일시적인 이름과 모양입니다. 이런 이름과 모양 중 하나의 관점에서 보면, 분리되어 독립적으로 존재하는 대상들과 자아들이 있습니다. 유일하게 참된 관점인 앎의 관점에서 보면, 오로지 그 자신만이 존재하며, 앎은 자기를 모든 형태의 경험으로 변형하지만, 늘 한결같이 자기 자신이며 자기 자신만을 압니다.

. . .

이제, '내 몸'이라 불리는 얼음 조각이 주의의 중심으로 오게 하십시오. 적어도 처음에는 눈을 감을 것을 권합니다. 눈을 감는 이유는 세계가 아닌 몸을 탐구하기 때문입니다. 눈을 감으면 세계라는 더 커다란 부분(시각)이 사라지며, 몸이 주의의 중심으로 옵니다.

눈을 감으면 몸에 대한 경험은 감각뿐이라는 것을 분명히 보십시오. 여기에서 말하는 '감각'은 따끔거리는, 일정한 모양이 없는, 경계가 없는 진동들을 의미합니다.

몸을 스캔합니다. 얼굴에서 시작합니다. 사실, '얼굴'은 이미지이며 과거에서 오는 이름표입니다. 그것은 지금 일어나는 경험이 아닙니다. 우리가 얼굴에 관해 아는 것은 일정한 모양이 없는, 따끔거리는 진동이 전부임을 분명히 알고 느끼십시오.

가슴과 손과 발에 주의를 두십시오. 사실, 이 모든 이미지와 이름표는 과거에 속합니다. 과거(생각이나 기억)를 참고하지 않는다면, 우리는 이 따끔거리는 진동이 얼굴이나 가슴, 손, 발 같은 대상인지 알지 못합니다. 그것들은 단지 일정한 모양이 없는, 따끔거리는, 진동하는 감각의 구름들입니다.

그러니 '가슴', '손', '발'이라는 이름표를 한쪽에 내려놓으십시오. 그것들을 참고하지 마십시오. 우리는 경험의 실재에 더 가까이 다가가서 그저 지금 일어나는 감각을 알아봅니다.

지금 일어나는 감각은 정지된 것이 아님을 먼저 분명히 보십시오. 그것은 언제나 물결치고 흐르며 움직입니다. 몸이 가만히 있을 때도 이 감각은 마치 서서히 대양을 가로지르는 파도처럼 부드럽게 고동치며 진동합니다.

이 감각에서 가장자리를 찾을 수 있는지 자신에게 물어보십시오. 생각이나 이미지는 참고하지 말고, 날것의 감각 자체만 참고하십시오. 자신이 갓 태어난 아기라고 상상해 보십시오. 우리는 참고할 과거가 전혀 없습니다. 그래서 '몸'이나 '세계'에 관해 아무것도 알지 못합니다. 우리가 아는 것은 생각이 중개하지 않는 날것의, 이름 붙일 수 없는, 친밀한, 직접 감각입니다. 우리는 감각을 어떻게 경험합니까?

우리는 감각에서 어떤 가장자리(감각이 끝나고, 감각이 나타나는 앞의 공간이 시작되는 지점)를 발견할 수 있습니까? 아니면, 그것은 가장자리가 텅 빈 하늘로 서서히 번지며 스며드는 구름과 같습니까? 이 둘이 만나는 지점을 발견할 수 없다는 것을 보십시오.

지금 일어나는 감각에 나이가 있는지 자신에게 물어보십시오. 그것은 20세, 40세, 60세, 80세입니까? 생각을 참고하지 마십시오. 경험만, 감각만 직접 참고하십시오. 이 감각은 20년, 40년, 60년, 80년 동안 있었습니까? 아니면, 지금 막 나타납니까?

감각에 성별이나 국적이 있습니까? 무게가 있습니까? 무게의 실제 경험으로 가서, 경험 자체가 단지 날것의 감각임을 보십시오. 오직 생각만이 감각에 '무게'라는 이름표를 붙입니다. 갓 태어난 아기는 감각에 무게가 있는지 알지 못합니다. 무게를 실제로 경험한 적이 없습니다. 감각은 사실 구름이 하늘에 무게 없이 떠 있듯이 앎에 떠 있을 뿐입니다.

• • •

이제, 자신을 이 감각이 나타나는 드넓은, 열린, 텅 빈, 아는 공간이라고 느끼는 대신, 앎의 작은 입자라고 느껴 보십시오. 앎의 장이 아니라 앎의 작은 입자라고 느끼는 것입니다. 그리고 우리는 수영장으로 다이빙하듯이 이 작은 입자로서 감각으로 다이빙하며, 그 안을 헤엄치며 돌아다닙니다. 우리가 이 조각으로서 할 수 있는 것은 알거나 경험하는 것이 전부입니다. 우리가 하는 것은 감각을 안에서 맛보고,

그것을 이루는 실체를 맛보는 것이 전부입니다.

먼저, 이 입자가 감각 안에서 헤엄치며 돌아다니기가 얼마나 쉬운지 알아차리십시오. 감각은 전혀 저항하지 않습니다. 감각에 있는 전부인 감각하는 경험은 투명하고 텅 비어 있습니다.

헤엄치며 돌아다니면서 어떤 감각은 다른 감각들보다 더 강렬하다는 것을 알아차리십시오. 우리가 '통증'이라고 부르는 경험은 강렬한 감각입니다. 그것은 보통의 감각보다 밀도가 더 높습니다. 하지만 고통스러운 감각이든, 보통의 감각이든, 즐거운 감각이든 모두 다 똑같은 실체로 이루어져 있습니다.

그리고 우리가 이 순수한 앎의 입자로서 헤엄칠수록 감각이 전혀 없는 어떤 공간으로 들어간다는 것을 알아차리십시오. 생각은 이 텅 빈 공간에 여전히 몸이 있다고 말하지만, 앎의 입자는 거기에서 아무것도 만나지 못합니다. 이른바 몸속에는 텅 빔의 입자들이 있을 뿐입니다.

사실, 몸은 구름이 많이 낀 하늘과 같고, 구름들에는 하늘을 엿볼 수 있는 틈이 많이 있습니다. 앎의 입자로서 감각 안을 헤엄쳐 돌아다니면서 우리는 빈 틈, 텅 빈 하늘의 틈, 텅 빈 앎과 만난다는 것을 분명히 보십시오.

351

그리고 우리가 감각 안에서 만나는 이 텅 빈 틈들은 그것을 둘러싼 앎의 텅 빈 공간과 같습니다.

감각의 가장자리에 특별히 주의를 기울이십시오. 가장자리로 보이는 것에 다가가서, 감각과 주위의 공간 사이를 왔다 갔다 하면서 접경 지역을 탐험해 보십시오. 순수한 앎의 입자로서 우리가 실제로 '감각'이라는 것을 떠나 '앎의 공간'이라는 것으로 들어가는지 보십시오.

그것은 마치 구름 속을 떠다니면서, 구름이 끝나고 하늘이 시작되는 곳이 있는지 보는 것과 같습니다. 그런 선을 찾을 수 있는지 보십시오.

이 접경 지역을 탐험하면서 견본을 모아 보십시오. 텅 빈 공간, 유쾌한 감각, 불쾌한 감각, 고통스러운 감각의 견본을 모아서 그것들을 비교해 보십시오. 그것들이 똑같은 실체로 이루어져 있습니까? 아니면, 서로 다른 실체로 이루어져 있습니까?

• • •

이제, 이 앎의 입자는 풍선처럼 팽창하기 시작합니다. 그것은 감각의 중심에서 시작하여 서서히 팽창합니다. 입자에서 장(場)으로 바뀌기 시작하는 것입니다. 장은 확장되면서 감각에 가득 스며들고 퍼지고, 사방으로 흘러넘치며, 만나는 모든 것을 순수한 앎의 텅 빈 실체로 가득 채웁니다.

소리가 나타나면 그 소리가 이 앎의 장에 포함되어 있음을 보십시오. 소리는 앎의 장으로 가득합니다.

앎의 장이 무한함을 보십시오. 그것은 유한한 성질이 없습니다. 우리가 앎의 장을 가리켜 무한하고 열려 있고 텅 비어 있고 투명하고 빛난다고 말할 때, 이 말들은 단지 언어의 한계 안에서 언어로는 묘사할 수 없는 앎의 본성(우리의 본질적 존재)을 떠올려 주기 위한 시도일 뿐입니다. 이런 말은 우리가 유한하며 밀도 높고 단단하고, 마음과 물질로 이루어져 있다는 믿음에 대응하기 위해 선택한 것입니다.

감각은 앎의 장에 떠다니는 단단하며 분명하게 구분되는 대상이 아님을 분명히 보십시오. 그것은 구름이 텅 빈 하늘의 장에 수증기의 장으로 떠 있듯이 앎의 장에 나타나는 감각함의 장입니다.

이제, 앎의 장과 감각함의 장을 탐구해 보십시오. 분명하게 구분된 이 두 가지 장을 찾을 수 있습니까? 아니면, 감각함의 장 자체가 앎의 장으로 이루어져 있습니까?

감각하는 경험에 있는 유일한 실체는 그것을 아는 앎입니다. 감각함은 얇의 변형입니다. 구름은 하늘의 변형입니다. 얼음은 물의 변형입니다. 이미지는 스크린의 변형입니다. 몸은 순수한 얇의 변형입니다.

몸의 실제 경험에 있는 유일한 실체는 순수한 얇이라는 것을 분명히 보십시오. '순수한'은 어떤 대상으로도 이루어져 있지 않다는 뜻이며, 단지 그 자체로, 차원 없는 얇으로 이루어져 있다는 뜻입니다.

듣는 경험도 오직 그것을 아는 얇으로 이루어져 있음을 보십시오. '소리'라고 불리는 분리되고 구분된 대상은 없습니다. 그것은 오직 그것을 아는 얇으로 이루어진, 몸을 이루는 것과 똑같은 실체로 이루어진, 우리의 참된 자기로 이루어진 '들음의 장'입니다.

우리의 참된 자기, 이 순수한 얇의 장은 몸을 몸으로 알지 않습니다. 소리를 소리로, 세계를 세계로 알지 않습니다. 그것은 모든 것을 자기 자신으로 압니다.

이 얇의 장이 늘 아는 것은 오직 얇뿐입니다. 하늘이 구름과 접촉하거나 구름을 알 때, 그것은 구름을 그 자신의 변형으로 알 뿐입니다. 구름은, 그 구름의 환영적인 관점에서만, 분리되어 독립적으로 존재하는 구름일 뿐입니다. 유일하게 참된 관점인 하늘의 관점에서는 그 모든 것이 하늘입니다.

354

생각의 관점에서만 몸은 몸이고 세계는 세계입니다. 몸은 자기가 몸인지 모릅니다. 세계는 자기가 세계인지 모릅니다. 생각만이 그렇다고 말할 뿐입니다.

순수한 앎은 그런 대상이나 자아를 알지 못합니다. 그것은 자기 자신만을 압니다. 이 차원 없는, 빛나는 순수한 앎의 장은 자기 자신 아닌 다른 것인 적이 없고, 자기 자신 말고는 어떤 것도 되지 않으며, 알지 못합니다.

모든 경험은 단지 그것 자체이며, 자기 안에서 진동하는, 생각하고 감각하고 지각하는 형태를 취하는 순수한 앎입니다. 이 앎은 생각의 관점에서는 몸, 마음, 세계가 되는 것처럼 보이지만, 유일하게 참된 관점인 그 자신의 관점에서는 자기 자신 아닌 어떤 것인 적이 없고, 자기 자신 말고는 어떤 것도 되지 않으며, 알지 못합니다. 그리고 그 것은 어떤 대상도 결코 만나지 못하므로 우리는 그것이 자기 자신만을 사랑한다고 말할 수 있습니다.

그 앎으로만 존재하고, 앎만을 알며, 앎만을 사랑하십시오.

감사합니다.

25
텅 빔 안에서 움직이는 텅 빔

눈을 감고, 몸에 대한 경험이 당신에게 오도록 허용하십시오. 몸에 관한 생각이나 이미지, 기억이 아니라, 몸에 대해 지금 실제로 직접 하는 경험이 오게 하십시오.

생각이나 기억을 참고하지 않는다면, 그 경험은 단지 진동하는 감각입니다.

지금 일어나는 감각이 순간순간 있는 그대로 나타나게 하십시오. 오직 자신의 친밀한 직접 경험(순수한 감각)만을 참고하십시오. 그렇게 하는 데 필요한 만큼 시간을 쓰십시오.

이 감각은 몸의 감각이 아님을 보십시오. 이 감각이 몸입니다.

생각이나 기억을 참고하지 않는다면, 지금 일어나는 감각이 '몸'인지를 우리가 어떻게 알겠습니까?

몸과 의자가 맞닿는 부분이 당신에게 오도록 허용하면서, 먼저 그것이 하나의 감각임을 보십시오. 이 하나의 감각에서 이른바 몸과 이른바 의자가 느껴지지만, 그것은 하나의 것, 하나의 감각입니다. 생각은 감각을 두 부분('몸'이라고 불리는 부분과 '의자'라고 불리는 부분)으로 나누어 개념화하지만, 경험은 오직 하나의 이음새 없는, 나눌 수 없는, 친밀한 감각만을 압니다.

'몸'과 '의자'는 생각이 과거와 기억에서 빌려 날것의 친밀한 경험에 덧붙이는 추상적인 이름표입니다.

생각은 감각 중에서 몸 부분을 '나'라고 하고, 의자 부분을 '나 아닌 것'이라고 말하지만, 그것은 하나의 감각일 뿐입니다.

생각이나 기억을 참고하지 않는다면, 몸이 의자에 앉아 있는지를 우리가 어떻게 알겠습니까?

우리는 모릅니다! 두 가지 대상(몸과 의자)으로 개념화하는 대신, 우리는 지금 일어나는 경험에 '몸/의자'라는 이름표를 붙일 수 있습니다.

이른바 몸에 무게가 있는지 없는지를 지금 이 순간 알 수 있습니까? 직접 경험만을 참고하면서, 이 몸/의자 감각에 무게가 있는지 자신에게 물어보십시오. 무게라는 경험으로 가서, 그 자체가 감각이라는 것을 보십시오. 그 감각은 얼마나 무겁습니까? 그 감각에 어떤 무게가 있습니까?

이 몸/의자 감각은 무엇 안에서 일어납니까? 모든 감각, 모든 현상은 반드시 어떤 것의 안이나 위에서 나타납니다. '몸/의자' 감각이 어떤 것 위에 앉아 있거나 쉬고 있습니까? 의자나 바닥 같은 어떤 것 위에 앉아 있거나 쉬고 있다는 느낌은 그 자체가 감각입니다. 그 감각을 받치고 있는 것은 무엇입니까?

우리의 실제 경험에서 감각은 어떤 단단한 것 위에 있거나 그 위에서 쉬고 있지 않음을 분명히 보십시오. 감각만을 참고한다면 우리는 어떤 단단함도 경험할 수 없습니다. 단단하다는 느낌은 그 자체가 감각입니다. 감각이 얼마나 단단합니까?

감각은 공간에 떠 있다는 것을 분명히 보십시오, 그것은 물리적인 공간이 아닙니다. 눈을 감으면 우리는 물리적 공간을 경험하지 못합니다. 그것은 앎의 공간입니다.

그 투명한 감각이 아는 공간에 무게 없이 떠 있으면서, 텅 빈 하늘에 아무 버팀대 없이 힘들이지 않고 떠 있는 구름처럼 천천히 모습이 변하는 것을 느껴 보십시오.

감각이 끝나고 (감각이 나타나는 바탕인) 아는 공간이 시작되는 지점을 찾을 수 있습니까? 이 둘 사이의 가장자리나 경계를 찾아보십시오.

아니면, 감각은 모든 방향에서 공간으로 번지고 퍼지며, 공간은 감각에 가득합니까?

감각에 표면이 없다는 것을 느껴 보십시오. 겉으로 보이는 몸의 표면은 그 자체가 감각입니다. 그 감각에 표면이 있습니까?

감각은 따끔거리고, 진동하며, 일정한 모양이 없고, 경계가 없고, 무게가 없고, 투과되며, 투명하다는 것을 분명히 보십시오.

이 감각이 텅 빈 아는 공간으로, 모든 방향으로 흐르고 확장되게 하시고, 이 공간에서 힘들이지 않고 무게 없이 떠다니게 하십시오.

그것이 아는 공간으로, 모든 방향으로 확장될수록 이 일정한 모양이 없는, 따끔거리는, 경계 없는 진동은 점점 옅어져서 사라집니다. 구름이 하늘로 확장되면서 증발하고 하늘은 구름에 스며들듯이, 감

각의 밀도는 주위 공간으로 사라지고 그 공간은 감각의 밀도로 스며
듭니다.

그리고 이 따끔거리는, 일정한 모양이 없는, 경계 없는 진동이 아
는 공간으로 확장되며 사라질수록, 그리고 공간이 감각으로 침투하
며 스며들수록, 이 두 가지 실체(공간과 감각)를 나누는 구분이 점점
더 흐릿해지는 것을 보십시오.

감각의 밀도가 공간의 투명함으로 완전히 넘어가게 하십시오.

공간의 투명함이 감각의 한가운데로, 가장 밀도 높은 부분으로 스
며들게 하십시오. 말로만 하겠다고 하지 말고, 그것에 대해 생각하지
도 마십시오. 그것을 느끼십시오. 감각이 밀도를 잃고 공간의 투명함
속으로 퍼지며 사라지도록 기다려 주십시오. 시간이 걸립니다. 그것
은 안개가 텅 빈 하늘로 흩어지는 것과 같습니다.

투명한 아는 공간이 일정한 모양이 없는 따끔거리는 진동으로 완
전히 스며들고 가득하게 하십시오. 그리고 텅 빈 앎과 진동하는 감각
의 차이를 더는 느낄 수 없을 때까지 진동이 공간으로 확장되며 사라
지게 하십시오.

구름은 이름과 모양을 거의 다 잃은 채로 아주 엷은 안개처럼 공

기 중에 떠 있습니다. 공간의 텅 빔과 투명함은 감각이 그 자신으로 돌아가게 했습니다. 사실, 그것은 항상 그 자신이었지만, 이제는 정말 그렇다고 느낍니다.

우리가 감각에 관해 아는 것은 감각하는 경험이 전부이며, 감각하는 경험에서 우리가 아는 것은 그것을 아는 앎이 전부입니다. 사실은 '그것'을 아는 앎도 아닙니다. 우리는 '그것'을 발견할 수 없습니다. 알려지는 것은 앎이 전부이며, 앎을 아는 것은 앎입니다. 즉, 앎은 그 자신을 제외하고는 어떤 것도 발견하거나 알거나 접촉하지 않습니다. 앎은 자기 자신만을 압니다.

지금 일어나는 몸 경험에 있는 유일한 실체는 빛나는 텅 빈 앎이라는 것을 이해하고 느끼십시오.

• • •

이런 느낌-이해와 일치하는 방식으로 몸을 움직이면 어떻겠습니까?

이제 머리를 아주 천천히 왼쪽으로 돌리는데, 그러기 전에 '머리'라는 말은 단지 하나의 투명한, 빛나는, 무게 없는 진동에 붙인 이름표라는 것을 분명히 아십시오. 머리를 움직인다고 느끼지 마십시오. 엷은 베일 같은 안개가 부드러운 산들바람에 실려 알아차리기 힘들 정도로 하늘을 가로지르며 날린다고 느껴 보십시오.

이 느낌-이해와 일치하는 방식으로 움직여 보십시오. 먼저, 하늘을 가로지르며 움직이는 베일 같은 안개의 이미지를 불러내고, 그 움직임의 성질을 느끼며, 그다음에는 그 느낌이 머리의 형태를 띠게 해 보십시오.

적어도 2분에 걸쳐 머리를 돌리는데, 움직임을 알아차리기 힘들 만큼 천천히 돌리십시오.

텅 빔이 텅 빔 안에서 흐릅니다.

어디에도 도착하지 마십시오. 움직임이 자세(아사나)입니다. 더 정확히는, 움직임의 성질이 자세입니다.

그리고 이제, 산들바람이 방향을 바꾸어 안개가 이동하는데, 알아차리기 힘들 만큼 서서히 하늘을 가로지르며 오른쪽으로 흐릅니다.

투명한 감각함이 빛나는 텅 빈 앎 안에서 흐릅니다.

그 뒤 안개는 가운데로 돌아옵니다.

처음에 몸이 정지해 있을 때는 제가 제안하는 대로 느끼기가 비교적 쉽지만, 아주 작은 움직임에도 우리가 얼마나 쉽게, 단단하고 밀도 높고 물리적인 몸으로 수축되어 돌아가려는 경향이 있는지 보십시오. 몸이 따끔거리는, 일정한 모양이 없는, 빛나는, 투명한, 경계 없는 진동이며, (이 진동이 나타나고 알려지게 하는) 앎의 공간으로 이루어져 있음을 실제 경험으로 다시 확인하십시오.

• • •

이제 팔을 천장으로 들어 올리는데, 신체의 팔을 움직이기 전에 느낌-상상으로만 그렇게 해 보겠습니다.

그래서 신체의 팔은 움직이지 않은 채로, 두 팔이 무게 없이 천장을 향해 떠 있다고 시각화합니다. 그리고 다시 아래로 내립니다.

이제 다시 움직이는데, 이번에는 그렇게 시각화하는 대신, 신체의 팔도 움직이지 않은 채 단지 그렇게 느껴 봅니다. 순수하고 투명한 감각함이 바다의 물결처럼 순수하고 텅 빈 앎을 통해 흐르고 있다고 느껴 봅니다. 그리고 다시 아래로 내립니다.

이제 팔의 실제 감각으로 가는데, 움직임을 시각화하고 느끼기만 했던, 몇 분 전에 있던 감각의 성질을 확인하기 위해 충분한 시간을 들입니다.

이번에는 신체의 팔을 사용합니다. 생각이 '나의 팔'이라고 이름 붙인 떨리는 진동이 천장을 향해 무게 없이 떠 있기 시작합니다.

팔을 움직일 때 그리고 단지 느낌-상상으로만 그렇게 했을 때, 이두 움직임의 성질에 차이를 발견할 수 있습니까? 이 둘 사이의 차이를 보지 못할 때까지 충분한 시간을 들여, 신체 팔의 움직임과 느낌-상상의 움직임 사이를 왔다 갔다 해 보십시오.

신체로 수축되어 돌아가려는 오래된 습관을 예의 주시하십시오. 팔은 순수한 감성과 빛나는 텅 빈 앎으로 이루어져 있습니다. 느낌-상상과 일치하는 방식으로 움직여 보십시오.

• • •

이제, 우리의 경험은 생각이 그 위에 덧씌우는 통상적인 한계들에 더이상 지배받지 않으므로, 투명하며 진동하는 감성으로 이루어진 팔은 계속 길어지고 떠올라서 마침내 천장에 닿게 됩니다.

팔이 부드럽게 천장으로 올라가는 따뜻한 공기의 기둥과 같다고 느끼고, 팔이 천장에 닿으면 사방으로 뻗으며 천장을 어루만진다고 느낍니다.

어떤 긴장이 느껴지면, 그것은 움직임에서 완전히 자연스러운 일인데, 신체의 감각을 다시 일으키려는 이 긴장의 경향을 민감하게 알아차리십시오.

이 긴장은 단지 조금 더 밀도 높은 감각, 더 높은 진동일 뿐입니다. 움직임을 잠시 멈추고 그 감각이 앎의 공간으로 가득해지게 하고, 감각이 그 공간으로 확장되며 사라지게 하십시오. 그래서 이 기능적인 긴장이, 우리가 단단하고 밀도 높고 한정된 몸으로서 그 몸으로 수축되어 돌아가는 구실이 되게 하지 마십시오.

그리고 이제 공기가 서늘해지고, 그러면서 공기는 아래로 이동하고 그와 함께 팔도 아래로 내려옵니다.

이제, 모든 행동을 멈추고 시각화도 멈추며, 그저 몸을 있는 그대로 경험합니다.

• • •

이런 탐구는 몸이 우리의 이해와 일치하는 방식으로 움직이고 느껴지도록 부드럽게 북돋우는 사랑의 고찰입니다.

이런 사랑의 고찰이나 탐구가 별것이 아닌 것처럼 보일 수도 있지만, 사실은 몸이 분리되고 한정되며 특정한 곳에 있는 자아를 대신하여 움직이고 느끼는 오래된 패턴과 습관을 몸에서 벗겨 내는 엄청나게 강력한 방법입니다.

우리는 이것을 '동종요법 요가'라고 부를 수 있습니다!

감사합니다.

26
몸에서 감각함으로, 감각함에서 순수한 앎으로

이 요가에 관해 먼저 이해해야 할 것은 여기에는 고정된 자세가 없다는 것입니다. 오직 하나의 자세가 있을 뿐이며, 그것은 경험 자체입니다. 경험 아사나(asana, 요가의 자세). 아무도 당신에게 그 자세가 어떤 것이라고 말할 수 없습니다. 그것은 매 순간 우리 각자에게 다르기 때문입니다.

매 순간 우리의 현재 경험은 우리 각자에게 완벽한 자세입니다. 그것은 이미 그러한 것보다 더 완벽할 수 없습니다. 그러니 일반적인 요가를 한 분들은 이번 고찰에서 그런 지식을 내려놓는 편이 좋습니다.

우리의 현재 경험이 자세이며, 현재 경험이 지금 나타나는 방식이 그 자세의 완성입니다. 이보다 더 완벽할 수 없습니다. 자세를 바르게 하는 방법은 이 점을 분명히 이해하는 것입니다.

그러므로 당신의 경험, 특히 몸의 경험을 제 몸이나 다른 몸이 보이는 방식에 맞추려고 노력하지 마십시오.

눈을 감으면서 세계에 대한 경험을 당분간 한쪽에 내려놓고, 몸에 대한 경험에 주의를 두십시오. 먼저, 몸을 일반적인 방식으로, 의자에 앉아 있거나 바닥에 누워 있는, '물질'이라는 실체로 이루어진 단단하고 밀도 높은 물리적인 대상으로서 경험하십시오. 다시 말해, 우리가 보통 생각하는 방식으로 몸을 경험합니다.

그리고 이제, 정확히 똑같은 경험에 주의를 두는데, 몸이 오직 날것의 감각임을 아십시오. 경험 자체는 변하지 않았습니다. 생각이 경험에 붙이는 이름표만 달라졌을 뿐입니다. 그렇지만 이런 방식으로 이름표를 바꾸면, 몸에 대한 실제 경험 자체가 바뀌는 것처럼 보입니다.

몸은 더이상 '물질'이라는 실체로 이루어진 단단하고 밀도 높고 고정된 것으로 경험되지 않습니다. 몸은 이제 '감각함'이라는 실체로 이루어진 것으로 알려지고 느껴집니다. 즉, 몸은 '마음'으로 이루어져 있습니다. 몸의 단단함과 밀도, 고정성은 증발했습니다. 그것은 이제 투명하고 유동적입니다. 고정된 구름은 없듯이 고정된 감각이라는 것도 없습니다.

감각은 언제나 부드럽게 진동하며 물결칩니다. 심지어 이른바 단단한 몸이 가만히 있을 때라도 이 감각은 완전히 살아 있고 떨고 진동하고 흐르며 물결친다는 것을 분명히 보십시오.

몸으로서는 현재의 경험이 분명하게 나뉜 경계나 윤곽이 있는 것처럼 보이지만, 감각이나 진동으로서는 그런 윤곽이 전혀 발견되지 않습니다. 몸의 윤곽은 바위의 윤곽과 같지만, 감각의 윤곽은 구름의 윤곽과 같습니다. 우리는 그것의 테두리를 발견할 수 없습니다. 우리는 그것의 모양을 정의할 수 없습니다. 그것의 모양은 떨리고 진동하는 감각함으로 이루어져 있습니다.

우리가 바위를 만지면 단단하고 밀도 높은 부동의 것을 만지는 것 같습니다. 구름을 만지면 손이 바로 그 안으로 들어갑니다. 구름에는 저항이 없습니다.

* * *

들리는 소리와 함께하십시오. '들음'이라는 진동이 '감각함'이라는 진동으로 번지며 스며들게 하십시오. 둘 다 마음으로 이루어져 있고, 조금 다른 진동수로 진동하고 있으나, 똑같은 실체로 이루어져 있습

371

니다. 듣는 경험도 감각하는 경험처럼 일정한 모양이 없습니다.

감각하는 경험을 종이 위에 그린다면 어떤 모양이겠습니까? 흰 종이 위에 느슨하게 떠 있는, 일정한 모양이 없는, 경계 없는 점들의 무리. 대부분은 흰 종이, 대부분은 텅 빈 공간.

몸이 대부분 텅 빈 공간이라는 과학적 사실을 말하려는 것이 아닙니다. 그것은 몸에 대한 우리의 실제 경험입니다.

이제, 듣는 경험을 종이 위에 그린다면 어떤 모양이겠습니까? 그것은 윤곽이 있습니까? 명확하게 구분된 모양이 있습니까? 아니면, 그것도 역시 종이 위에 떠 있는 점들의 무리일 뿐입니까?

이제 이 두 그림을, 즉 감각하는 경험을 그린 그림과 듣는 경험을 그린 그림을 비교해 보십시오. 두 그림 사이에 차이가 있습니까?

듣는 경험은 바다에서 일어나 통과하는 소용돌이나 잔물결처럼 우리의 참된 자기(열린, 텅 빈, 빛나는 앎)를 통과하며, 참된 자기에 의해 알려지며 참된 자기로 이루어집니다.

감각하는 경험도 마찬가지입니다. 그것은 조금 더 길게 지속되지만 똑같은 실체로 이루어져 있습니다. 떨리는 진동이 당신의 참된 자

372

기로 이루어진, 참된 자기의 바다를 통과해 흐르고 있습니다.

처음에는 경험이 물질로 이루어진 몸의 경험처럼 보입니다. 더 깊이 탐구해 보면, 정확히 같은 그 경험이 마음으로 이루어진 감각임을 알게 됩니다. 이제는 정확히 같은 그 몸의 경험에 주의를 두면서, 오직 그 감각을 아는 앎만을 아십시오.

우리가 감각을 경험할 때, 그 실제 경험에 있는 유일한 실체는 앎입니다.

우리는 이제 경험이 마음이 아니라 순수한 앎임을 알게 됩니다. 달라진 것은 아무것도 없습니다. 그것은 똑같은 경험입니다.

아까와 똑같은 경험, 즉 이른바 몸 또는 이른바 감각에 대한 경험에 계속 주의를 두되, 몸이나 감각에 대한 경험이 형태를 취하도록 허용하지는 마십시오. 즉, 그것이 대상이 되도록 허용하지는 마십시오.

오직 그것을 아는 앎만을 아십시오. 오직 앎만을 아십시오.

그 앎으로 존재하십시오.

· · ·

이제, 경험의 이 세 가지 모드(물질, 마음, 순수한 앎)를 같은 방법으로 탐구하되, 이번에는 몸이 정지해 있을 때뿐 아니라 움직일 때를 탐구해 봅시다.

이 강의실에는 60개의 몸이 있으므로 60가지 형태의 움직임이 있을 것입니다. 당신의 움직임을 어떤 특정한 모델과 같아지게 하려고 하지 마십시오. 당신의 몸에 맞게 하십시오.

경험 자체가 자세입니다. 경험 아사나.

먼저, 흔히 그렇듯이 몸이 단단하고 밀도 높은 물질로 이루어졌다고 느끼면서 일반적인 방식으로 몸을 경험합니다. 이제 몸을 아주 천천히 오른쪽으로 돌립니다.

자세의 끝에 이르지 않도록 아주 천천히 움직여야 합니다. 움직임 자체가 자세입니다.

이미 자세의 끝에 이르렀다면 너무 빨리 너무 멀리 가 버린 것입니다. 가운데로 돌아와서 다시 시작하십시오. 90도만큼 돌리는데 2, 3분이 걸리게 하십시오. 우리가 온통 관심을 기울이는 것은 경험의 성질이며, 지금은 일부러 일반적인 방식으로 몸을 경험해 보고 있습니다. 몸은 '물질'이라 불리는 실체로 이루어진 단단하고 밀도 높은 대상이며, 우리 밖에 있다고 여겨지고 느껴지는 공간을 통해서 움직이고 있습니다. 우리는 이런 태도를 몇십 년간 되풀이하고 있으니 이렇게 느끼는 것이 아주 익숙할 것입니다!

다시 말해, 우리는 우리의 이해와 일치하는 방식으로 움직임을 느끼는데, 여기에서 말하는 우리의 이해란 (일반적으로 이해하듯이) 몸을 물리적인 공간에서 움직이는 단단한 대상으로 이해하는 것입니다. 이것을 올바르게 느끼는 것이 정확한 자세입니다. 올바른 자세는 몸의 자세와 아무런 상관이 없습니다.

이제, 단단하고 밀도 높은 몸은 그만의 방식으로 그만의 시간에 가운데로 돌아옵니다. 우리는 오직 느끼는 성질을 다루고 있습니다.

이제 가운데에서 잠시 쉬면서, '단단한 몸'이라는 이름표는 떼 내지만, 주의는 정확히 똑같은 경험에 두십시오. 경험 자체는 변하지 않았습니다. '단단한 몸'이라는 이름표는 떼 냈고, 이제 '감각함'이라는 이름표로 대신합니다. 여전히 똑같은 경험이지만, 이제 그것은 감각함으로 이루어진, 즉 물질이 아닌 마음으로 이루어진 것으로 알려지고 느껴집니다. 그것은 더이상 단단한 것이 아닙니다. 그것은 떨리고 진동하는 에너지이며, 이 진동은 이제 왼쪽으로 흐릅니다.

움직임의 성질이 자세입니다.

오직 감각함만을 아십시오.

이제 잠시 쉬면서, 감각함이 끝나고 주위의 공간이 시작되는 지점, 즉 감각하는 경험에 어떤 가장자리가 있는지 찾아보십시오.

진동은 가운데로 흘러 돌아옵니다.

움직일 때 우리는 이 투명한 진동이 텅 빈 공간을 통해 흐른다는 것을 느낍니다. 감각은 물결이 물을 통해 움직이듯이 공간을 통해 움직입니다. 우리는 이 느낌-이해와 일치하는 방식으로 감각을 느끼고 움직입니다.

· · ·

이제 몸이 바닥이나 의자와 접촉하는 부분을 느끼되, '몸', '바닥'이나 '의자'라는 이름표를 곧바로 제거합니다. 지금 하나의 감각이 있는지 두 개의 감각이 있는지 자신에게 물어보십시오. 대상의 수준에서는 두 개의 대상(몸과 바닥이나 의자)이 있습니다. 마음의 수준에서는 하나의 실체(감각함)가 있으며, 여기에서 이른바 몸과 이른바 바닥이나 의자가 하나로 녹아듭니다. 실제로는 녹아드는 것이 아닙니다. 처

376

음부터 둘이 아니었습니다.

어떤 단단하다는 느낌이 남아 있다면, 그 감각으로 깊이 들어가서, 그 감각 자체에는 아무런 밀도나 단단함이 없다는 것을 보십시오. 감각은 마음으로 이루어진, 에너지의 투명한 진동입니다.

몸이 꿀로 이루어져 있고, 그 꿀이 서서히 의자나 바닥으로 부어진다고 시각화하며 느껴 보십시오. 의자나 바닥은 나무나 땅 같은 단단하거나 밀도 높은 것으로 이루어져 있지 않습니다. 그것은 투명하고 투과되고 부드럽고 환영하며 사랑합니다. 이를 느껴 보십시오. 그것에 대해 생각하지 마십시오.

이 액체의 투명한 감각이 (생각이 '의자'나 '바닥'이라는 이름표를 붙인) 어떤 저항도 없는 이 받아들임으로, 이 열림으로, 이 환영함으로 스며들어 가며, 이 두 실체는 우리가 여기에서 두 가지 실체를 전혀 발견하지 못할 때까지 서로 스며들고 섞이며 합쳐집니다.

우리는 '몸'과 '의자'나 '바닥'이라는 두 가지 실체가 생각이 날것의 친밀한 경험에 덧씌운 관념임을 보며, 그것을 이제는 마음으로 이루어진 투명한 감각함이라고 알고 느낍니다.

이 투명한 감각함은 생기 없이 정지해 있지 않습니다. 그것은 마치 바람 없는 방에서 타오르는 촛불처럼 떨고 조금씩 물결치며 부드럽게 진동합니다. 불꽃은 거의 움직이지 않지만, 가까이 들여다보면 아른아른 빛나며 미광을 발합니다. 우리의 몸(생각이 '몸'이라는 이름표를 붙인 경험) 전체는 순수한 감각함으로 이루어져 있고, 불꽃처럼 부드럽게 떨리고, 진동하는 에너지로만 이루어져 있으며, 깜박이며, 순수한 앎의 빛으로 빛나고 있습니다.

• • •

이제, 이 진동하는 감각을 아는 대신, 그것을 아는 앎을 아십시오. 그것은 주의의 초점을 감각으로부터 그 감각을 아는 앎으로 부드럽게 옮기는 것과 같습니다. 새로운 노력을 하는 것이 아니라, 노력을 이완함으로써 그렇게 합니다.

이제, 이 앎에 아주 가까이 머물면서(사실, 그것은 우리가 가까이 머물 수 있는 것이 아닙니다. 그것은 우리의 본질이기 때문입니다.) 이 앎으로 존재하다 보면, 이른바 몸이 다시 움직이기 시작합니다.

이제, 팔을 아주 천천히 천장으로 올리되, 내내 앎만을 알고 앎으로만 존재하십시오.

아주 천천히 움직입니다. 팔이 7센티만큼 움직였어도 괜찮습니다.

천장까지 올려도 괜찮습니다. 얼마나 멀리 움직이는지는 전혀 중요하지 않습니다. 아는 것과 오직 앎으로 존재하는 것이 중요합니다.

그리고 팔이 움직일 때, 앎이 움직이는지 자신에게 물어보십시오. 앎이 어디로 가거나 어떤 것이 됩니까? 자세가 앎입니다.

앎만을 아십시오. 앎으로만 존재하십시오. 앎 아사나(asana).

경험 자체는 변하지 않았지만 우리는 경험에 새 이름을 주었고(생각이 그것에 새로운 이름을 주었고), 그로 인해 우리는 그것을 다른 방식으로 경험하는 것처럼 보입니다. 그것은 이제 순수한 앎, 순수한 의식으로 이루어져 있습니다. 경험에는 순수한 앎 말고는 아무것도 존재하지 않습니다. 그리고 이 앎은 어디로 가지 않으며 아무것도 하지 않습니다.

팔은 당신의 속도에 맞게 아래로 돌아오지만, 앎은 어디로도 가지 않고 아무것도 하지 않습니다.

이른바 몸은 이제 쉬지만, 앎은 쉬지 않습니다. 앎은 움직일 때도 이미 쉬고 있었고, 움직임으로서 쉬고 있었으며, 언제나 쉬고 있었습니다.

• • •

이제 우리는 생각이 지금 일어나는 몸의 경험에 '감각'이라는 이름 표를 붙이는, 마음의 중간 단계로 돌아갑니다. 몸을 순수한 감각함으로 이루어진, 촛불의 불꽃처럼 부드럽게 떨리거나 진동하는 감각으로 경험하십시오.

이제, 이 불꽃, 이 에너지의 진동은 꺼지고, 불꽃 대신 심지에서 한 줄기 연기가 피어오릅니다. 몸은 이제 투명하고 물결치며, 연기나 증기의 기둥처럼 흔들리며, 그것이 공기 중으로 올라갈수록 우리는 감각이 공간에서 위로 올라간다고 느낍니다. 이 단계에서는 이른바 신체를 움직이지 마십시오. 움직이는 것은 (느낌-시각화로 이루어진) 진동의 몸입니다.

이때 우리는 신체의 한계에 더는 묶이지 않기에, 이 감각 또는 감각하는 경험은 신체의 한계를 넘어 자유롭게 확장됩니다.

먼저, 공간으로 증발하는 증기처럼 천장을 향해 위로 확장되는 연기의 기둥(감각, 감각하는 경험)을 시각화하고 느껴 봅니다. 그리고 이제 그것은 다시 아래로 내려옵니다.

이번에는 이른바 신체의 팔과 함께합니다. 이 증기 구름이 천장을 향해 위로 올라가는 것을 시각화하고 느끼면서, 이와 같은 느낌으로 신체의 팔이 수직으로 올라가고 한계선까지 오게 하십시오.

신체의 팔이 한계선에 다다랐을 때, 느낌-시각화로 이루어진 증기 구름은 천장으로 계속해서 확장되다가, 천장에 닿으면 자신의 텅 빔으로 천장을 어루만지며 천장의 전체 표면으로 퍼져 갑니다.

우리는 증기 구름이 위로 올라가 공간으로 확장되는 느낌-시각화와 일치하는 방식으로 신체의 팔을 움직입니다.

그리고 이 증기 구름은 확장될수록 엷어집니다.

신체의 팔은 아래로 부드럽게 내려오게 하되, 투명한 증기 같은 팔은 그 자리에 두십시오.

이제 몸의 전체 감각이 포함되게 하십시오. 모든 감각이 공간에서 위로 확장되게 하며, 그러면서 감각은 엷어집니다. 감각의 가장자리에서, 더이상 감각과 공간의 구분을 보지 못한다는 것을 분명히 보십시오. 그것들은 증기와 공기가 서로 스며드는 것처럼 우리가 더이상 두 가지 실체를 보지 못할 때까지 서로 스며듭니다.

이제 몸의 감각의 앞쪽 표면 전체가 앞의 공간으로 확장된다고 시각화하고 느껴 보십시오.

그리고 감각은 앞의 공간으로 확장될수록 엷어집니다. 마침내 감각이 끝나고 공간이 시작되는 지점을 발견할 수 없을 때까지. 감각은 공간으로 스며들며, 공간은 감각으로 퍼집니다.

이제, 몸 왼쪽의 감각이 왼쪽의 공간으로 똑같이 확장됩니다.

이제, 오른쪽.

이제, 뒤쪽 감각의 표면이 뒤의 공간으로 확장됩니다.

몸 뒤쪽으로 감각이 확장될 때는 조금 더 저항이 있을 수 있으니 아주 천천히 하십시오. 신체가 마음으로 이루어진 순수한 진동, 순수한 에너지, 순수한 감각함의 이 '감각하는 몸'에 영향을 주어 한계를 두게 하지 마십시오. 그것은 어디로든 갈 수 있습니다. 생각이 그것에 한계를 덧붙이지 못하게 하십시오.

이제, 그것은 몸의 아래쪽 공간으로 흐릅니다. 여기서 생각이 가장 먼저 말하는 것은 아래는 단단하고 밀도가 있다는 것입니다. 우리는 아래로는 갈 수 없다고 느낍니다. 그러나 눈을 감으면 우리는 단단하고 밀도 있는 바닥이나 땅에 대해 아무것도 알지 못합니다. 그것은 감각이나 진동으로 이루어져 있을 뿐입니다. 거기에는 단단하거나 밀도 있는 것은 아무것도 없습니다.

감각이 아래의 공간으로 스며들게 하십시오. 감각이 꿀처럼 공간으로 부어진다고 느끼십시오. 저항은 없습니다.

이제, 몸 주변의 여러 공간을 구분하는 것을 멈추면서, 감각함의 이 거대한 구체가 모든 방향으로 확장되는 것을 느낍니다. 그것이 계속 확장되어 벽을 통과하고 텅 빈 공간으로 나가도록 허용하십시오.

감각함은 물질이 아니라 마음에 의해서만 한정됩니다. 그것은 우리가 원하는 곳이면 어디로든 갈 수 있습니다.

감각은 공간으로 퍼져 갈수록 점점 더 공간처럼 변합니다. 감각은 '감각-임(sensation-ness)'을 잃게 됩니다. 촛불 연기가 점점 더 엷어져서 투명한 공기 속으로 사라지듯이 감각은 '감각-임'을 포기하면서, 밀도와 단단함의 마지막 잔여물을 포기하면서 주위 모든 공간으로 스며듭니다.

공간은 감각으로 스며들면서 감각을 공간으로 바꾸고 자기의 텅 빔을 공간에 불어넣습니다. 감각은 자신의 '어떤 것임'을 포기하면서 공간의 아무것도 아님으로 녹아듭니다.

우리는 감각이 확장되어 들어가는 공간과 감각 자체를 더는 구분하지 못합니다.

공간의 텅 빔은 감각의 가득함입니다. 공간의 가득함은 감각의 텅 빔입니다.

· · ·

이제, 공간이라는 마지막 미세한 부과물을 제거합니다. 우리는 감각이 실제로는 물리적인 공간으로 확장되지 않음을 봅니다. 그것은 아는 공간으로 확장됩니다. 눈을 감으면 우리는 물리적인 공간을 경험하지 않습니다. 단지 시각화를 돕기 위해 물리적인 공간의 성질을 추가했을 뿐이며, 그것은 우리가 순수한 앎을 시각화할 수 없기 때문입니다.

그러니 이제, 그 공간 같은 성질을 제거합니다. 남아 있는 것은 앎뿐이며, 감각은 그것일 뿐입니다. 감각은 더이상 공간으로 확장되지 않습니다. 그것은 차원이 없는 앎으로 확장됩니다.

사실, 감각은 차원이 없는 앎으로 확장되지 않습니다. 감각 또는 감각하는 경험에 있는 유일한 실체는 바로 그 차원 없는 앎입니다.

그것만을 아십시오. 오직 그것으로만 존재하십시오.

그것을 시각화하려고 하지 마십시오. 우리는 순수한 앎을 시각화할 수 없습니다. 감각하는 경험은 그 차원 없는 앎으로 이루어져 있음을 이해하고 느끼십시오. 즉, 몸은 오직 순수한 앎의 빛으로 이루어져 있습니다.

그것은 더이상 모든 방향으로 확장되지 않습니다. 그것이 확장될 공간이라는 것은 없습니다. 우리는 어떤 위치에서도 그런 것을 찾을 수 없습니다. 그것은 더이상 어떤 것, 어떤 곳이 아닙니다.

순수한, 차원 없는, 빛나는, 텅 빈 앎―모든 경험의 가득함.

이제 아무것도 하지 마십시오. 그저 경험이 영원히 있는 그대로 있게 두십시오.

감사합니다.

27
모든 경험보다 더 빛을 발하는 순수한 앎

지금 당신의 경험에 나타나는 소리에 귀를 기울이며, 그 소리가 의식의 바다 위에 이는 잔물결과 같음을 보십시오.

바다의 관점에서 보면, 잔물결은 단지 바다의 변형일 뿐입니다. 바다는 분리된 대상이나 다른 것을 알지 못합니다. 그것은 영원히 자기 자신만을 압니다.

잔물결이 사라질 때, 실제로 사라지는 것은 아무것도 없습니다. 잔물결이 일 때, 새롭게 생겨나는 것은 아무것도 없습니다.

밖에서 보면 늘 변하는 대상과 존재의 많음과 다양성이 보이지만, 안에서 보면 그것은 전혀 변하지 않는 하나의 실재입니다. 의식은 자기 자신만을 알고, 자기 자신으로만 존재합니다.

잔물결은 바다에 아무런 흔적도 남기지 않음을 보십시오. 바다는 언제나 손상되지 않으며 상처받지 않습니다. 아무것도 그것에 더해지지 않습니다. 아무것도 그것에서 없어지지 않습니다. 바다는 본래 그대로이며, 흔들리지 않으며, 파괴될 수 없습니다.

$$\cdot\ \cdot\ \cdot$$

'호흡'이라 불리는 새로운 잔물결이 나타납니다. 호흡을 길고 깊게 하십시오. 그것은 이제 잔물결이 아니라 물결입니다.

이제 호흡이 몸에서 시작되고 일어난다고 느끼는 대신, 몸 앞의 공간에서 일어난다고 시각화하며 느껴 보십시오. 먼저 그렇게 시각화한 다음에 그렇게 느낍니다.

길고 느리고 깊게 호흡합니다. 숨은 몸 앞의 공간에서 시작되어, 들이쉴 때 몸으로 흘러들어 옵니다.

그리고 내쉴 때 숨이 몸의 뒤쪽 공간으로 흘러나갑니다. 먼저 그 공간을 시각화하고서, 내쉴 때 숨이 그 공간으로 흘러나간다고 느낍니다.

다음번 들이쉴 때는 숨이 몸 뒤쪽 공간에서 시작되어 몸으로 흘러들어 오고, 내쉴 때는 앞쪽 공간으로 흘러나가며, 여기에서 다음 호흡이 시작되며 …… 이런 식으로 숨은 몸의 앞쪽과 뒤쪽 공간을 왔다 갔다 하면서 흐르며 몸을 가득 채웁니다.

이제, 숨이 코를 통해 몸으로 들어간다고 느끼는 대신, 몸의 앞 표면 전체에서 몸으로 들어온다고 시각화한 뒤 그렇게 느낍니다. 몸의 표면은 미세한 구멍이 숭숭 뚫린 모슬린 천과 같습니다. 숨은 그렇게 몸을 가득 채우며, 내쉴 때 몸의 뒤쪽 표면 전체에서 뒤쪽 공간으로 퍼져 나갑니다.

몸을 단단하고 밀도 높은 대상으로 느끼지 않으면서, 앞으로 뒤로 그렇게 호흡하십시오. 그것은 떨리는 진동이며, 일정한 모양이 없는 따끔거리는 감각입니다. 숨은 이 진동으로 스며들고 퍼져서 가득 채운 뒤, 공간으로 퍼져 나갑니다.

'몸'이라 불리는 것과 '감각' 또는 '진동'이라 불리는 것을 민감하게 알아차리십시오. 그리고 숨이 감각으로 스며들수록 어떻게 이 두 가지가 서로 섞이며 녹아드는지 느껴 보십시오. 그런 다음 숨이 감각을 통해 공간으로 퍼져 나가게 합니다.

이제, 숨이 몸의 왼쪽에서 시작된다고 시각화합니다. 숨은 왼쪽 전체에서 감각으로 스며들고 퍼져 가득 찬 뒤, 다음 호흡이 시작될 오른쪽 공간으로 흘러나옵니다. 다시, 이 둘이 섞이는 것을 민감하게 알아차리십시오.

이제 숨이 몸 위에서 시작되어 위의 공간에서 몸으로 부어지고, 감각을 통해 아래로 스며들며, 아래의 공간으로 흘러간다고 시각화하고 느껴 보십시오.

몸 아래의 단단하고 밀도 높은 땅에 대한 오래된 이미지를 투사하지 마십시오. 다음 숨이 시작되는 곳에서부터 숨이 빈 공간으로 흘러들며, 몸으로 올라와, 감각에 스며들고 가득 차며, 위쪽 공간으로 증발합니다.

이제, 몸 주위의 공간을 나누기를 멈추고, 감각이 (숨이 시작되고 돌아가는) 빈 공간의 광대한 구체(공처럼 둥근 형체)에 둘러싸여 있다고 느껴 봅니다. 숨은 감각 전체에 스며들고 스며 나오며, 공간으로 흘러 돌아갑니다.

이것은 전부 느낌-시각화입니다.

• • •

이제, 숨이 몸의 전체 표면을 통해 몸으로 스며들고 섞인 뒤, 주위 공간으로 흘러나갈 때, 숨은 약간의 감각을 데리고 나갑니다.

그것은 압지(잉크로 쓴 것이 번지지 않도록 위에서 눌러 물기를 빨아들이는 종이) 위에 떨어진 잉크 한 방울과 같습니다. 잉크 방울은 주위 공간으로 퍼져 나가는데, 숨은 이렇게 공간으로 퍼지거나 스며드는 것을 촉진합니다. 숨은 감각의 매개자 또는 전달자입니다.

처음에는 숨이 몸 주위의 공간으로 조금만 스며듭니다. 들이쉴 때 텅 빈 숨은 조금 더 밀도 높은 감각의 성질에 스며들어 감각과 섞인 뒤, 마치 강의 흐름에 따라 모래가 옮겨지듯 감각을 주위 공간으로 부드럽게 데려갑니다.

숨이 전체 표면을 통해 감각으로 스며들 때, 숨의 텅 빈 투명함이 감각의 밀도에 스며드는 것을 시각화하고 느껴 보십시오. 숨은 감각의 밀도를 그 자신으로 바꾸기 시작하며, 몸 밖으로 흘러나가면서 감각을 주위 공간으로 데리고 나갈 때, 감각은 엷어집니다.

들이쉴 때마다 숨은 감각으로 점점 더 깊이 침투하며, 내쉴 때마다 감각은 점점 더 공간으로 흘러나갑니다.

감각은 공간으로 흘러나갈수록 엷어지고 엷어집니다. 감각의 밀도는 점점 더 투명해지며, 숨을 이루는 질료와 감각을 이루는 질료를 구분하기는 점점 더 어려워집니다.

우리는 이제 감각에 표면이 없음을 느끼기 시작합니다. 모슬린 천의 짜임새는 점점 더 성겨집니다.

이제 그것은 거미집에 가깝습니다. 대부분이 텅 빈 공간인.

감각은 숨에 실려 모든 방향에서 공간으로 확장됩니다.

잉크 방울이 종이의 거의 모든 표면을 덮으면서 퍼져 종이에 스며들수록 색은 옅어집니다. 잉크색은 점점 옅어집니다. 마침내 우리가 하얀 종이와 엷은 잉크를 구별하기 힘들 때까지. 종이 전체가 잉크로 덮이는 지점까지(그런데 우리는 그 지점을 실제로 인지하지는 못합니다).

다시 말해, 우리는 더이상 두 가지(종이와 잉크, 호흡과 감각)를 알지 못합니다. 그것은 '호흡함감각함'이라 불리는 하나의 실체이며, 모든 공간은 호흡함감각함으로 가득합니다.

우리의 경험에서 두 가지(호흡함과 감각함)는 더는 구분할 수 없을 만큼 서로 아주 친밀하게 섞여 있습니다.

• • •

이제, 경험의 친밀함과 함께하면서 이 호흡함감각함이 움직이도록 허용하십시오. 편안한 방식으로 몸을 움직이십시오. 어떻게 움직이라고는 말씀드리지 않겠습니다. 머리를 앞뒤로 1인치쯤 움직일 수도 있고, 더 크게 또는 색다르게 움직일 수도 있습니다. 중요한 것은 호흡함감각함의 이음새 없는 친밀함과 함께 머무르는 것입니다.

길고 느리고 깊게 호흡하면서, 이 호흡함감각함이 서서히 움직임의 물결을 만들도록 허용하십시오. 호흡함감각함과의 접촉을 잃지 않기 위해서 아주 천천히 하십시오. 외형적인 움직임이 갑자기 호흡함감각함을 단단하고 밀도 높은 몸으로 수축해 돌아가도록 허용하지 마십시오.

우리가 아는 모든 것은 호흡함감각함으로 가득 채워진 이 경계 없는 공간입니다. 호흡함감각함은 텅 빈 공간에 스며 있습니다.

이제, 호흡함감각함으로 가득한 이 공간이 사실은 물리적인 공간이 아님을 알아차리십시오. 눈을 감고 있으면 우리는 물리적인 공간을 경험하지 못합니다. 그것은 물리적인 공간이 아니라 앎의 공간입니다.

그러니 이 아는 공간에서 공간 같은 성질이 떨어져 나가도록 허용하십시오. 아는 공간의 이 공간 같은 성질은 마지막으로 덧붙여진 것입니다. 호흡함감각함은 아는 공간이 아니라 차원 없는 앎에서 일어 난다는 것을 느끼고 아십시오.

몸을 아주 천천히 움직이십시오. 몸이 어떤 고정된 자세에 이르게 하지는 마십시오. 움직임이 바로 자세입니다. 물결은 멈추지 않고 진 동하고 물결치며 흐릅니다.

이제, 우리는 이 차원 없는 앎에서 진동하는 호흡함감각함의 경험 으로 친밀하게 다가갑니다. 호흡함과 감각함이라는 두 가지의 다른 점을 찾아보려 한 것처럼, 이제는 앎과 호흡함감각함이라는 두 가지 의 경계면이나 차이를 찾아보겠습니다.

그것은 텔레비전을 보면서 이미지와 스크린의 차이를 찾아보는 것과 같습니다.

스크린에 초점을 두면, 이미지에 두던 주의의 초점이 아주 미세하 게 이완되면서 이미지가 점점 희미해지듯이, 주의의 초점을 미묘하 게 앎으로 이동하면 호흡함감각함이 희미해집니다.

경험 자체는 계속 똑같습니다. 이미지를 보던 것을 갑자기 멈추고 스크린을 보는 것이 아닙니다. 주의의 초점을 스크린으로 미묘하게 옮기는 것이며, 그러면 보이는 것은 똑같지만, 그것은 이미지보다는 스크린으로 알려지고 느껴집니다.

그것은 마치 배경에 있던 앎이 전면으로 나오기 시작하고, 전면에 있던 호흡함감각함이 흩어지거나 사라지면서 서서히 순수한 앎으로 돌아가는 것과 같습니다.

물결이 계속해서 부드럽게 움직이게 하십시오.

앎이 점점 더 전면으로 나오고, '호흡함감각함'이라 불리는 것이 증발하여 앎 속으로 사라지도록 허용하십시오.

물살이 더 세지게 하십시오. 물결이 좀 더 자유롭게 움직이게 하십시오. 팔이라 불리는 잔물결이 참여하도록 초대하십시오. 이제 온몸이 참여합니다. 우리는 일어설 수도 있고, 눕거나 앉거나 춤출 수도 있습니다. 얼마든지 상관없습니다. 모든 감각이 참여하도록 하십시오.

호흡함감각함이 점점 희미해지고 증발하여 앎 속으로 사라지도록 허용하며, 앎이 점점 더 밝게 빛나는 것을 보십시오.

앎은 호흡함감각함보다 더 빛을 발하기 시작합니다.

호흡함감각함은 그것의 마지막 남은 대상의 성질을 포기하면서, 순수한 앎의 차원 없는 투명함 속으로 그것의 실체를 완전히 내맡깁니다. 그리고 순수한 앎은 그 자신이 아닌 다른 것을 아는 것처럼 보이던 마지막 흔적을 포기합니다.

앎은 오직 앎만을 압니다. 앎은 오직 앎일 뿐입니다. 그리고 자기 아닌 다른 것을 알지도 만나지도 못하기에 앎은 오직 앎만을 사랑합니다.

'오직 앎만을 아는 앎'이라는 말조차 타당하지 않습니다. 단지 '앎'입니다.

심지어 '앎'이라고 말하는 것조차 타당하지 않습니다. 우리는 적당한 말을 찾을 수 없으며, 그저 경험의 한가운데에서, 경험의 한가운데로 빛날 뿐입니다.

우리는 물결이 자신의 때에 맞게 쉬도록 점차 허용합니다.

아무것도 하지 마십시오. 단지 경험이 영원히 있는 그대로 있게 하십시오.

감사합니다.

28
몸, 빛나는 텅 빈 진동

얼굴의 감각에 주의를 두십시오. 얼굴이 텅 빈 공간에 걸려 있는, 2, 3 센티쯤 두꺼운 마스크라고 시각화하고 느껴 보십시오.

얼굴은 '나'라는 느낌이 아주 많은 영역입니다. 보는 자인 '나', 듣는 자인 '나', 냄새 맡는 자인 '나', 맛보는 자인 '나', 생각하는 자인 '나', 선택하는 자인 '나', 결정하는 자인 '나'. 몸에서 얼굴 부위는 가상의 분리된 자아가 주로 거주하는 곳 중 하나입니다.

얼굴을 대상으로 하는 이 명상에서 우리는 그곳에 사는 것처럼 보이는 분리된 자아의 속박으로부터 감각들을 해방시킵니다. 예를 들어, 우리는 듣는 경험이 귀에서 일어나는 것이 아님을 봅니다. 듣는 경험은 특정한 곳에 있지 않은 앎에서 일어납니다.

지금 이 순간, 귀에 대한 우리의 유일한 경험은 미세한 감각입니다. 자신에게 물어보십시오. "듣는 경험이 그 감각 안에서 일어나는가?" '나의 귀'라고 불리는 감각으로 가서, '들음'이라는 경험이 그 안에서 일어나는지 찾아보십시오. 아니면, 들음과 감각함이 똑같이 앎 안에서 일어납니까? 그런데 그 앎의 위치를 찾으려 하면 찾을 수가 없습니다.

사실, 눈을 감으면 우리는 위치에 대해 아무것도 모릅니다. 공간에 대해 아무것도 모릅니다. 단지 소리와 감각을 알 뿐이며, 그것들은 위치가 없고 찾을 수 없고 차원이 없으며 텅 빈 앎에서 일어납니다.

이를 이해하는 것은 그리 어렵지 않지만, 그렇게 느끼는 것은 다른 문제입니다.

텅 빈 공간에 떠 있는 마스크의 감각으로 돌아갑니다. 당신의 안구를 텅 빈 공간으로 이루어진, 호두 크기의 두 개의 구체로 시각화하고 느껴 보십시오. 이 두 개의 텅 빈 공간이 점차 모든 방향으로, 앞에 있는 공간으로, 앞으로, 뒤로, 위로, 아래로, 옆으로 확장되게 하십시오.

이것에 대해 생각하지 마십시오. 단지 느낌-상상으로 그렇게 하십시오. 이제, 호두 크기의 공간들이 확장되어 오렌지만큼 커지며, 이 두 공간은 마스크 주위의 모든 공간으로 흘러들기 시작합니다.

안구의 공간이 확장될수록 그것은 눈 주위의 모든 작은 감각으로 퍼지며, 마치 압지 위에 떨어진 잉크 한 방울이 종이에 스며들어 퍼지면서 더 희미해지듯이, 감각들이 주위의 모든 공간으로 번지면서 확산됩니다.

이제, 코 안에 있는 두 공간을 건포도 크기로 시각화하고 느껴 보십시오. 이 두 개의 작은 공간은 코 주위의 모든 감각에 스며들고, '나'라는 느낌(냄새 맡고 호흡하는 자인 '나')에 스며들며, 이 감각들을 모든 방향의 공간으로 데려가면서, 모든 방향으로 확장되기 시작합니다.

반드시 모든 방향을 똑같이 포함시키십시오. 앞쪽의 빈 공간과 '머리'라고 불리는 뒤쪽의 밀도 높은 공간을 투사하지 마십시오. 지금 당신에게 두통이 있지 않다면 이 마스크 뒤쪽도 텅 비어 있을 뿐입니다. 마스크는 구름처럼 떠 있습니다. 드넓고 텅 빈 공간의 마스크 같은 구름. 그것은 물리적인 공간에 떠 있지 않음을 보십시오. 그것은 아는 공간에 떠 있습니다.

이제 입 안의 공간을 자두 크기로 시각화하고 느껴 보십시오. 자두는 입 안의 모든 감각으로 스며들고 침투하다가 모든 방향으로 확장되기 시작합니다. 이것을 아주 분명하고 상세하게 시각화하고 느끼

399

십시오.

입 안의 빈 공간을, 거기에 있는 모든 미세한 감각과 긴장을 탐구해 보십시오. 이 자두 크기의 공간이 그 모든 감각으로 확장되고 스며드는 것을 느껴 보십시오. 그것은 감각들에 침투하며 감각들을 주위 모든 공간으로 확장시킵니다.

입의 자두 크기 공간이 코의 건포도 크기 공간과 안구의 오렌지 크기 공간과 섞일 때, 그것들은 확장되고 서로 녹아들면서 밖으로 흘러 나가며 얼굴 공간 전체로 확장됩니다.

이제 양쪽 귀의 두 공간을 도토리 크기로 시각화하고 느낍니다. 이두 개의 빈 공간은 모든 방향으로(앞으로, 뒤로, 위로, 아래로, 옆으로) 확장되기 시작하며, 귀 주위의 작은 감각들을 이 텅 빈 아는 공간으로 가득 채웁니다.

이제 이 모든 공간이 서로 합쳐지면서, 텅 빈 공간이라는 하나의 공이 되고, 마스크 주위의 모든 감각을 가득 채우며, 보는 자, 냄새 맡는 자, 맛보는 자, 듣는 자인 '나'가 사는 곳을, '나'라는 모든 작은 느낌을 가득 채웁니다.

텅 빈 공간이라는 공이 그렇게 확장되면서, 생각하는 자, 선택하는 자, 아는 자, 결정하는 자인 '나'가 사는 곳인 이마 부위로 스며들게 하십시오. 이렇게 확장하는 아는 공간은 만나는 모든 감각에 스며들고, 그것들을 점차 그 자신으로 바꾸며, 자기의 실체로 그것들을 채웁니다. 마침내 감각들은 감각의 성질을 잃고, 모든 감각이 이 텅 빈 아는 공간으로 이루어져 있다고 느껴집니다.

이 확장되는, 텅 빈, 아는 공간이 모든 방향으로, 마스크의 표면 전체(머리끝, 양옆, 마스크의 앞과 뒤)로 스며드는 것을 느껴 보십시오. 마스크의 밀도와 단단함은 점차 그것이 떠 있는 공간의 투명함과 텅 빔으로 가득해집니다.

이 아는 공간이 모든 방향으로 확장될수록 마스크의 밀도는 점점 더 엷어집니다. 마치 안개가 그것이 나타났던 하늘로 어느새 서서히 사라지는 것과 같습니다. 하늘이 안개를 없애기 위해 하는 일은 아무것도 없습니다. 안개는 저절로 흩어지며 하늘로 사라집니다.

마찬가지로, 이 아는 공간도 감각에 아무것도 하지 않으며, 감각도 아무것도 하지 않습니다. 아는 공간의 텅 빔은 만나는 모든 것에 자연스럽게 스며들고 침투하고 가득 채우며, 점차 그것을 그 자신으로 바꿉니다.

• • •

이제, 얼굴 부분에 두던 주의를 멈추고, 생각이 '내 몸'이라는 이름표를 붙인, 진동하는 감각의 따끔거리고 일정한 모양이 없고 경계 없는 덩어리 전체에 주의를 두십시오. 이 감각이 경계 없는, 빛나는, 텅 빈 공간에 떠 있고, 순수한 앎으로 이루어져 있음을 보십시오.

생각이 이 감각은 '바닥'이나 '의자'라는 것 위에 앉아 있다고 당신을 설득하게 놓아두지 마십시오. '바닥'이나 '의자' 자체도 우리에게는 감각으로 경험될 뿐입니다. 그 감각 자체는 이 텅 빈 앎의 공간에 떠 있습니다.

이제, 자신을 아는 공간이라고 느끼는 대신, 아는 입자(순수한 앎의 차원 없는 입자)라고 느껴 보십시오. 그리고 그 입자로서 '몸'이라 불리는 이 감각으로 잠수하여 그 안에서 헤엄쳐 보십시오.

우리가 순수한 앎 또는 순수한 감성의 아주 작은 입자로서 주위를 헤엄칠 때, 우리는 몸이 있다고 생각이 말했던 곳에서, 밀도 높은 곳들과 그 사이의 빈 공간들을 만나게 됩니다. 그렇지만 이 순수한 앎의 입자로서 우리는 밀도가 더 높은 감각들과 그런 감각들 사이의 빈 공간을 헤엄쳐 다니며 견본을 모읍니다.

그리고 가끔 감각에서 나와 주위의 아는 공간으로 들어가며, 표면에 특히 주의를 기울이며 감각이 끝나고 텅 빈 공간이 시작되는 곳이 있는지 살펴봅니다. 우리는 이 경계, 감각의 가장자리에 대해 들어왔으므로 그것을 찾아다니면서, '몸'이라 불리는 것을 떠나 '세계'라 불리는 다른 실체로 들어갈 것으로 기대합니다.

소리가 일어나면, 우리는 감각으로부터 소리로 헤엄쳐 갑니다. 우리는 순수한 앎의 입자이며, 우리가 경계선을 건너는지, '몸'이라 불리는 실체를 떠나서 '세계'라 불리는 다른 실체로 들어가는지를 물으면서 감각으로부터 소리로 헤엄쳐 갑니다. 아니면, 감각하는 경험과 듣는 경험 사이에 아무 경계가 없고, 우리는 앎의 차원 없는 입자로서 감각하고 듣는 경험, 이 똑같은 실체 안에서 늘 헤엄치고 있을 뿐입니까?

· · ·

이제, 감각 안에서 헤엄쳐 돌아다니는 이 앎의 입자는 모든 방향으로 확장하고, 만나는 모든 것을 그것의 텅 빔으로 채우면서, 그 자신의 '아무것도 아님'으로 감각의 '어떤 것임'을 흩어지게 합니다.

이 앎의 입자는 확장되면서 앎의 장으로 바뀌기 시작합니다. 앎의 장은 계속 확장되면서 마침내 우리의 경험 전체에 가득해지고, 우리는 느낌, 감각함, 들음, 생각함 등 순간순간 일어나는 우리의 경험 전체가 이 앎의 공간으로 가득하다고 느낍니다.

우리가 바깥을 내다볼 때 나무, 들판, 거리가 햇빛으로 가득하듯이, 모든 경험도 순수한 앎의 빛으로 가득합니다.

'몸'은 물론이고, 감각도 더는 '감각'이라 불리는 대상이 아닙니다. 그것은 물로 이루어진 바다의 물결처럼, 이음새 없는, 나뉠 수 없는, 친밀한 순수한 앎의 장에서 일어나는 물결과 같습니다. 물결은 물의 일시적인 이름과 형태일 뿐이며, 물결에 존재하는 유일한 실체는 물입니다.

마찬가지로, 따끔거리는, 일정한 모양이 없는 이 감각은 빛나는 텅 빈 앎 안에서 진동하는 잔물결이나 물결이며, 순수한 앎의 변형이며, 참된 자기의 늘 현존하는 실재의 일시적인 이름과 형태입니다.

• • •

이제 이 물결이 움직이기 시작합니다. 감각은 왼쪽으로 향하지만 똑같은 성질을 지니고 있습니다. 감각은 앎으로 가득합니다. 이른바 몸이 움직일 때 일어나는 모든 일은 이 물결이 순수한 앎의 차원 없는 바다에서 새로운 방식으로 진동하는 것이며, 새로운 이름과 형태를 띠는 것이지만, 거기에 있는 유일한 실체는 물, 즉 투명한 앎입니다.

아주 천천히 움직이십시오. 이 앎과 함께하십시오. 이 요가에서는
오직 하나의 자세(순수한 앎)만 있다는 것을 기억하십시오. 앎 아사나
(asana). 계속 그것에 주의를 두십시오. 오직 그것만을 아십시오. 오직
그것으로만 존재하십시오.

몸이 왼쪽으로 돌아가고 있습니다. 몸에 맞게 움직이십시오. 물결
은 새로운 방식으로 흐르고 있을 뿐입니다. 움직임이 당신을 물리적
인, 밀도 높은, 특정한 위치에 있는 몸으로 수축되어 돌아가도록 설
득하지 못하게 하십시오.

아주 천천히 하십시오. 움직임이 바로 자세입니다. 앎이 자세입니
다. 어디에도 도착하지 마십시오. 이미 도착했다면, 너무 멀리 가 버
린 것입니다. 돌아와서 다시 시작하십시오. 이미 도착했다면, 몸을 최
대한 비트는 고정된 자세를 목표로 하고 있다는 것입니다. 그것은 여
기에서 우리가 하는 것과는 아무런 상관이 없습니다.

순간순간 우리는 도착했습니다. 움직임이 바로 자세입니다. 감각
함이 바로 자세입니다. 앎이 자세입니다.

움직임과 순수한 앎의 관계는 바람과 공간의 관계와 같습니다.

공간을 통해 움직이는 바람의 성질을 환기해 보십시오. '바람'이라

불리는 하나와 '공간'이라 불리는 다른 하나, 이렇게 두 가지 실체가 있습니까? 아니면, 그것은 하나의 실체이며, 텅 빔 안에서 흐르는 텅 빔입니까? 그것이 이 움직임의 성질입니다. 그것은 움직임이라 하기도 어려우며, 진동에 가깝습니다.

• • •

이제 원을 그리듯 머리를 돌려 보십시오. 그것은 그저 투명함으로 이루어진, 바다의 작은 소용돌이 같은 것입니다.

앎만을 아십시오. 앎으로만 존재하십시오.

어떤 경험도 제외하지 마십시오. 소리가 나타나면, 그것은 단지 바다에 이는 또 하나의 잔물결일 뿐입니다.

이제 물결은 방향을 바꾸고, 머리는 다른 방식으로 흐릅니다. 방향이 바뀌는 것은 조류가, (알아차리기 힘들게) 바뀌는 것처럼 느껴집니다. 그것은 하나의 움직임이 있고 난 뒤, 또 하나의 움직임이 뒤따르는 것이 아닙니다. 그것은 하나의 끊임없고 이음새 없는 움직임이며, 결코 변하지 않는 참된 자기의 늘 변화하는 흐름입니다.

어떤 물결은 다른 물결보다 강하지만, 본성은 다르지 않습니다.

만약 자신이 분리된 자아가 거주하는 견고하고 밀도 높은 몸을 느끼는 이전의 방식으로 돌아간다면, 그저 이 느낌-이해로, 몸에서 감각으로, 감각에서 감각함으로, 그리고 감각함에서 순수한 앎으로. 돌아오십시오.

그 뒤 반대 방향으로, 현상을 향해 바깥으로(순수한 앎에서 감각함으로, 감각함에서 감각으로, 감각에서 몸으로) 나아갈 때, 이 앎과 함께, 이 앎으로서 머무르되, 경험은 이 빛나는 텅 빈 앎 외에 다른 것이 되지 않는다는 것을 분명히 보십시오.

이 앎이 지금 일어나는 경험에 스며들어 가득하게 하십시오. 몸이 이 새로운 느낌-이해에 일치하는 방식으로 몸을 느끼고 움직여 보십시오.

• • •

이제 머리는 가운데로 옵니다. 눈을 뜨되 1밀리쯤만 뜹니다. 보는 경험이 일어납니다. 이 순수한 앎의 텅 빈 장은 이 새로운 봄의 장을 포함하여 당신의 경험 전체에 가득 스며 있습니다. 생각이 바깥 세계의 현상에 관해 아무것도 말하지 못하게 하십시오. 보는 경험은 그것을 아는 앎으로 가득합니다.

사실, 보는 경험은 바다에 일어나는 새로운 물결일 뿐입니다. 보는 경험에 그것을 아는 앎이 아닌 다른 실체가 있는지 자신에게 물어보십시오. '보는 경험'과 '그것을 아는 앎'은 두 가지 다른 실체가 아님을 이해하고 느껴 보십시오. 보는 경험은 순수한 앎이라는 늘 현존하는 실체의 일시적인 변형입니다.

다시 눈을 감고서, 모든 경험의 영역을 살펴보십시오. 경험의 모든 사소한 측면이 앎으로 가득 스며 있음을 보십시오. 경험 가운데 앎이 스며 있지 않은 부분이 있는지 적극적으로 찾아보십시오. 무엇을 발견하든 그것은 그것을 아는 앎일 뿐입니다.

순수한 앎과 분리된 어떤 대상을, '그것'을 찾을 수 있는지 보십시오. 당신이 앎 말고는 아무것도 알지 못하고 접촉하지 않음을 자신의 경험에서 분명히 깨달으십시오. 앎은 자기 자신 외의 다른 것은 아무것도 알거나 접촉하지 않습니다.

다시 눈을 뜨되, 이번에는 2밀리쯤 뜨십시오. 어떤 새로운 실체가 겉보기에 존재하도록 허용하지 마십시오. 오직 앎으로 이루어진, 당신의 참된 자기로 이루어진 봄이 있을 뿐입니다.

이제 아주 천천히 눈을 감되, 앎은 사라지지 않음을 보십시오. 다시 말해, 보는 경험의 실재는 '봄'이라는 이름과 형태가 사라질 때도 늘 현존합니다.

눈을 감으면 봄은 사라지지만, 그것을 이루는 실체인 순수한 앎은 남아 있습니다.

이른바 세계를 이루는 실체는 사라지지 않았습니다. 이름과 형태만 바뀌었을 뿐입니다.

'있는 것은 절대로 없어지지 않으며, 있지 않은 것은 절대로 생겨나지 않습니다.'

다시 눈을 반쯤 뜹니다. 앎은 다시 보는 형태로 변형됩니다. 눈을 조금씩 더 뜰 때마다 봄의 장은 점점 더 다양하고 다채로워집니다. 생각은 저기에 더 많은 대상과 자아가 있다고 말하지만, 앎(진실로 아는 유일자)은 앎만을 알며 자기 자신만을 압니다.

천천히 다시 눈을 감습니다. 이른바 세계의 다채로운 이미지는 오렌지색 이미지로 대체되는데, 이 이미지는 똑같은 실체로, 봄으로 이루어지며, 그것은 순수한 앎의 늘 현존하는, 나뉠 수 없는, 친밀한 실재의 일시적인 변형입니다.

이제 눈을 완전히 뜹니다. 계속 앎에 관심을 두십시오.

오직 앎만을 아십시오. 오직 앎으로만 존재하십시오.

자연이 햇빛으로 가득하듯이, 당신의 경험 전체가 앎으로 가득하다고 느껴 보십시오. 나무들, 들판, 하늘이 햇빛에 빛나듯이 당신의 경험도 순수한 앎의 빛으로 빛나는 것을 보십시오.

햇빛이 없으면 자연에서 아무것도 보이지 않듯이, 당신의 참된 자기인 순수한 앎의 빛이 없으면 아무것도 알려지거나 경험되지 않습니다.

사실, 자연에서 우리가 보는 모든 것은 햇빛의 변형입니다. 그리고 경험에서 우리가 아는 모든 것은 순수한 앎의 빛의 변형입니다.

경험을 알 수 있도록 비추어 주는 것은 당신, 나, 순수한 앎의 빛입니다. 몸, 마음, 세계가 겉보기에 존재할 수 있도록 허용하는 것은 당신, 나, 순수한 앎의 빛입니다.

몸, 마음, 세계는 그들의 실재성을 당신에게서 빌리고 있습니다.

우리의 참된 자기(순수한 앎의 늘 현존하는 무한한 빛)가 겉보기에 가려지거나 잊히거나 간과될 때만 몸, 마음, 세계는 분리되고 독립적으로 실재하는 것처럼 보입니다.

그렇지만 스크린을 가리는 이미지 자체가 스크린으로 이루어져 있듯이, 가림, 잊음, 간과함조차 그 자체는 순수한 앎의 빛으로 이루어져 있습니다.

다시 말해, 순수한 앎의 늘 현존하는 무한한 빛은 실제로는 가려지지 않습니다. 그것은 순수한 앎이 그 자신의 무한한 자유로 형태를 띠는 것에 동의한 것뿐이며, 그 형태의 환영적인 관점에서만 순수한 앎이 가려지는 것처럼 보입니다. 하지만 유일하게 참된 관점인 그 자신의 관점에서는, 그것은 결코 실제로는 가려지지 않습니다.

순수한 앎의 늘 현존하는 무한한 빛이 형태를 취하고, 그 형태로 자기에게서 자기를 가리는 것처럼 보이게 하며, 그리하여 일시적이고 제한된 내부의 자아가 되어 바깥 세계에서 움직이는 것처럼 보이게 하는 이 능력을 가리켜 마야(Maya)라고 합니다.

하지만 실제로는 순수한 앎의 빛은 자기 '존재'를 아는 앎을 잊거나 간과하지 않습니다. 사실, 그것은 자기의 '존재' 외에는 아무것도 알지 못합니다.

순수한 앎의 빛이 일시적이고 제한된 자아로 수축되는 것처럼 보이고, 그리하여 그 자신이 아닌 다른 것을 알거나 접촉하는 것처럼 보이는 것은 오직 자기 '존재'의 이음새 없고 나뉠 수 없는 친밀함이

411

생각에 의해 아는 주체와 알려지는 대상, 타자, 세계로 나뉘는 것처럼 보일 때뿐입니다.

이제, 눈을 완전히 뜨고 방을 둘러보십시오. 모든 생각함, 느낌, 감각함, 지각함을 포함해 경험의 전체 스펙트럼이 정확히 있는 그대로 있도록 허용하십시오.

오직 앎만을 아십시오. 오직 앎으로만 존재하십시오. 오직 앎만을 사랑하십시오.

우리가 친구와 눈을 마주치고 미소 지을 때, 그것은 이 앎이 자기 자신을 알아보며 환히 빛나는 것입니다. 그것이 우정입니다.

이제 아무것도 하지 마십시오. 모든 것을 있는 그대로 두십시오.

감사합니다.

29
깨달음은 사건이 아닙니다

'깨달음'이라 불리는 특별한 사건이 미래에 일어나기를 기대하십니까? 이 기대하는 사건을 마침내 일으킬 수 있는 어떤 특별한 말을 듣기를 기대하십니까?

그렇다면 제 말에 실망할 것입니다. 깨달음은 사건이 아닙니다. 그것은 일어나는 일이 아닙니다. 그것은 미래 어느 때에 일어날 점심식사 같은 일이 아닙니다.

깨달음이 일어나기를 기대하는 것은 마치 영화를 보면서 스크린이 갑자기 나타나기를 바라는 것과 같습니다. 우리는 영화에서 어떤 놀랄 만한 사건이 일어나서 마침내 스크린이 드러나기를 기대하면서 영화 속의 사람, 동물, 대상, 건물, 풍경 등을 자세히 살핍니다.

미래의 깨달음을 추구한다면, 의식하든 못하든 우리는 현재 상황이 어떤 면에서 만족스럽지 않고 충분하지 않다고 여기면서 이 상황을 거부하는 것이며, 더 낫고 괜찮고 즐거운 상황을 미래로 투사하는 것입니다. 우리는 '지금 없는 것'으로 '지금 있는 것'을 대체하고 싶어 합니다.

다시 말해, 깨달음을 추구하는 것은 '지금'에 대한 미묘한 거부이며, 지금 있는 것에 대한 저항입니다. 이 저항은 우리가 찾고 있는 평화와 행복이 드러나고 경험되지 못하게 방해합니다.

분리된 자아(가상의 분리된 자아)는 그런 저항으로 이루어져 있습니다. 사실, 분리된 자아는 그와 같은 자아나 존재가 아닙니다. 그것은 생각하고 느끼는 활동, 저항하고 추구하는 활동입니다.

• • •

우리의 참된 본성은 시간 너머의 투명한 인지를 통해서 드러나며, 이 인지는 처음에는 마음이 알아차리지 못할 정도로 아주 조용히 일어날 수 있습니다.

이 인지는 언제나 몸과 마음에 영향을 줄 것입니다. 그렇지만 이런 영향은 즉각적이거나 극적이지 않을 수도 있습니다. 그것은 하룻밤 사이에 당신의 세계를 뒤집으며 극적으로 일어날 수도 있지만, 대다수 경우에는 몇 년에 걸쳐 점차 일어날 수 있습니다.

우리가 듣는 깨달음 체험 이야기는 대부분 이런 인지가 몸과 마음에 미치는 극적인 영향입니다. 그런 이야기를 들을 때 흔히 우리는 (만약 자신이 그와 비슷한 극적인 경험을 하지 않았다면) 무언가 여전히 빠져 있다고 느낍니다. 미래에 일어날 특별한 경험(깨달음 체험)이 빠져 있다고 여기게 되며, 그런 경험에 대한 욕망으로 인해 우리는 좌절할 수밖에 없는 추구를 끝없이 하게 됩니다.

그러나 몸과 마음 수준의 이런 극적인 영향은 깨달음과 아무런 상관이 없습니다. 그런 일은 일어날 수도 있고, 일어나지 않을 수도 있습니다. 대개는 깨달음 이후의 여파가 훨씬 더 미묘합니다. 그것은 갑자기 일어나지 않습니다. 그것은 점차 일어나며, 가끔은 너무 서서히 일어나서 처음에는 인지하지 못하기도 합니다.

몸이나 마음의 색다른 경험을 깨달음으로 착각하지 마십시오. 그것은 마치 영화에서 펼쳐지는 불꽃놀이를 보면서 "아, 갑자기 스크린이 보인다!"라고 생각하는 것과 같습니다.

• • •

깨달음은 모든 경험을 비추는 빛이 드러나는 것이며, 모든 경험을 알 수 있게 비춰 주는 순수한 앎의 빛이 드러나는 것입니다.

햇빛이 이 세계가 보이도록 비추어 주듯이, 지금 여기에 현존하는 어떤 것이 우리의 경험을 알게 해 줍니다.

우리는 지금 일어나는 경험을 무엇으로 압니까? 순수한 앎의 빛으로 압니다. 영화에서 스크린이 인물과 대상의 한계를 공유하지 않듯이, 우리의 경험을 알게 해 주는 순수한 앎의 빛은 그 빛이 아는 대상의 제한된 성질을 공유하지 않습니다.

깨달음이란 단순히 우리가 아는 대상으로부터 우리의 참된 자기(순수한 앎의 빛)를 구분하는 것, 알려지는 대상으로부터 앎을 구분하는 것입니다

사실은 우리가 아는 대상으로부터 우리의 참된 자기를 구분하는 것이기보다는 우리의 본질(순수한 앎의 빛)이 알려지는 대상으로부터 언제나, 이미, 본래 벗어나 있음을 분명하게 보는 것입니다.

우리는 우리 자신을 대상(생각, 느낌, 감각, 지각)으로 여깁니다. 이런 대상은 반드시 한계가 있습니다. 그것들은 시간과 공간에서 일어나고 사라집니다. 그러나 (그것들이 그 안에서 일어나고 그것에 의해 알려지

는) 순수한 앎의 빛인 나 자신은 그들의 한계나 운명을 공유하지 않습니다.

영화에서 한 인물이 거리를 걷고 있어도 스크린은 그와 함께 걷지 않습니다. 스크린은 그 인물의 여행을, 운명을 공유하지 않습니다. 그 인물은 스크린으로 이루어져 있지만, 스크린은 그 인물의 한계들을 공유하지 않습니다. 제한된 그 인물은 한계 없는 스크린으로 이루어져 있지만, 스크린은 그 인물로 이루어져 있지 않습니다.

마찬가지로, 우리의 생각, 느낌, 감각, 지각을 아는 순수한 앎은 그것들의 운명과 한계를 공유하지 않습니다. 동시에, 순수한 앎은 그것들의 유일한 실체입니다. 제한된 모든 생각, 느낌, 감각, 지각은 한계 없는 순수한 앎으로 이루어져 있습니다.

모든 경험에서 당신의 참된 자기가 아는 요소임을 아십시오.

당신의 참된 자기는 알려지는 것이 아니라 앎임을 아십시오.

• • •

이미지가 아닌 스크린을 보십시오. 스크린을 보기 위해서 이미지들을 없앨 필요는 없습니다. 지금 나타나는 몸, 마음, 세계의 모습을

417

변화시킬 필요는 없습니다.

영화의 이야기를 바꾼다고 해서 스크린이 더 잘 보이는 것은 아니듯이, 환경과 조건을 바꾸어도 우리는 깨달음에 1밀리만큼도 다가가지 못합니다.

스크린에 검은 이미지가 나타나더라도 스크린 자체는 숨겨지거나 가려지지 않습니다. 마찬가지로, 깊은 우울에 빠져 있을 때도 그 우울함을 아는 앎은 그 자체로 순수한 앎의 한계 없는 빛입니다. 순수한 앎의 빛은 가장 어두운 감정에서도 환히 빛납니다.

영화를 볼 때, 우리는 제한된 대상과 사람의 무리를 보는 것처럼 보입니다. 더 가까이 들여다보면 그것들이 제한된 대상이나 사람이 아니라는 것을 깨닫습니다. 그것들은 모두 한계 없는 하나의 스크린일 뿐입니다.

사실, 스크린이 이런 이해를 통해 정말로 드러나는 것은 아닙니다. 더 정확히 말하면, 우리는 언제나 스크린만을 보고 있음을 알아차립니다. 이렇게 스크린을 알아차리는 것이 첫 단계입니다.

마찬가지로, 깨어남이나 깨달음 관련하여, 첫째 단계는 순수한 앎의 현존을 알아차리는 것입니다. 그동안 우리는 자신이 몸과 마음의 혼합(생각, 느낌, 감각과 지각의 무리)이라고 생각했는데, 이제 자신은 그것들을 아는 앎임을 깨닫습니다. 이것이 첫째 단계이며, 그것은 종종 깨달음으로 오해되지만 아직 깨달음은 아닙니다.

둘째 단계는 스크린으로 가서 스크린의 본성을 탐구하는 것입니다. 스크린은 무엇으로 이루어져 있습니까? 그것의 성질은 무엇입니까? 스크린은 그 위에 나타나는 인물과 대상의 성질을 공유합니까? 스크린 위에서 빨간 차가 거리를 달리면 스크린도 빨갛게 변합니까? 인물이 사랑에 빠지면 스크린도 사랑에 빠집니까? 인물 중 하나가 사라지거나 죽으면 스크린도 사라지거나 죽습니까? 아기가 태어나면 스크린도 나타납니까?

이런 방법으로, 우리는 스크린의 현존뿐 아니라 스크린의 본성도 발견합니다. 그것은 나타나거나 사라지지 않습니다. 그것은 남자도 여자도 아닙니다. 그것은 벽돌이나 금속이나 살로 이루어져 있지 않습니다. 그것은 움직이거나 변하지 않습니다. 스크린 자체는 아무런 형태가 없습니다. 그것은 투명하고 텅 비어 있고, 자기 자신으로 이루어져 있습니다. 그렇게 인지하는 것이 둘째 단계입니다.

먼저, 우리는 자신이 순수한 앎이라는 것을 발견합니다. 하지만 그 발견만으로는 믿음이 참된 자기 위에 덧씌우는 한계와 운명에서 해방되지 못하며, 그러므로 그 믿음에 본래 내재해 있는 불행에서 해방되지 못합니다.

두 번째로 발견해야 하는 것이 있습니다. 즉, 모든 경험을 아는 자인 나 자신은 알려지는 것의 한계나 운명을 공유하지 않는다는 것입니다.

나는 한계가 없고 늘 현존합니다. 나는 태어나지 않았으며 죽지 않습니다. 나는 영원한 나 자신으로 영원히 있습니다.

나는 늘 현존하며 한계 없는 내 '존재' 외의 다른 것이 아니며, 되지 않으며, 다른 것을 알지 못합니다. 내 '존재'를 아는 이 단순한 앎이 평화와 행복의 경험입니다. 그것이 깨달음입니다.

깨달음에 특별한 것은 아무것도 없습니다. 특별한 것은 몸, 마음, 세계입니다. 깨달음이란 단순히 모든 경험을 비추는 빛을 알아보는 것입니다. 모든 경험인 빛을, 우리의 '존재'를 있는 그대로 아는 단순한 앎인 빛을, 자기 자신만을 아는 앎인(우리의 '존재'를 아는 앎, 순수한 앎의 있음, 존재에 대한 사랑, 그 사랑의 있음인) 빛을 알아보는 것입니다.

• • •

마음은 항상 과거나 미래로 여행 중이지만, (마음이 그 안에서 나타나고 그것에 의해 알려지며 그것으로 이루어진) 순수한 앎인 나 자신은 결코 마음과 함께 여행하지 않습니다.

앎은 시간으로 들어가지 않습니다. 사실, 앎은 시간을 알지도 못합니다.

겉으로 보이는 몸과 마음을 아는 순수한 앎의 빛인 나는 몸이 태어날 때 태어나지 않으며, 몸이 자라고 나이 들 때 함께 자라고 나이 들지 않으며, 몸이 죽을 때 사라지지 않습니다. 나는 몸/마음의 한계와 운명을 공유하지 않습니다. 그런 발견을 일컬어 '깨달음'이라고 합니다.

이 발견은 몸과 마음에 갑작스럽고 심오한 영향을 미칠 수 있습니다. 그것은 우리의 세계를 뒤집을 수 있으며, 우리는 잠시 세상에서 적절히 기능하지 못하거나 관계하지 못할 수 있지만, 그런 경우는 매우 드물게 일어납니다.

이 스펙트럼의 반대쪽 끝에서는, 이 투명한, 사건이 아닌 깨어남은 처음에는 알아차리지 못할 정도로 몸과 마음에 적은 영향을 미칠 수 있으며, 마음은 나중에야 달라지거나 변화된 것을 알아차릴 수 있습니다.

· · ·

'지금'에 대한 미묘한 거부를 매우 민감하게 알아차리십시오. 이렇게 거부할 때면 사람들은 늘 미래의 어떤 대상이나 상태를 추구하게 되지만, 여기에 있는 우리 중 다수가 추구하는 것은 이제 세상이 제공하는 세속적 대상이 아닙니다.

경험의 한가운데에 다가갈수록 '지금'에 대한 거부는 점점 더 미묘해집니다. 그것은 단순히 해롭지 않아 보이는 생각일 수도 있습니다. 과거나 미래로 들어가는, 어떤 것을 특별히 추구하지는 않는, 하지만 '지금'이 아닌 다른 곳에 있기를 원하는……

그것은 그저 아무 문제 없는 공상일 수 있습니다. 그러나 그 공상의 한가운데에는 분리된 자아의 씨앗이 자리하고 있으며, 이것은 나중에 갈등과 불행으로 자라게 됩니다. 해롭지 않아 보이는 이런 생각은 나중에 파괴적인 괴물로 자라날 귀여운 털복숭이 아기 동물과 같습니다.

그러니 이런 미묘한 저항의 형태를 민감하게 알아차리십시오. 그것들은 종종 예컨대 지루함이나 기대감 같은 느낌 속에 숨겨져 있습니다. 우리는 마침내 깨달음을 가져올 어떤 일이 미래에 일어나기를 기대하고 있지 않습니까? 그 기대하는 깨달음에 어떤 고상한 것이 있을 것이라고 생각하지 마십시오. 그것은 단지 분리된 자아가 자신을 몇십 년 동안 지속시키는 많은 형태 중 하나일 뿐입니다.

이런 저항하는 생각을 없애려고 애쓰지도 마십시오. 그것은 분리된 자아가 깨달음의 추구라는 기치 아래 자신을 지속시키는 또 하나의 방법입니다.

그저 무엇이 알려지든 그것을 아는 앎으로 존재하십시오. 우리가 우리의 경험을 알게 하는 그 앎의 존재는 어디로도 가지 않습니다. 그것은 모든 경험의 전면에 빛나고 있습니다.

그것을 보고, 그것이 자신임을 알면서 그것으로 존재하십시오. 그것이 첫째 단계입니다.

다음에는 우리의 본질인 순수한 앎이 우리가 아는 대상의 한계와 운명을 공유하지 않음을 갑자기 또는 점차 발견하십시오. 이것이 둘째 단계입니다.

그리고 셋째 단계는, 끝이 없는 단계인데, 경험의 모든 영역에서 그런 이해와 일치하는 삶을 살아가는 것입니다. 우리의 본질은 늘 현존하며 한계 없는 순수한 앎의 빛이며, 그러므로 이 순수한 앎은 자기 자신 외에 어떤 것도 알거나 만나지 않는다는 경험적인 이해와 일치하는 방식으로 생각하고 느끼고 행동하고 지각하고 관계하는 것입니다.

감사합니다.

30
순수한 앎의 빛

밖의 풍경이 보이도록 활짝 열린 창문처럼 존재하십시오. 열린 창문은 텅 빈 공간이며, 풍경이 보이는 것은 그 열린 공간 때문입니다.

모든 경험이 존재하도록 허용하는 열린, 텅 빈, 빛나는 앎의 공간으로 존재하십시오. 마치 해가 자연의 모든 대상을 보이게 해 주듯이, 모든 경험이 알려지고 존재하게 해 주는 것은 우리의 열린, 텅 빈, 빛나는 현존입니다. 존재가 있고 존재가 알려질 수 있는 것은 당신, 나, 이 열린, 텅 빈, 빛나는 현존 때문입니다.

자연의 모든 대상이 햇빛으로 가득하듯이 모든 경험도 순수한 앎으로 가득합니다.

사실, 자연에서 우리가 실제로 보는 모든 것은 똑같은 물리적인 빛

(햇빛)의 변형이듯이, 경험에서 우리가 아는 모든 것도 사실은 똑같은 순수한 앎의 빛의 변형입니다.

• • •

경험의 전체 스펙트럼이 있는 그대로 있도록 허용하십시오. 생각함, 상상함, 느낌, 감각함, 봄(눈을 뜨고 있다면), 들음, 감촉함, 맛봄, 냄새 맡음이…….

경험을 스캔해서, 우리가 이런 경험 말고는 다른 어떤 것도 접촉하지 않음을 보십시오. 그런 경험을 생각함, 감각함, 지각함이라고 부르겠습니다. 당신의 실제 경험에서 생각함, 감각함, 지각함을 제외한 다른 것을 발견할 수 있는지 보십시오.

자신의 기억들을 살펴보십시오. 생각함, 감각함, 지각함을 제외한 다른 것을 알거나 접촉한 적이 있는지 자신에게 물어보십시오. 그것이 무엇이든(그것은 경이롭고 확장된 마음의 상태일 수도 있고 단순히 차 맛일 수도 있습니다) 그것은 모두 생각함, 감각함, 지각함일 뿐입니다. 그것이 몸, 마음, 세계에 관해 우리가 아는 모든 것입니다.

생각하는 경험은 우리의 참된 자기와 얼마나 가까운 곳에서 일어납니까? 여기서 '우리의 참된 자기'란 우리의 경험을 아는 그것을 의미합니다. 생각하는 경험과 그것을 아는 그것 사이에 어떤 거리가 있습니까?

생각함과 그 생각함을 아는 것 사이에 거리가 있습니까? 생각함과 그것을 아는 앎이라는 이 둘을 발견할 수 있습니까? 아니면, 그것은 하나의 이음새 없는, 그보다 더 가까울 수 없는 친밀한 경험입니까?

이제, 몸의 감각으로 가 봅니다. 얼굴의 감각으로 시작합니다. 먼저, 거기에 있는 모든 것은 감각하는 경험이라는 것을 보십시오.

감각함은 생각함보다 우리에게서 조금 더 멀리 떨어진 곳에서 일어납니까? 감각함은 우리의 참된 자기에게서 얼마나 먼 곳에서 일어납니까? 거기에서 어떤 거리를 발견할 수 있습니까? 감각함과 그것을 아는 앎이라는 이 둘을 발견할 수 있습니까? 아니면, 그 둘은 같은 것입니까?

이제 발바닥의 따끔거리는 감각으로 가 봅니다. '나의 발'이라 불리는 감각에서 우리가 아는 모든 것은 감각하는 경험입니다. 이 감각하는 경험은 우리의 참된 자기에게서 얼마나 멀리 떨어진 곳에서 일어납니까? '나의 얼굴'이라 불리는 감각함보다 조금 더 멀리 있습니까? 생각함보다 더 멀리 있습니까? 아니면, 그것은 우리의 참된 자기와 거리가 없는 곳에서 일어납니까?

'나의 발'이라 불리는 감각함과 그것을 아는 앎이라는 이 둘을 발견할 수 있습니까? 감각함은 저기 아래의 어떤 위치에서 일어나고, 그것을 아는 앎은 여기 위, 머릿속이라는 다른 곳에서 일어납니까? 아니면, 감각함은 그것을 아는 앎으로 가득하고, 그것을 아는 앎으로 이루어져 있으며, 그것을 아는 앎과 친밀하게 하나이며, 그것을 아는 앎과 어떤 거리도 없습니까?

• • •

이제, 생각이 우리의 참된 자기와 떨어져 있다고 여기는 세계의 대상은 어떻습니까? 소리를 예로 들어 봅시다. 지금 들리는 소리 중 하나를 택해서, 이 소리에 대한 우리의 유일한 경험은 듣는 경험이라는 것을 보십시오.

이는 아주 쉽게 확인할 수 있습니다. 들음이라는 경험을 제거하면, 그 소리에서 무엇이 남습니까? 절대적으로 아무것도 남지 않습니다. 소리에 관해 우리가 유일하게 알거나 경험하는 것은 들음이라는 경험입니다.

들음이라는 경험은 우리 자신에게서 얼마나 먼 곳에서 일어납니까? '저기서 들리는 소리'라는 관념을 참고하지 마십시오. 경험의 친밀함을 참고하십시오. 듣는 경험은 가깝거나 먼 곳, 여기 또는 저기에서 일어납니까?

우리의 참된 자기(들음을 아는 그것)와 들음 자체 사이의 거리는 얼마나 됩니까? 3미터, 10미터, 50미터? 아니면, 들음과 그것을 아는 앎은 너무 가까워서 구별할 수 없을 만큼 친밀합니까?

사실, 들음과 그것을 아는 앎은 하나이며 똑같은 경험이라는 것을 보십시오. 생각함은 가까운 곳에서 일어나고, 감각함은 조금 더 먼 곳에서 일어나고, 지각함은 더 먼 곳에서 일어나며, 모두 우리의 참된 자기와 떨어진 저 바깥의 세계에서 일어난다고 상상하는 것은 오직 추상적인 생각(경험을 직접 참고하지 않는 생각)뿐입니다.

그러나 우리가 진실로 우리의 실제 경험에 머문다면, 우리는 모든 경험이 동등하게 가깝고 동등하게 친밀하다는 것을 발견합니다. 영화에서 일어나는 모든 일이 스크린과 같은 거리에서 일어나듯이, 스크린과 거리가 전혀 없듯이, 어떤 경험도 우리의 참된 자기로부터 더 가깝거나 더 멀리 떨어져 있지 않습니다.

알려지는 모든 것은 경험의 장이며, 우리가 그것입니다.

• • •

이 경험의 장을 자유롭게 여행하십시오. 그 안에서 헤엄치며 돌아다닌다고 느껴 보십시오. 생각함에서 들음으로 가고, 들음에서 감각함으로 가며, 감각함에서 생각함으로 돌아오십시오. 경험의 전체 장을 누비며 계속 헤엄쳐 보십시오.

생각함의 경험에서 들음의 경험으로 갈 때, 우리는 '마음'이라 불리는 것을 떠나 '세계'라 불리는 것으로 들어갑니까? 그리고 들음에서 감각함으로 갈 때, 우리는 '세계'를 떠나 '몸'으로 들어갑니까?

아니면, 이 모든 경험은 경계 없는 친밀한 경험의 장에서 일어나며, 모든 것은 이 장으로부터 똑같은 거리에 있습니까? 즉, 모든 것과 이 장 사이에는 전혀 거리가 없습니까?

이제, 정원에 피어 있는 꽃들을 찾아가는 나비처럼 이런 경험을 하나하나 찾아가며 이 장을 돌아다니는 대신, 경험의 장으로 존재하십시오. 생각함, 감각함, 들음, 감촉함 등은 모두 그것들이 나타나는 바탕인 경험 또는 앎의 장으로 이루어져 있습니다.

이음새 없는 경험 또는 앎의 친밀함에서 경험하는 주체와 경험되는 대상이라는 관념을 끄집어냅니다.

이 둘(몸 안의 자아인 주체, 그리고 저 밖에 있는 타자 또는 세계인 대상)

은 생각이 모든 경험의 친밀한 실재에 덧씌운 추상적인 관념들입니다. 그 실재는 우리의 참된 자기입니다. 이 차원 없는, 열린, 텅 빈, 빛나는 앎입니다.

우리는 결코 경험의 장을 떠나지 않으며, 그것은 결코 우리를 떠나지 않음을 분명히 보십시오. 경험의 장에서 경험되는 모든 것은 경험의 장으로 이루어져 있습니다.

우리는 실제로는 어떤 대상도 알거나 만나지 못합니다. 이 열린, 텅 빈 앎 또는 경험을 '나의 몸과 마음'이라 불리는 생각, 느낌, 감각의 작은 무리와 같다고 믿는 것은 오직 생각뿐입니다. 우리가 자신을 몸 안에 있고 몸으로 이루어진 하나의 분리되고 한정된 자아라는 환상을 갖게 된 것은 이 믿음 때문입니다.

생각이 이 분리된, 내부의 자아라는 관념을 끄집어내는 순간(그것이 이 열린, 텅 빈, 빛나는 앎을 생각, 느낌, 감각의 작은 무리와 동일시하는 순간), 다른 모든 것, 즉 생각, 느낌, 감각의 작은 무리가 아닌 모든 것은 밖으로 투사되어 대상, 타자, 세계가 됩니다. 그리고 그로 인해 모든 경험의 이음새 없는 나눌 수 없는 친밀함은 안과 밖, 주체와 대상, '나'와 '나 아닌 것'으로 나뉩니다.

• • •

겉보기에 분리되어 보이는 내부의 자아가 탄생하면, 우리의 '존재'를 아는 단순한 앎(자기 자신을 아는 단순한 앎) 속에 있는 평화와 행복이 가려지는 것처럼 보입니다. 그렇게 되면 분리된 내부의 자아는 평화와 행복을 찾으려고 분리된 바깥 세계로 나갑니다.

분리된 자아가 대상, 타자, 세계에서 정말로 추구하는 것은 오직 분리의 고통에서 해방되는 것입니다. 그렇지만 분리된 자아는 갈망하는 평화, 행복, 사랑을 찾을 수 없습니다. 자아는 오직 그 안에서 사라질 수밖에 없습니다. 마치 나방이 추구하는 불꽃에 결코 닿지 못하듯이. 나방은 불꽃에 닿는 순간, 죽습니다. 분리된 자아가 행복을 경험하는 길은 그것입니다. 사라짐으로써, 죽음으로써.

사실, 분리된 자아가 실제로 사라지는 것은 아닙니다. 그것은 처음부터 존재하지 않았습니다. 더 정확히 말하면, 우리의 참된 자기, 나, 열리고 텅 비고 빛나는 앎의 현존, 순수한 앎의 빛이 그 위에 덧씌워진 일시적이고 한정된 생각과 느낌에서 놓여나 진실로 있는 그대로 드러나는 것입니다.

그럴 때 우리는 우리의 참된 자기로 돌아가는 것처럼 보입니다. 사실, 우리가 실제로 돌아가는 것은 아닙니다. 우리는 한 번도 떠난 적이 없기 때문입니다. 참되고 유일한 나인 늘 현존하며 한계 없는 앎은 덧씌워진 모든 믿음과 느낌을 벗어나 자기의 참된 본성으로 빛남니다. 그것이 행복의 경험입니다.

그것이 라마나 마하리쉬가 "나에게서 내가 벗겨지면, 오직 나만이 남는다."라고 말한 뜻입니다.

$$\bullet \ \bullet \ \bullet$$

선불교 전통에서는 이 분리의 감각이 사라지는 것을 '위대한 죽음'이라고 부릅니다. 그리고 이 위대한 죽음이 일어나면 우리는 대상, 행위, 관계의 세계를 향해 다시 나갈 수 있으며, 이제는 그렇게 하더라도 참된 자기를 정말로 떠나지는 않음을 알게 됩니다.

우리는 모든 경험이 참된 자기 안에서 일어나고 있음을 이해하고 느끼게 됩니다. 우리는 순수한 앎의 빛, 참된 자기로 이루어진 대상, 타자, 세계를 경험하게 됩니다.

그런 의미에서 몸과 세계에 대한 우리의 경험은 다시 태어나며, 선불교 전통에서 그것은 '위대한 소생'이라고 부릅니다. 우리는 경험의 세계로 돌아가지만, 더는 분리된 자아로서 그것을 경험하지 않으며, 분리된 대상과 타자를 경험하지 않습니다.

우리는 그것을 참된 자기로서 경험합니다.

우리의 참된 자기는 그것을 자기 자신으로서 경험합니다.

타인을 타인으로 알지 않는 것이 사랑의 경험입니다. 대상을 대상으로 알지 않는 것이 아름다움의 경험입니다.

진리, 사랑, 아름다움…… 이것은 참된 자기의 세 가지 이름이며, 순수한 앎의 빛의 세 가지 이름이며, 각각 마음, 몸, 세계라는 경험의 세 가지 영역 중 하나에 대응합니다.

어디를 가든 우리는 참된 자기만을 발견하고 앎니다. 그것은 오직 그 자신만을 발견하고 앎니다.

수피들이 말하듯이 "어디를 보든지 거기에 신의 얼굴이 있습니다."

모든 경험에서 오직 당신의 참된 자기로, 순수한 앎의 빛으로 존재하십시오. 오직 당신의 참된 자기만을 아십시오. 오직 당신의 참된 자기만을 사랑하십시오.

우리의 '존재'를 진실로 있는 그대로 아는 것은 모든 욕망에 숨겨져 있는 보이지 않는 욕망입니다. 그것이 분리되어 보이는 자아가 진정으로 추구하는 모든 것입니다.

우리의 '존재'를 아는 이런 앎(자기 자신을 아는 그것의 앎)은 모든 경험의 배후에 숨겨져 있지 않습니다. 그것은 모든 경험의 한가운데에 빛나고 있습니다. 그것은 언제나 열려 있으며, 언제나 주어져 있습니다.

단지 그것을 향해 돌아서기만 하십시오. 그러면 그것이 당신을 그 자신으로 데려갈 것입니다.

감사합니다.

옮긴이의 말

우리는 살면서 어떻게 하면 원하는 것을 이루고, 원하지 않는 것에서 벗어날 수 있을까요? 우리가 원하는 것은 무엇이고 원하지 않는 것은 무엇입니까?

넓게 보면 우리가 원하는 것은 자유나 행복이고, 원하지 않는 것은 '나'라는 속박일 것입니다. 길은 의외로 단순합니다. 생각과 느낌을 믿지 않으면 됩니다. 생각과 느낌을 믿지 않으면, 우리는 바로 '나'라는 속박에서 벗어날 수 있고 자유롭습니다. 생각과 느낌은 마음과 몸입니다. 그렇지만 생각과 느낌을 나와 동일시하는 우리의 오랜 습관은 그렇게 단순하지 않습니다.

밧줄을 뱀으로 착각하고 두려움에 빠졌을 때 당신은 어떻게 하시겠습니까?

루퍼트 스파이라는 그럴때 가까이 다가가서 보면 된다고 합니다.

436

인도의 성자 라마나 마하리쉬는 '나는 아직 깨닫지 못했다.'라는 생각과 '나는 이 몸이다.'라는 느낌만 없으면 된다고 합니다. '나는 아직 깨닫지 못했다.'는 자신을 몸과 마음으로 동일시하는 생각입니다. 이 생각은 우리의 본성에 대한 이해로 어렵지 않게 대체됩니다.

뱀으로 착각했던 밧줄을 분명히 보고 나면 더이상 뱀으로 착각하지 않습니다. 그러나 우리는 계속 착각하며 분리감과 두려움 속에서 살아갑니다. 우리가 계속해서 분리감 속에서 살아가는 이유는 본성에 대한 이해가 부족해서가 아닙니다. 몸속에 층층이 쌓여 있는 느낌 때문입니다.

'나는 이 몸이다.'라는 느낌은 생각보다 훨씬 더 근본적인 문제입니다. 뱀이 아닌 밧줄을 본다는 것은 자신을 마음과 몸으로 동일시하는 생각과 느낌, 두 가지 모두를 분명히 본다는 것입니다.

우리는 이미 항상 그것이지만, 순수한 앎이지만, 또한 '나'라는 속박 속에서 살아갑니다. '나'라는 속박을 루퍼트는 가상의 분리된 자아라고 합니다. 있는 것처럼 보이는 이 분리된 자아를 몸과 마음에 배분해 본다면 10%가 마음에 있고 나머지 90%는 몸의 느낌에 있다고 루퍼트는 이야기합니다.

그래서 이 책에서 우리는 루퍼트와 함께하는 명상으로 그것들을 탐구합니다. 보고 듣고 느끼고 생각하는 우리의 경험에 가까이 다가가서, 그것들이 실제로 무엇으로 이루어져 있는지 알아봅니다.

이런 방식의 명상이 낯설게 느껴질 수도 있습니다. 어떤 이들은 쉽게 받아들이고 바로 텅 빈 앎이라는 경험의 본성을 체득해 나가지만, 어떤 이들은 저항합니다. 이런 식의 명상이 지루하거나 의미가 없다고 생각하는 것도 저항의 일종입니다. 그런 저항으로 우리 안에 층층이 쌓여 있는 느낌들이 드러나지 않은 채로 잠들어 있는 동안, 우리는 계속해서 진리를 더 깊이 이해하는 길만을 추구할 수도 있습니다.

분리된 자아의 90%를 이루고 있는 우울, 결핍, 무감각, 슬픔, 두려움, 상실감, 좌절감, 자만, 화…… 이런 느낌은 루퍼트의 명상 안내로 몸의 감각을 탐구하면서 저절로 드러나게 됩니다.

우리가 몸이라고 여기는 것은 사실은 감각으로 이루어져 있을 뿐이며, 감각은 그것을 아는 앎으로 이루어져 있습니다. 이 책은 몸에서 감각으로, 감각에서 앎으로 가는 여행 안내서입니다.

우리 자신을 순수한 앎으로 알고 느끼게 되면, 이제 모든 것이 포함됩니다.

여행은 이렇게 이어집니다, something-nothing-everything으로.

이 책은 준비된 사람을 위한 안내서입니다. 그렇지만 아무런 준비가 없을 때 오히려 더 순수하게 직접 실재와 만날 수도 있습니다. 명상이 무엇인지 가볍게 알고자 한다면 2장을 읽으면 됩니다. 그렇게 한 번 뿌려진 씨앗은 어디로 사라지지 않을 것입니다.

한국과 독일에서 각각 루퍼트를 알아본 인연으로 시작되어 저에게 귀한 번역의 기회를 주신 침묵의향기 대표님께 감사드리고, 루퍼트를 저에게 알려 준 남편 안드레아스에게도 고마운 마음을 전합니다. 일찍 세상을 떠난 아버지와 홀로 고단한 세월을 건너오신 어머니, 두 분께도 미소를 보냅니다.

마직막으로 《The Ashes of Love》에 있는 루퍼트의 잠언 하나를 전하면서, 그분의 책을 번역한 축복 같은 시간을 마무리합니다. 이제 그 시간은 독자들에게 열립니다.

행위가 줄어들면, 행위를 추동하는 생각이 드러난다
생각이 사라지면, 생각 뒤에 있던 느낌이 드러난다
느낌이 가라앉으면, 그것의 한가운데에 있던 존재가 드러난다

독일 보덴 호수 위버링언(Ueberingen)에서
김인숙

옮긴이 김인숙

1971년 전남 함평에서 태어나, 전남대학교 철학과를 졸업하고 교육행정직 공무원으로 일하다 인도로 떠났다. 뿌네 대학에서 산스크리트와 빨리어를 공부했다(빨리어 석사). 요가 아쉬람에서 독일인을 만난 인연으로 독일에 살면서 여행하며 인도, 미얀마, 태국, 한국 등 아시아와 유럽의 여러 명상 전통과 스승을 만났으며, 루퍼트 스파이라의 명상 모임에 여러 번 참가했다.

옮긴이 김윤

서울대학교 경영학과를 졸업했다. 지금은 자유롭고 평화로운 삶으로 안내하는 글들을 우리말로 옮기고 소개하는 일을 하고 있다. 그동안 번역한 책으로는《네 가지 질문》《기쁨의 천 가지 이름》《가장 깊은 받아들임》《아잔 차 스님의 오두막》《지금 여기에 현존하라》《고요한 현존》《현존 명상》《모든 것은 하나다》등이 있고, 공역한 책으로는《순수한 앎의 빛》《직접적인 길》《요가 매트 위의 명상》등이 있다.

순수한 앎의 빛

초판 1쇄 발행 2022년 2월 10일
   2쇄 발행 2023년 8월 30일

지은이 루퍼트 스파이라
옮긴이 김인숙, 김윤

펴낸이 김윤
펴낸곳 침묵의향기
출판등록 2000년 8월 30일, 제1-2836호
주소 10401 경기도 고양시 일산동구 무궁화로 8-28,
   삼성메르헨하우스 913호
전화 031) 905-9425
팩스 031) 629-5429
전자우편 chimmukbooks@naver.com
블로그 http://blog.naver.com/chimmukbooks

ISBN 978-89-89590-93-4 03840

*책값은 뒤표지에 있습니다.